탁류의 시간

어느 무정부주의자의 기록

탁류의
시간

어느 무정부주의자의 기록

이준호 장편소설

차례

탁류의 시간 어느 무정부주의자의 기록_ 7
작가의 말_ 292

프롤로그

 넥타이를 풀어 주머니에 넣었다. 더 이상 목살을 파고들 만큼 넥타이를 조이지 않아도, 아침마다 퉁퉁 부은 발을 구두에 쑤셔 넣지 않아도 된다. 마감에 쫓겨 괴발개발 기사를 써내지 않아도 된다.

 사장과의 언쟁 때문에 충동적으로 사표를 던지긴 했어도 늘 생각해왔던 터라 미련도 후회도 없었다. 신문사를 그만둔 건 나를 지키기 위한 방편이자 나에 대한 예의였다. 주차장으로 가지 않고 사차선 도로를 건넜다. 편의점에서 캔 맥주를 하나 사서 파라솔 아래의 플라스틱 의자에 앉았다. 신문사 이층 건물이 한눈에 들어왔다. 외벽에 흘러내린 녹물과 군데군데 떨어져 나간 타일이 눈에 거슬렸다. 이 자리에 앉아 커피나 맥주를 마신 게 한

두 번이 아니지만 한갓지게 앉아 신문사 건물을 바라보는 건 처음이었다.

출근 시간이 지난 거리는 한산했다. 떠돌이 개가 힐끔거리며 지나갔고, 원숭이 모양 가방을 멘 여자아이가 엄마 손을 잡고 아장아장 걸어갔다. 칠십대 노파가 편의점에서 오렌지주스를 사서 돌아갔다. 신문사 안에선 모든 게 속도전인데, 바깥은 여유롭고 한가했다. 맥주를 한 모금 마셨다. 적은 나이가 아닌데다 저축해 둔 돈도 없이 덜컥 사표를 낸 것이 새로운 세상을 향한 탈주가 될지, 사회에서 밀려나는 도태가 될지는 두고 볼 일이었다. 그래도 목표는 있었다.

고등학교 때부터 줄곧 내 장래 희망은 소설가였다. 당연하게 국문과로 진학했다. 대학 2학년 때부터 신춘문예나 문예지에 응모했지만 번번이 고배를 마셨다. 졸업하고 방구석에 틀어박혀 1년 동안 등단 준비를 했지만 성과가 없었다. 부모님께 눈치가 보여 지역 신문사에 들어갔다. 글을 쓰는 직업이니까 소설 창작에 도움이 될 거란 판단에서였다. 판다와 곰이 다른 것처럼 비슷해 보이지만 전혀 다른 세계임을 아는 데는 오래 걸리지 않았다. 자각이 곧 실천으로 직결되는 건 아니어서 타성에 젖어 지금까지 버텨왔다.

내가 사표 던질 결심을 한 건 20여 년 전에 우연히 손에 넣은 원고 때문이었다. 사장과 언쟁을 벌이는 내내 그 원고가 떠올랐는데, 그건 지리멸렬한 생활에 종지부를 찍어야 한다는 어떤 암시로 여겨졌다. 그 원고를 소설로 바꿔야 한다는 부채감이 늘 머릿속에 자리하고 있었던 것이다. 원고를 읽고, 원고의 진위를 파악하려고 자료를 뒤지고, 원고를 쓴 사람의 행적을 조사하던 일련의 과정들이 어제 일처럼 선명히 떠올랐다.

원고를 쓴 사람은 오로지 환자를 돌보는 데만 헌신했던 의사였다. 명예나 권력 따위는 안중에도 없었지만 결국 세상을 버리고 은둔의 길을 택했다.

남승재.

그는 국가라는 시스템이 제대로 작동하지 않아 희생된 사람이었다. 그러니까 남승재는 고유명사가 아니라 일반명사였다. 남승재는 30년대에도 있었고 미래에도 있을 것이다. 지금도 다른 이름으로 불리는 수많은 남승재가 존재한다. 우리가 모를 뿐이다. 이제는 그의 일대기를 소설로 정리할 때가 되었다.

무엇부터 말할까. 원고를 입수하게 된 경위부터 밝히는 게 순서이겠다.

내가 근무하는 신문사는 매주 만 부를 찍는 지역주간지다. 워낙 규모가 작아 취재 기자가 부서별로 나뉘어 있진 않고, 나를 포함한 기자 세 명이 여덟 쪽짜리 지면을 채웠다. 지면은 주로 지역에서 일어나는 사건 사고나 미담, 화제를 소개하는 기사로 채워졌다. 분석 기사니 기획 기사니 하는 건 엄두도 낼 수 없었다. 처음엔 사장과 싸우기도 하고, 설득도 했으나 얼마 지나지 않아 봉급벌레로 전락했다. 카프카의 「변신」에서 그레고르 잠자가 어느 날 갑충으로 변하는데, 그런 말도 안 되는 사건이 현재에도 진행 중인 것이다. 마감 시간에 쫓겨 기사를 쓰다 보면 내가 소설가인지, 수필가인지, 르포작가인지, 기자인지 구분이 모호해질 때가 있었다. 그런 고민을 하면서 잠깐씩 나에게도 아직 기자 정신이라는 게 있구나, 하는 자기 위안과 자기기만에 빠질 뿐 나도, 나를 둘러싼 환경도 바뀔 기미는 보이지 않았다.

그러던 중 자살한 시체를 보게 되었다. 장미가 만발한 5월, 장소는 월명공원이었다. 우리 신문사는 월명산 자락에 있었다. 회식이나 술자리가 있으면 차를 신문사에 두고 갔다가 다음날 공원 산책로를 걸어 출근했다. 그날도 간밤의 숙취로 울렁이는 속을 상쾌한 공기로 달래며 걸었다. 무겁게 내려앉아 있던 구름이 걷히며 해가 났다. 이틀 동안 내린 비 때문에 한껏 웅크리고 있던 초목들이 기지개를 켜며 깨어났다.

내가 체육공원 앞에 도착한 건 열 시가 조금 지난 시각이었다. 신문사엔 늦겠다고 말해두어 서두를 것도 없었다. 차량 진입이 금지된 산책로에 순찰차가 세워져 있었다. 직업의식이 발동해 두리번거리는데 소나무 사이로 어른거리는 경찰들이 눈에 들어왔다.

"안녕하십니까?"

박 경사가 고개를 까딱해 내 인사를 받았다. 신문사가 있는 지역의 파출소에서 근무하는 박 경사와는 안면이 있었다. 순경 계급장을 단 다른 경찰은 볼펜으로 서류에 뭔가를 기입하느라 바빴다. 경찰들의 발밑에 흰 천으로 덮인 시체가 있었다. 반듯이 누운 자세인 시체는 발목 아래가 천 바깥으로 비죽 나와 있었다. 맨발이었다. 발가락 마디가 굵고, 각질이 하얗게 일어난 뒤꿈치는 가뭄 때의 논바닥처럼 갈라져 있었다. 피부는 잘 무두질된 짐승의 가죽 같았다. 어찌 보면 인생의 고난을 발로 형상화한 청동 작품 같기도 했다.

담뱃갑을 꺼내 경찰들에게 권한 다음 나도 하나 물었다. 필터가 깔깔한 혓바닥에 닿자 쓰라렸다. 침을 모아 혓바닥을 적시고 라이터로 불을 댕겼다.

"신원은 확인됐습니까?"

내가 묻자 박 경사가 고개를 저으며 말했다.

"아뇨, 노숙자 같습니다."

"나이는 얼마나 된 것 같습니까?"

"여든? 그보다 많을 수도 있고……"

박 경사가 확신이 없는지 말끝을 흐렸다.

"사인은 뭡니까?"

"외상은 없고, 음독자살인 것 같습니다."

박 경사가 시체의 머리맡에 누워 있는 갈색 병을 턱으로 가리켰다. 둘레가 굵고 주둥이가 좁은 농약병이었다. 끔찍한 고통 속에서 몸부림치며 죽어갔을 노인이 떠올라 나도 모르게 어깨를 흠칫 떨었다.

"별다른 점은 없습니까?"

"특이한 점이 있는데……"

박 경사가 뜸을 들였다. 나는 눈으로 재촉했다.

"유서가 있습니다."

신발도 없이 죽은 노숙자가 유서? 호기심이 일었다. 유서란 피치 못할 사정으로 죽음을 선택한 사람들이 세상에 남기는 마지막 애정 표현이 아니던가.

"그 유서 좀 볼 수 있을까요?"

나는 담배 연기를 서둘러 내뿜었다.

"곤란한데……"

"아, 우리 사이에 왜 이러십니까."

박 경사가 말과는 달리 김 순경을 불렀다. 김 순경이 담배를 입에 문 채로 서류철에서 편지 봉투를 꺼내주었다. 가로로 두 번 접힌 종이를 펼쳤다.

나에게는 나의 죽음에 대한 하나의 아름다운 기쁨이 있다. 그것은 나의 연정을 영원히 청순하게 지킬 수 있으리라는 기쁨이다. 죽으면 육체의 정욕은 꺼지고 말겠지. 살아 있는 한 추악한 육욕이 사라지지 않으리란 것을 나는 알고 있다. 그것은 사랑을 더럽히는 것이다. 죽으면 그것도 없어질 것이다. 그때야말로 비로소 나의 사랑은 청순하고 때 묻지 않은 것으로 될 줄 안다……

나는 생각한다. 나는 여태껏 다른 삶을 구하여, 그 속에서 나의 보람을 찾기 위하여 연약한 노력을 기울여왔다. 그리고 올바른 생으로 나를 살리기 위해서는 주위의 부정한 상태를 고치지 않으면 안 된다…… 이런 신념 아래 나는 살아왔다. 그러기 위해서는 자타가 다 같이 얼마쯤의 희생을 해야 할 것으로 각오했다……

국문학과 출신이면서도 석(晳)과 철(哲)을 겨우 구분하는 수준이지만 다행히 어려운 한자는 없었다. 달필이랄 수는 없으나 한 자씩 정성 들여 쓴 글씨였다. 지금은 쓰지 않는 표기가 여러 군데에서 보였다. 띄어쓰기도 틀린 곳이 많았다. 유서라기보단 염세주의자의 자기 고백 같은 글이었다.

"집도 없는 노숙자가 자살, 거기에 유서…… 뭔가 앞뒤가 안 맞네."

나는 유서를 돌려주며 혼잣말처럼 중얼거렸다.

"아닙니다. 집은 있습니다."

박 경사가 제꺽 반박했다.

"집이 있어요?"

내가 반문하자 박 경사가 오른쪽을 턱짓했다. 그곳엔 오층짜리 석탑이 있었다. 그 탑이라면 나도 익히 알고 있었다. 국치(國恥) 문화재여서 머지않아 헐리기로 예정된 탑이었다. 그렇게 결정이 난 건 며칠 전 시의회가 주최한 시민공청회에서였다. 우리 신문에도 그에 대한 기사가 꽤 넓은 지면을 차지하며 실렸다.

한 향토사학자가 탑의 내력을 공개하면서 촉발된 탑의 존폐

논쟁은 한동안 군산을 뜨겁게 달구었다. 의견은 양분되었다. 일제 수탈의 상징물이므로 보존하여 역사를 바로 알게 하는 자료로 활용하자는 쪽과 치욕스런 역사를 간직한 유물이니 철거하여 역사를 바로 세우자는 쪽. 그런데 시민단체나 시민 대다수가 철거를 원했다.

탑은 정림사지 오층 석탑을 모방해 만들었다. 초층 탑신에 새겨진 보국탑(報國塔)은 그대로 탑의 명칭이 되었다. 건립 취지문엔 탁본한 자국이 시커멓게 남아 있었다.

기억나는 대로 보국탑의 내력을 간추리면 이랬다.

1935년, 일본인 모리기쿠 고로가 일본에 충성을 맹세하는 뜻에서 당시 자신의 소유지였던 이곳에 탑을 건립했다. 면석엔 그의 이력과 치적을 새겼다.

모리기쿠는 일본 효고현 남부 세토 내해(內海)의 아와지섬에서 태어났다. 이십 세 때부터 부산과 만주 등지에서 돈을 번 그는 러일전쟁이 끝날 무렵 군산으로 들어와 상점과 수출회사, 정미소를 경영하며 농지를 매입했다. 그리고 1919년 6월, 현재 탑이 위치한 근처에 저택과 사무실을 지었다. 기록에 따르면 그는 도회의원, 학교연합회 의원, 미두장(미곡취인소) 이사장 등 열 개의 직함을 가지고 있었다. 하지만 정작 그가 탑을 세운 동기는 다른 데 있었다.

동경제국대학 법문학부에 재학 중이던 그의 아들 겐지가 1932년 5월 15일, 수상 이누카이 쓰요시를 살해한 사건에 연루되었다. 그러자 모리기쿠는 일본에 충성을 서약하는 뜻에서 탑을 세웠다.

보국탑에서 살았다고?

탑을 돌아가 보니 과연 반대쪽에 녹색 철문이 달려 있었다. 탑의 중심을 비워 만든 감실이었다. 활짝 열린 철문 안으로 고개를 들이밀었다. 어른 둘은 들어갈 수 있는 공간에 담요며 양은냄비, 양초 따위가 어지럽게 널려 있었다. 경찰이 단서가 될 만한 물건들을 찾느라 뒤진 뒤였다. 한쪽에 유품이 모아져 있었다. 낡은 백팩, 그리고 어깨끈이 달린 작은 갈색 가방이었다.

금속제 잠금장치 위에 적십자 마크가 붙은 갈색 가방은 가죽 재질의 구급낭이었다. 낡고 해진데다 형태도 틀어지고 변색돼 부분적으로 색이 달랐다. 표면이 벗겨져 보기 흉했다. 적십자 마크가 아니라면 원래 용도를 짐작할 수 없을 만큼 오래된 물건이었다. 두 칸으로 나뉜 안은 비어 있었다. 바닥엔 약품으로 짐작되는 액체가 스며들어 생긴 얼룩이 있었다.

지퍼가 떨어진 자리에 옷핀을 달아둔 백팩엔 격자무늬 장판지로 표지를 해 입힌 노트 두 권, 그리고 그 노트들 사이엔 보국탑 철거에 대한 기사가 실린 신문 조각이 들어 있었다. 반듯하게 오려낸 보국탑 철거에 대한 기사는 내가 쓴 거였다. 관공서나 기업체 외엔 거의 무가지로 보급되니 자살자의 유품에서 발견된대도 이상한 일은 아니었다. 하지만 보국탑을 거처로 삼던 노숙자의 유품에서 보국탑이 철거된다는 기사가 나왔다…… 막연하나마 노숙자와 보국탑 사이에 어떤 연관성이 있을 거라는 예감을 떨칠 수 없었다. 거기엔 내가 그 기사를 썼다는 부채감 비슷한 것도 작용하고 있었다.

맨 위에 있는 노트를 펼쳤다. 사인펜으로 육십갑자를 적은 후 그 밑에 깨알 같은 볼펜 글씨로 풀이를 해놓았다. 한눈에도 유서와 같은 필체였다. 종이가 얼마나 낡았는지 좀이 슬고 보푸라기가 일었다. 공원에 놀러 온 나들이객을 상대로 사주나 궁합을 봐주며 연명했다는 걸 짐작할 수 있었다. 자살했다는 건 의심할 여지가 없는데, 그 이유가 납득되지 않았다. 저 나이가 되도록 잡초처럼 질긴 생명을 부지해온 노인이 왜?

아래의 노트는 좀 두꺼웠다. 공책 옆면이 손때에 절어 새까맸다. 손때의 농담이 부분적으로 달랐다. 내지가 여러 묶음으로 떨어져 따로 놀았다. 종이에서 풍기는 묵은내가 콧속을 건조하게 만들었다.

아무데나 펼쳤다. 위아래의 여백도 없이 빽빽한 글씨가 내 눈을 압도했다. 줄을 맞춰 한 포기씩 식재한 농작물 같은 글씨에서 글쓴이의 노력과 정성이 느껴졌다. 건성으로 읽어가던 나는 눈이 점점 커졌다. 승재? 계봉? 몇 장을 더 넘겼다. 초봉? 정주사? 유 씨? 어설픈 소설 형식이지만 등장인물들이 채만식의 장편소설 『탁류』와 유사했다. 아니, 똑같았다. 나는 몸을 관류하는 전율을 느꼈다.

첫 페이지로 돌아와 차근차근 읽었다. 놀라운 내용이었다. 세

페이지를 더 읽고 노트를 덮었다. 재빨리 곁눈질을 했다. 경찰들은 시체 옆에서 얘기를 나누고 있었다. 순간적으로 판단했다. 경찰에게 노트를 빌려달라고 하면 분명 거절할 것이다. 백팩이 닫혀 있는 건 아직 가방 속을 살피지 않았다는 뜻이었다. 노트를 잡풀이 우거진 곳으로 던졌다. 떨어지는 소리가 유난히 크게 들린 건 나만의 생각이었다. 마주선 경찰들은 소리 난 쪽으로 고개조차 돌리지 않았다. 무성한 잡풀은 노트를 꼭꼭 숨겨주었다. 쿵쾅거리는 가슴을 진정시키며 백팩 지퍼를 닫았다. 이마로 흘러내린 머리칼을 쓸어 올리고 흠흠 헛기침을 했다. 의심하는 사람이 없는데도 그렇게 해야만 들키지 않는 것처럼. 침을 억지로 모아 마른 입안을 적신 나는 근처를 하릴없이 서성였다.

머잖아 경광등을 번쩍이며 앰뷸런스가 도착했다. 운전석에서 내린 두 사람이 뒷문을 열어 들것을 내렸다. 경찰들에게 수고하라는 말을 건네고 내려오다 골목길로 빠졌다. 잠시 뒤에 경찰차와 앰뷸런스가 지나갔다. 나는 헉헉대며 비탈길을 뛰어올랐다. 눈대중해둔 지점의 잡풀을 헤쳤다. 노트는 짐작과 한참 떨어진 곳에서 나왔다. 노트에 묻은 이슬을 손수건으로 닦아냈다. 발을 굴러 바짓자락을 털었다. 노트를 잠바 안에 감췄다.

신문사에 얼굴만 비치고 취재수첩과 카메라를 챙겼다. 곧장 단골 카페로 가선 구석자리에 앉아 노트를 펼쳤다.

1

기차가 멈췄다. 출입문에 몰려 있던 여행객들이 서둘러 내렸다. 보통이나 가방을 든 여행객들의 얼굴엔 피로가 덕지덕지 묻어 있었다. 승재는 선반에 올려둔 손가방을 내렸다. 길어야 일박이일의 짧은 여행이므로 짐이 단출했다. 플랫폼엔 기관차가 내뿜은 수증기가 먼 길을 달려온 짐승이 토해낸 숨처럼 서서히 흩어지고 있었다. 후끈한 열기가 아랫도리를 휘감았다. 역부들이 화물을 내리느라 분주히 움직였다.

역 주변의 미루나무 숲과 그 너머 낮은 산들이 승재를 맞았다. 역사 앞엔 인력거들이 대기하고 있었다. 이미 손님을 태운 인력거들은 역 광장을 벗어나 소화정이나 영정 쪽으로 내달렸다. 지게꾼들은 짐이 많은 여행객을 따라가며 흥정을 붙였다.

초봉이 근무하던 제중당은 간판이 그대로였다. 칠이 조금 벗겨졌을 뿐이었다. 자신을 비롯해 군산을 떠난 사람들은 2년여 사이에 많은 변화가 있었지만 군산은 예전과 달라진 게 없었다. 적어도 승재의 눈앞에 펼쳐진 광경은 그랬다.

승재는 목재로 만든 공중전화소를 한 바퀴 돌았다. 취객이 방뇨를 했는지 지린내가 풍겼다. 승재는 손가방을 왼손으로 바꿔 들며 몸을 틀었다. 낡은 간판을 이마에 붙인 금호의원이 다른 건물들과 어깨를 나란히 하고 있었다. 초봉과의 추억들이 주마등처럼 스치며 가슴 한편이 애애 아파왔다. 한번 들러볼까 하다 그만두었다. 한가하게 감상에 젖어 낭비할 시간이 없었다. 빨리 일을 처리하고 막차라도 타면 좋고, 여의치 않으면 내일 첫차를 타야 했다.

금호의원과 공중전화소의 거리를 가늠해보았다. 백여 미터? 중간에 장애물이 없어 한눈에 잘 들어왔다. 장형보가 고태수와 한참봉의 아내 김 씨의 불륜을 고자질하기 위해 한참봉에게 전화로 귀띔해준 게 재작년 6월 초순, 오후 일곱 시경이라고 했다. 그 계절, 그 시각이면 사람을 알아보는 덴 문제가 없었다. 게다가 꼽추라는 장형보의 신체적 특징은 증언의 신빙성을 더해줄 거였다. 담배 한 보루를 산 승재는 제일보통학교를 왼쪽에 두고 걸었다. 군산세무서에서 군산경찰서까지 곧게 뚫린 신작로는 소화통이었다. 그리 길지 않은 소화통은 네 개 정목으로 나뉘어 있었다. 승재는 그중에서 2정목, 도쿠에이전기점을 끼고 뻗어들어

간 길에서 멈췄다. 조선인들에겐 아직도 큰샘거리로 불리는 곳
이었다. 그곳으로 들어가면 초봉이 신혼살림을 차렸던 셋집이
있었다. 둘러볼까 하다가 내처 걸음을 옮겼다. 이미 지난 일이었
다. 돌이키는 건 아물어가는 상처의 딱지를 떼는 것과 같았다.
자꾸만 옛일이 떠올라 느려지는 발걸음을 다잡아 승재가 도착한
곳은 색주가가 몰려 있는 개복동이었다.

　늦은 오전인데도 깊은 잠에 빠진 개복동엔 괴괴한 정적마저
감돌았다. 늦은 오후나 되어야 깨어나 손님 맞을 채비로 분주해
질 터였다. 정막을 깨고 어디선가 나타난 황구가 으르렁대며 적
의를 드러냈다. 승재는 발을 굴렀다. 비루먹어 등짝 털이 군데군
데 빠진 녀석은 잽싸게 도망갔다. 물장수가 승재 쪽으로 다가왔
다. 지게 양쪽에 매달린 나무 물통이 걸음에 맞춰 리듬을 탔다.
　"말씀 좀 묻겠습니다."
　승재는 한쪽으로 비켜서며 물었다. 물장수는 자기가 담당하는
동네의 사정에 밝았다.
　"뭐요?"
　물장수는 퉁명스러웠다.
　"혹시 행화라는 기생의 집이 어딘지 아십니까?"
　"바로 저기요."
　물장수는 승재가 고맙다는 말을 할 틈도 주지 않고 걸음을 재
촉했다. 물통 안에서 기묘한 무늬를 만들어내는 물을 보자 아찔

한 현기증이 몰려왔다. 경성에서 출발하기 전에 인절미 몇 개를 먹은 후로 빈속이었다. 찌르르한 기운이 아랫배를 긋고 지나갔다. 승재는 흠칫 어깨를 떨며 자기도 모르게 아랫배로 손이 갔다. 수면 부족과 신경과민에서 비롯된 위통이다. 초봉이 종로경찰서에 자수한 이후에 생긴 증상이었다. 어쩌다 이 지경이 되었을까. 그렇게 청초하고 단아했던 초봉이 살인이라니. 청색 미결수복을 입은 초봉을 재판정에서 볼 때마다 저 사람이 왜 저기에 있지? 하는 어리석은 의문이 들었다. 그만큼 믿기지 않는 일이었다. 초봉에 대한 애정과 미련은 오래전에 접었다. 하지만 최선을 다해 돕고 싶었다. 그게 한때나마 마음에 품었던 사람에 대한 정리였다. 그렇지만 살인 현장에서 자수를 권할 때 초봉이 했던 말이 자꾸만 귀에서 맴돌았다.

"그렇게 할까요? 하라고 하시면 하겠어요! 징역이라도 살고 오겠어요!"

애절하게 매달려오는 그 눈빛을 차마 외면할 수 없었다. 그래서 뒷일은 걱정 말라고 했다. 초봉은 그 말을 아직 자기에게 미련이 남은 걸로 받아들이는 듯했다. 적잖은 부담감이 가슴 한쪽을 지그시 압박해왔다. 승재는 급히 고개를 가로저었다. 그건 자신이 어찌할 수 없는 초봉의 마음이었다.

개복동 초입에 있는 행화의 집은 대문이 굳게 닫혀 있었다. 집들이 옹색하게 들어선 골목을 둘러보던 승재는 마음이 착잡했다. 자신이 다시 개복동을 찾게 되리라곤 짐작조차 하지 못했다. 개복동과 관련된 기억은 거의가 나쁜 것들이었다. 열다섯 살에 불과한 명님을 색주가에 팔아먹은 명님의 부모며, 금호의원의 약제사 꾐에 빠져 따라왔다 혼뜨검을 당하곤 "인류가 환장을 해서 동물로 역행하는 구렁창이"라고 한탄했던 일이 차례로 떠올랐다.

"계십니까?"

승재는 불쾌한 기억들을 털어내듯 목소리를 높였다. 대답이 없었다. 뒤로 물러나 담 너머로 목을 늘였다. 좀 기다렸는데도 기척이 없었다. 이번엔 대문을 두드렸다.

"누군교?"

억센 경상도 사투리가 담을 넘어왔다. 잠에 취한 목소리였다. 승재는 어둡던 마음이 조금 밝아졌다. 행화가 경상도 여자라는 말을 들었던 것이다.

"여기 행화란 분 계신가요?"

"예, 난데요. 이 꼭두새벽에 무신 일……"

행화가 하품을 물며 구시렁거렸다. 성가셔하는 기색이 역력했다. 꼭두새벽이라는 말에 승재는 쓴웃음을 지으면서도 안도의 한숨을 쉬었다. 이런 곳에 몸담은 여자들은 한곳에 오래 붙어 있지 않는다고 했다.

"아, 예, 전 남승재라고 합니다. 초봉 씨 일로 긴히 드릴 말씀이 있어서요. 제중당에 근무하던 정초봉 씨 아시죠?"

* 본문 중에 대화를 제외한 큰따옴표 안의 문장들은 『탁류』에서 인용한 것임.

"초봉 씨요? 무신 일로……"

신발 끄는 소리가 나더니 대문이 열렸다. 행화는 단속곳 바람이었다. 머리칼이 부스스했고, 간밤의 숙취로 눈두덩은 부었다. 화장을 지운 얼굴은 나이를 가늠하기 어려웠다. 화장독 때문인지, 피로와 숙취를 풀기 위해 상습적으로 복용한 약물이 원인인지 얼굴이 거무튀튀했다. 승재는 눈길을 어디다 둬야 할지 몰라 허둥댔다.

잠이 덜 깬 행화의 눈엔 궁금증이 가득했다. 승재는 가난한 사람들을 무료로, 때론 실비만 받고 진료해주어 근동에서 모르는 이가 없었다. 경성으로 떠났다고 소문만 들었는데 갑자기 나타나 초봉의 이름을 입에 담으니 그럴 수밖에 없었다.

"들어오소."

행화가 머리칼을 매만지며 앞장섰다. 마루에 걸터앉은 행화가 승재에게 담배를 권했다. 승재는 가볍게 웃으며 사양했다. 행화가 마코 한 개비를 꺼내 물었다. 담배를 사 오길 잘했다. 막연히 담배를 피울 거라고 짐작만 했지 확신은 없었다. 승재는 행화와 좀 떨어진 곳에 엉덩이를 걸쳤다. 햇볕에 달궈진 마루는 뜨끈했다. 승재는 중절모를 벗어 부채질을 했다.

"덥지요? 물 한잔 디리까요?"

"아뇨, 괜찮습니다. 이거……"

승재가 담배를 행화 쪽으로 밀어놓았다.

"머 이런 걸요……"

말과는 달리 반색하며 행화가 말을 이었다.

"선생님이 군산에 기실 때 베푼 선행은 지도 많이 들었씸니더. 명님이라 캤던가요? 가는 잘 있고예?"

"아, 예, 제가 일하는 병원에서 간호부 견습을 하고 있습니다."

승재는 멋쩍게 웃었다. 담배를 받은 것에 대한 고마움의 표시겠지만, 어쨌거나 얘기가 쉽게 풀릴 것 같은 예감이 들었다. 개명옥(開明屋) 주인이 명님의 소문을 낸 모양이었다. 명님은 제 부모가 이백 원을 받고 개명옥에 팔았다. 승재는 경성으로 떠나기 전, 책 사백 권을 헌책방에 넘기고 팔십 원을 받았다. 가재도구와 옷을 팔고 잡히고 하여 십 원을 더 만들었다. 그리고 개명옥 주인을 찾아가 명님과의 인연을 말하고 나서 구십 원을 내밀었다. 모자라는 돈은 석 달 안에 갚겠노라고 했다. 소문으로 승재를 알고 있던 주인은 그렇게는 곤란하고 한꺼번에 원금을 돌려주면 명님을 내놓겠다고 했다. 그러면서 명님을 집으로 돌려보내면 부모가 또 팔아먹을 것이니 괜한 짓을 하는 거라는 충고도 덧붙였다. 그 말에 승재는 원금을 보낼 때 차비도 함께 보낼 테니 명님을 기차에 태워달라고 부탁했다. 그렇게 해서 명님을 데리고 있게 되었다.

계봉이 오겠다는 걸 말리고 대신 오길 잘했다 싶었다. 행화와 말이 안 통하면 개명옥 주인을 통해 도움을 청하려고 작정했다. 그런데 행화가 먼저 알은척을 하고 나섰으니 그런 번거로움은 피하게 된 셈이었다.

"그래, 초봉 씨는 잘 있는교?"

행화가 담배 연기를 내뱉었다.

"그게…… 그간 초봉 씨에게 있었던 일부터 간략히 말씀드리겠습니다."

승재는 잠시 말을 멈췄다. 머릿속으로 해야 할 말을 정리한 승재가 말을 이었다.

"고태수의 사건을 담당했던 군산경찰서 경찰의 말로는 고태수가 죽던 날, 오후 일곱 시경에 한참봉에게 전화로 고태수와 한참봉의 아내 김 씨가 만날 거라고 알려준 자가 있었다고 합니다. 한참봉이 그날 첩의 집에 가기로 돼 있었거든요. 또 초봉 씨의 말에 따르면 고태수가 타살당한 시간 즈음에 장형보가 초봉 씨에게 고태수의 정체를 폭로했다고 합니다. 마치 준비하고 있었던 것처럼 말이죠. 여러 정황들을 종합해보면, 고태수가 김 씨를 만나러 갈 거라고 한참봉에게 알려준 사람이 바로 장형보라는 결론이 나옵니다. 재작년 그 일을 겪은 초봉 씨는 경성으로 갔습니다. 처음엔 제중당의 주인이었던 박제호 씨와 지내다가 장형보가 찾아와 협박해 다시 그와 함께 살았습니다. 그런데 지난 오월에 장형보의 행패를 견디지 못하고 그만……"

승재가 말을 멈췄다.

"견디지 못해가요?"

행화가 재촉했다. 행화의 코로 풀풀 뿜어져 나오는 연기를 바라보며 승재가 말을 이었다.

"초봉 씨가 장형보를 죽이고 말았습니다."

"우야믄 좋노! 우째 그 착한 사람이 그런 흉한 일을 벌였을
꼬?"

화들짝 놀라는 행화를 보며 승재는 한시름을 덜었다. 얘기가
더 쉬워질 것 같았다. 반응이 시큰둥하거나 아예 없으면 어쩌나
걱정했던 것이다.

고태수는 고리대금업자와 흥업회사, 미두 중매점, 세 곳에서
횡령한 돈을 미두와 유흥비로 탕진했다. 고태수와 장형보는 행
화의 집을 자주 출입했다. 행화는 가까이에서 둘의 대화를 들은
유일한 사람이므로 고태수의 죽음에서 자유로울 수 없었다. 고
태수 사건을 담당한 경찰의 의견도 승재와 같았다. 하지만 참고
인 자격으로 출두한 행화는 모르쇠로 일관했다. 취조 과정에서
으르고 달랬지만 소용이 없었다. 공범으로 지목된 장형보도 경
찰서 유치장에 며칠간 잡아두면서 강도 높은 조사를 벌였으나
역시 완강히 버텼다. 위조된 소절수를 은행에서 현금으로 바꿔
고태수에게 전한 공범이 잡히지 않은 채 사건은 종결되었다.

정황상 장형보는 고태수에게 빌붙어 심부름을 해주며 푼돈
을 챙겼다. 고태수와 소절수를 돈으로 바꾼 사람 사이엔 장형보
가 있었지만 물증이 없었다. 사기와 횡령 사건의 주범인 고태수
는 살해당했다. 공범인 장형보도 죽었다. 고태수 사건의 유일한
생존자인 행화가 경찰은 속였어도 자신의 양심까지 속이진 못할
거였다.

"일심에서 징역 십이 년을 언도받은 초봉 씨는 지금 복심 재판을 기다리고 있습니다."

"저런! 우야믄 좋노. 그래, 긴히 할 말이라는 기 먼교?"

"그래서 말인데, 행화 씨께서 좀 도와주셔야겠습니다."

"지가요?"

행화가 뜨악한 표정을 지었다. 아무리 생각해도 자신이 나서서 할 일이 없었던 것이다.

"법정에 나가 증언을 해주시는 겁니다."

"증언……이라꼬예?"

"예."

"경성에 가서예?"

"예."

행화가 선뜻 대답을 못 하고 망설였다. 장사를 이틀쯤 쉬어야 하는데다 경성까지는 먼 거리였다. 게다가 억눌려만 살아온 대부분의 조선인은 관공서에 대해 본능적인 거부감이 있었다. 법원은 말해 무엇 하겠는가.

"제가 손해 보시는 부분은 벌충해드리겠습니다. 그리고 증언하는 데 드는 비용도 제가 다 부담하겠습니다. 행화 씨께서 증언해주지 않으면 초봉 씨는 오래 징역을 살아야 합니다. 그러면 딸과도 떨어져 있어야 하고요."

정말 그렇게 될지도 모른다는 생각에 승재는 절실한 심정이 되었다. 살해 방법이 잔인하고 끔찍했다. 초봉이 그래야만 했던 연유를 판사들에게 납득시켜야 했다.

"딸아가 있는교?"

"예, 이름이 송휩니다."

행화의 눈빛이 흔들렸다.

"우야믄 되는데예?"

행화가 담배 연기와 함께 한숨을 내뱉었다. 행화와 초봉은 제
중당에서 손님과 판매원으로 만난 사이였다. 초봉은 행화가 기생
인데도 약삭빠르지 않고 순진해서 좋았다. 그리고 한 집안의 가
장 노릇을 하는 게 자신의 처지와 비슷해 더 친근감이 들었다. 행
화는 초봉의 아담한 자태며 사근사근한 말투에 마음이 끌려 제중
당 쪽으로 갈 일이 있으면 일부러 들러 이야기를 나누곤 했다.

행화는 고태수와 장형보를 따라서 고태수의 신혼집을 구경 갔
던 날, 초봉과 그녀의 동생 계봉을 맞닥트린 적이 있었다. 장형
보가 나서서 자기와 행화가 그렇고 그런 사이라고 둘러대 뜨악
한 분위기를 겨우 수습했다. 그때 행화는 난봉꾼인 고태수의 아
내가 될 처지에 놓인 초봉이 가엾다고 느꼈지만, 남의 일에 나설
머리가 없어 나 몰라라 했다. 고태수가 은행 돈에 손을 댄다는
것도 어느 정도 눈치챘으나 그 역시 자신과는 무관한 일이어서
모른 체했다. 뒤늦게나마 초봉을 위해 뭐라도 하고 싶었다.

승재는 한 고비를 넘겼다고 판단했다. 다음 단계가 중요했다.

"장형보에게 직접 들었다고 증언하시는 겁니다. 한참봉에게
전화한 것과 초봉 씨를 겁탈했다고 말하는 걸 들었다고."

"장형보가 겁탈을요?"

눈이 화등잔만 해진 행화는 놀라움을 감추지 못했다. 승재는
무겁게 고개를 끄덕였다. 행화는 이어서 그 승악헌 인간이, 하고
나직이 내뱉었다. 장형보에 대한 행화의 마음을 엿볼 수 있었다.
무심코 내뱉은 말이어서 더 진심에 가까웠다.

"그래서 초봉 씨가 낳은 송희를 장형보가 자기 아이라고 우긴
겁니다."

"그건 글코, 지금 내한테 거짓말을 하라는 얘기 아입니꺼."

고개를 끄덕이던 행화가 불쑥 말했다.

"고태수와 장형보는 이미 죽었습니다. 행화 씨께서 거짓 증언
을 해도 그들에게 피해 갈 일이 없습니다. 그들의 명예를 더럽히
는 일도, 양심에 거리낄 행동도 아닙니다. 저도 한참봉이 누군가
로부터 전화를 받은 시간에 장형보가 역전 공중전화소에서 전화
하는 걸 봤다고 증언할 겁니다. 물론 장형보가 전화하는 걸 보지
못했습니다. 하지만 그렇게 증언하는 것에 일호의 가책도, 갈등
도 없습니다."

승재는 단호하게 말했다. 그런 다음 장형보의 살인 사건을 조
사하면서 드러난 장형보의 악행들을 털어놓았다. 송희를 자기
자식이라고 우겨 박제호에게서 초봉을 빼앗은 것, 송희를 볼모
삼아 갖은 방법을 동원해 초봉을 협박하고 괴롭힌 것, 한집에 살
게 된 계봉을 넘본 것 등등.

"물증만 없다뿐이지 혐의는 충분합니다. 그러니까 죄책감 같

은 건 가지실 필요가 전혀 없습니다."

"내가 증언하는 기 도움이 되긴 하는 깁니꺼?"

행화가 조심스레 입을 열었다. 승재도 증언할 거란 말에 마음이 움직인 듯했다.

"물론입니다. 그래서 제가 이렇게 경성에서 뵈러 온 거구요."

"마 그라입시더. 날짜 정해지믄 여로 전보 치이소. 내가 올라갈께예."

"고맙습니다. 한 가지 부탁이 더 있습니다. 초봉 씨가 감옥에 있는 걸 비밀로 해주셨으면 합니다. 군산에 있는 가족들은 아직 모르거든요."

"알겠소. 내사 입을 꾹 다물끼구만요."

"그럼 그렇게 알고 이만……"

승재는 주소를 받아 적은 수첩을 안주머니에 넣었다. 행화가 대문 밖까지 나와 배웅해주었다. 승재는 거듭 고맙다고 고개를 숙였다.

골목을 벗어나자 배에서 꼬르륵 소리가 났다. 행화를 설득한 성취감 못지않게 시장기가 대단했다. 경찰서 뒤쪽에 설렁탕집이 있었다. 포럼을 들치고 들어갔다. 아직 점심시간 전이어선지 손님이 없었다. 승재는 설렁탕에 깍두기 국물을 넣어 정신없이 먹었다. 진하게 우려낸 사골 국물이 일품이었다. 마지막 모금까지 마신 승재는 뚝배기를 내려놓았다. 손수건으로 흐르는 땀을 닦왔다.

"어휴, 이 땀 좀 보게. 좀 더 드릴까? 맛있게 드시니 내 배가 다 부르구려."

여주인이 승재에게 부채질을 해주며 물었다. 승재는 겸연쩍게 웃으며 손을 저었다. 긴장이 풀린데다 배가 부르니 졸음이 밀려왔다. 흔들리는 기차에서 쪽잠을 잤으니 자도 잔 게 아니었다.

재판 결과가 좋으려고 그러는지 일이 술술 풀렸다. 복심 변호는 이시카와가 맡기로 했다. 그는 서른 초반으로, 경성제국대학 법문학부 법학과를 졸업하자마자 고등문관시험 사법과에 합격한 수재였다. 경성지방법원 사법관 시보를 거쳐 판사를 몇 년 하다 바로 변호사를 개업했다. 그는 승소율이 높았다. 초봉의 형량을 줄일 가능성도 높다는 뜻이었다. 진즉에 그를 변호사로 썼으면 일심에서 12년보다 훨씬 적은 형량을 받았을 것이다. 승재 자신과 행화를 증인석에 세우자고 제안한 것도 이시카와였다. 위증이고 조작이지만 초봉의 형량을 줄인다면 그보다 더한 짓도 할 각오가 돼 있었다. 그런 생각의 저변엔 모든 일이 장형보가 꾸민 계략이라는 확신이 자리하고 있었다.

일심 재판을 맡았던 변호사의 관심사는 오로지 돈이었다. 무능력한데다 권위적이고 거만했다. 계봉뿐 아니라 모든 여자를 바라보는 눈길에 노골적인 욕정을 담고 있었다. 한마디로 나쁜 변호사로서의 조건을 완벽하게 갖춘 사람이었다. 그를 소개한 건 경찰서에서 우연히 만난 거간꾼이었다. 막막하던 차에 하늘에서 내려온 동아줄을 잡은 심정이었는데, 알고 보니 썩은 새끼줄이었다. 이시카와에게 복심 재판을 맡긴 건 계봉이었다.

이시카와는 화신백화점에 갔다가 일층 화장품 매장에서 근무하는 계봉을 보곤 첫눈에 반했다. 하지만 계봉은 곁을 주지 않았다. 데파트걸, 또는 마네킹걸이라 불리는 백화점 여성 근무자들은 대체로 미모가 출중했다. 백화점에서 상품을 구매하는 손님들은 주로 부유층이나 권력층, 또는 그 둘을 다 갖춘 사람들이었다. 개중엔 돈을 물 쓰듯 하며 첩을 서넛씩 거느린 호색한들도 심심찮게 있었다. 가정 형편이 어려워 진학을 포기했거나 가족의 생계를 책임지느라 사회에 일찍 발을 들인 여성 근무자들의 타고난 미모와 훈련된 교양은 뭇 남성들의 마음을 설레게 했다. 그만큼 상류층 남성들의 표적이 되기도 쉬웠다. 손님들은 돈이 있고, 여성 근무자들은 돈의 유혹에 빠지기 쉬운 입장이었다. 아버지나 할아버지뻘 되는 그들과 관계를 맺으며 금전적 지원을 받는가 하면, 아예 살림을 차려 백화점을 그만두기도 했다. 순정을 바치다 버림받고 자살하거나 카페 여급으로 전락하는 경우도 있었다.

계봉은 구습에 얽매이지 않는 신여성이었다. 애정이 전제되지 않은 남녀 간의 결합은 계약이나 매매라는 게 계봉의 소신이었다. 계봉은 언니 초봉이 살인자가 된 것도 돈에 눈이 먼 부모 때문이라 믿었다. 계봉이 이시카와를 멀리한 것도 젊은 여자 꽁무니나 따라다니는 한심한 남자로 생각했기 때문이었다. 그런데 초봉의 일심 재판이 끝날 즈음 이시카와의 끈질긴 구애와 진심이 계봉에게 통했다. 세번째 만나는 자리에서 이시카와가 계봉의 얼굴이 어두운 이유를 물었고, 계봉은 초봉의 일을 자연스럽게 털어놓았다.

승재는 그 일을 떠올리자 설렁탕이 식도로 역류하는 느낌이었다. 급격히 가까워진 두 사람은 결혼을 약속했다. 계봉은 손가락 사이로 빠져나가는 모래처럼 조용히, 그리고 분명히 승재에게서 멀어져갔다. 승재와 계봉은 잠시나마 동거를 한 사이였다. 하지만 계봉은 연애와 결혼은 다른 거라며 분명히 선을 그어왔다. 계봉은 연애를 "정열과 정열이 만나서 하는 게임"으로 정의하며 그 최종 목적지가 결혼은 아니라고 했다. 순결에 대해서도 "정조의 순결성이란 건 상대적인 것이어서, 한 여자가 가령 열 번을 결혼했다고 하더라도 그 열 번이 번번이 다 정조적일 수가 있다"는 견해를 펼쳤다.

이시카와는 독신주의자와 자유연애주의자임을 자처했던 계봉이 자신의 신념을 포기할 만큼 괜찮은 남자였다. 남자인 승재가 보기에도 모든 면에서 완벽했다. 그래서 계봉을 잡지 못했다. 거기엔 계봉이 고스까이(하인)라고 놀리던 자신의 외모와 변변찮은 학력, 집안 배경 같은 것들이 복합적으로 작용했다. 그것들은 승재를 지배해온 열등감의 다른 이름이었다. 승재는 열등감을 부정하지 않고 받아들였다. 그 결과 초봉과 계봉, 두 자매를 차례로 마음에 품었지만 둘 다 떠나보내야 했다.

행화 문제를 일단락 지었으나 끝난 건 아니었다. 승재는 정주사와 유 씨를 만날 생각에 마음이 무거워졌다. 계봉이 꼭 안부를 전하라고 했지만 시간이 없었다고 둘러대면 그만이었다. 정주사와 유 씨는 자신과 초봉이 서로를 마음에 두고 있다는 걸 알면서도 초봉을 고태수와 결혼시켰다. 승재는 그에 대한 감정의 앙금이 남아 있었다. 만나는 것 자체도 부담스럽거니와 초봉 얘기가 나오면 표정을 어떻게 관리해야 할지 자신이 없었다.

승재는 낮은 한숨을 쉬며 몸을 일으켰다. 졸리기도 했고, 마냥 머뭇댄다고 해결될 일이 아니었다. 설렁탕집과 정주사의 가게는 지척이었다. 한때나마 마음에 품었던 여인들의 부모였다. 가벼운 인연이 아니었다. 지금이 아니면 또 언제 만나게 될지 몰랐다.

저만치 가게가 보였다. 작년 가을에 초봉이 장형보에게 받아 건네준 오백 원으로 꾸린 가게였다. 자꾸만 다른 길로 도망치려는 마음을 다잡으며 걸음을 재게 놀렸다. 미싱 소리가 가게 바깥으로 흘러나왔다. 미싱도 초봉이 보내준 돈으로 구입한 거란 생각에 승재는 이맛살을 찌푸렸다.

"계십니까?"

시끄러우나 단조로운 기계음에 승재의 목소리가 묻혔다. 다시 불러서야 유 씨가 돌아보았다.

"이게 누구유? 어서 와요."

유 씨가 일어나며 수선스럽게 맞았다.

"다들 무고하시지요?"

"원, 그렇지요, 뭐."

유 씨가 의자를 승재에게 내주었다.

"어르신은 안 계신가 보네요."

"참새 눈물만 한 걸 차려놓으니까 바깥으로만 나도는구려. 가게엔 통 신경을 안 쓰지 뭐유. 아침 먹으면 나가서 해거름에나 들어온다우. 겨우 세 끼 밥 먹기 시작한 지가 얼마나 됐다고 맨날……"

넋두리를 하던 유 씨가 괜한 말을 꺼냈다 싶은지 얼른 낯빛을 고치며 물었다.

"뭐, 미숫가루라도 타 드릴까?"

"아닙니다. 막 밥을 먹고 오는 길입니다."

"에휴, 늘 가게에 매달려 있으니 따뜻한 밥 한 끼도 대접하기 어렵구려. 시원한 물이라두……"

"아닙니다. 배가 불러 아무 생각도 없습니다."

승재가 일어나는 유 씨를 제지하며 속으로 쓴웃음을 지었다. 정주사는 지금 미두장에 있을 것이다. 승재가 군산을 떠나기 전까진 물건도 떼어 오고, 가게도 봐주고 하더니 이젠 그런 소소한 도움마저도 작파한 듯했다. 식구들이 끼니를 거를 때도 미두장에 드나들었으니 형편이 나아진 지금이야 오죽하랴.

"며칠 전에 계봉 씨가 저희 병원에 들렀더군요. 일이 있어 군산에 간다고 했더니 안부 전해달라고 했습니다."

승재는 말끝에 흠, 하고 헛기침을 했다. 거짓말을 하려니 양심에 찔렸던 것이다.

"먼 길을 찾아와 전해주니 고맙구려."

"아, 예, 형주랑 병주는 학교 갔고요?"

승재는 얘기가 길어질까 봐 말머리를 돌렸다.

"그렇다우, 형주는 철이 들었는데 병주 고것은 공부는 곧잘 하면서도 노는 데만 정신이 팔려…… 어서 오세요."

손님이 와서 대화가 끊겼다. 손녀의 손을 잡고 온 노파가 눈깔 사탕 두 개를 사 갔다.

"이만 가보겠습니다."

승재가 일어났다.

"왜? 벌써 가시게?"

"예, 약속 시간이 돼서요. 건강하십시오. 어르신께도 안부 전해주시구요."

유 씨는 못내 서운해하며 어쩌면 좋데, 를 연발했다. 승재는 만난 후 처음으로 유 씨를 자세히 봤다. 주름살이 부쩍 늘고 허리도 많이 굽었다. 정주사는 더 늙었을 것이다. 두 사람에 대한 반감이 조금 누그러지며 연민이 일었다. 이 늙고 힘없는 여인네는 자기 욕심 때문에 딸이 살인자가 된 걸 알면 어떤 표정을 지을까. 팔뚝시계를 보았다. 기차 시간까지는 여유가 있었다.

2

기상나팔이 울렸다. 눈을 떴다. 잠은 그전에 깼다. 누가 알려주는 것도 아니건만 몸안의 시계는 기상나팔이 울리기 십 분 전을 정확히 인지했다.

이불을 정리하느라 감방 안이 부산스러워졌다. 아침점호 시간이었다. 모두 감방 문을 보고 정좌했다. 잘 때도 머리를 항상 감방 문 쪽으로 두어야 했다. 그래야 간수가 감시구를 통해 살필 수 있기 때문이었다.

아침 식사를 하고, 줄을 지어 노역장으로 갔다. 기결수여서 모두 붉은색 수인복을 입었다. 왼쪽 옷깃에 수형 번호가 적힌 아연판이 붙었고, 왼쪽 어깨에 비스듬하게 붙은 직사각형의 흰 천엔 죄수 이름이 적혀 있었다. 맨 앞줄의 중간에 선 초봉의 이름표가 보였다.

丁初鳳.

초봉은 공장 입구에서 고무신을 벗고 간수들에게 차례로 인사했다. 작업복으로 갈아입고 십 분 정도 맨손체조를 한 다음 간수의 훈시가 있었다.

초봉은 능숙한 손놀림으로 미싱에 천을 밀어 넣었다. 작업은 계절마다 달랐다. 유도복이나 검도복일 때도 있고, 여학생 외투나 간수복일 때도 있었다. 오늘은 여성용 코트였다. 2년이 넘게 같은 작업을 반복했으니 이젠 눈을 감고도 미싱질이 가능했다. 작업장 안은 미싱 소리로 시끄러웠다. 하지만 초봉에겐 그 소리가 소음으로 들리지 않았다. 미싱질은 초봉의 전부였다. 그래서 하루 열 시간의 중노동도 기쁜 마음으로 견뎌냈다. 재단된 천을 이어 한 벌의 옷을 완성하면 파탄 난 자신의 삶도 바뀌게 될 것 같았다. 옷의 박음질 땀처럼 자신의 인생도 질서 정연해질 것 같았다. 출감하면 조그만 옷 수선집을 낼 계획이었다. 최종 목표는 양장점이었다.

점포 임대는 장형보의 통장에 남아 있던 돈을 쓰기로 했다. 장형보는 가족이 없었다. 수형(어음) 할인을 해서 이자를 받느라 다른 사람에게 가 있던 사천 원은 받지 못했다. 따로 보관한 통장은 찾았는데, 장형보가 늘 가지고 다니던 손가방이 사라진 것이다. 수형 할인증은 손가방에 들어 있었다. 살인 사건이 나던 날, 어수선한 틈을 타 구경꾼 중 누군가가 훔쳐간 것이 분명했다. 수형 할인증은 장형보가 관리했으므로 누구에게 얼마나 돈을 빌려줬는지는 장형보만 알았다. 이시카와가 경찰에 수사를 의뢰하려 했지만 계봉이 막았다. 계봉은 수형법으로 불리는 고리대금법을 불합리하고 비상식적인 제도라고 비판했다. 장형보를 이 사회의 독초라 비난하고 혐오했다. 그래서 장형보가 제공하는 돈으로 공부하기를 거부하고 백화점 점원이 된 거였다. 사천 원은 거금이다. 아니, 초봉이 장형보와 살림을 합칠 때 사천 원이라고 했으니 몇 개월 동안 돈이 더 불었을 것이다. 하지만 이젠 계봉도 가난하지 않았다. 장형보의 돈에 집착할 이유가 없었다. 계봉은 더 이상 초봉의 이름이 사람들 입에 오르내리는 것도, 사건이 확대되는 것도 원치 않았다.

이제 며칠 남지 않았다. 3년은 짧다면 짧고, 길다면 긴 시간이었다. 12년에서 3년으로 감형된 건 행화와 승재의 증언이 결정적이었다. 그들에게 못할 짓을 시켰다는 자책도 들었으나 잠시였다. 증인석에서 그들이 한 말은 거짓이면서도 거짓이 아니었다. 무엇보다 물심양면으로 도와준 제부 이시카와의 도움이 컸다. 판사가 판결문을 읽는 동안 초봉은 만감이 교차해 입술에 피가 나도록 깨물다 끝내 울음을 터뜨리고 말았다. 판사의 목소리가 아직도 귓가에 맴돌았다.

정초봉의 판결문

판결

본적 충남 서천군 화양면 대하리 ××번지

주소 경성부 수은동 ×번지

이상 정초봉에 대한 살인법 위반 등 피고 사건에 관한 소화 ×년 ×월 ××일 경성지방법원이 결정한 유죄의 판결에 대하여 피고인 정초봉으로부터 공소 신립을 하였으므로 본원은 조선총독부 검사 ××××의 관여로 다시 심리를 수행하고 다음과 같이 판결한다.

주문

피고인 정초봉을 징역 3년에 처한다.

미결 구류 일수를 본형에 삽입한다.

소송비용은 전부 피고인의 부담으로 한다.

이유

피고인은 소화 ×년 군산 S여학교를 졸업하고, 동년 2월부터 군산의 제중당 약국에 취직해 있던 중 고태수와 알게 돼 결혼했다. 그러나 고태수는 결혼 전부터 정을 통해 오던 김민순과 동침하던 중, 이를 목격하고 격분한 김민순의 남편 한삼수에 의해 처참하게 피살되었다. 결혼 열흘 만에 과부가 된 피고인은 군산을 떠나기로 작심하고 무작정 상경하던 중 우연히 이리역에서 제중당 전 주인 박제호를 만나 동거하기로 합의, 경성에 셋집을 얻어 살림을 시작했다. 그러나 이듬해인 소화 ×년 ××월, 느닷없이 나타난 장형보가 박제호에게 피고인이 자신의 여인임을 주장하여 빼앗기에 이르렀다.

피고 측 증인들에 의하면, 장형보는 고태수가 김민순과 동침하는 사실을 김민순의 남편 한삼수에게 전화로 알려준 자이며, 고태수가 피살될 시간에 피고인을 강간한 극악무도한 자이다. 장형보는 그것으로도 모자라 행복하게 사는 피고인을 강간했던 점을 악용하여 자기 여인으로 취하는 수단으로 삼았다.

장형보는 고태수와 친분이 있던 자로, 여러 정황으로 볼 때 심한 집착증을 가진 사람으로 사료되는바, 평소 피고인의 여동생을 넘보는가 하면 피고인의 딸을 학대하고, 심한 의처증으로 피고인의 나들이를 막는 등 온갖 행패와 패악을 부렸다. 견디다 못한 피고인은 사건 당일 오후 8시 45분경, 외출에서 돌아와 경성부 수은동 소재의 주택 안방에서 딸의 발목을 잡아 거꾸로 들고 있는 장형보를 발견하곤 평소 품었던 증오심이 순간적으로 폭발하여 동인에게 수십 회 발길질을 하고 맷돌로 내리쳐 살해했으므로, 이는 형법 제199조의 살인죄에 해당한다.

사건 당일, 장형보를 살해한 후 자살하기로 마음먹은 피고인이 약물을 구입한 데서 알 수 있듯이, 피고인의 행위가 우발적이고 순간적이었다고 보기 어려운 측면도 있으나 범행의 경위, 수단, 범행 전후의 피고인의 행동, 특히 죄증의 인멸을 기도하지 않고 자수한 사실 등 검찰 조서에 나타난 제반 자료 등을 종합하여 판단컨대, 사실관계가 이와 같다면 피고인이 범행 당시 법 제도에 의한 보호는 물론 가족과 이웃의 보호를 전혀 받지 못한 채 방치되었다가 끝내는 정신적인 황폐화를 겪으면서 우발적인 범행을 저질렀다는 점이 인정되었다.

우발적인 살인 행위일지라도, 이 사건의 경우처럼 여인이 동거 관계에 있는 남성을 죽이는 행위는 사회적 지탄과 강력한 처벌을 받아야 마땅할 것이다. 그러나 그동안 피고인이 장형보로부터 받아온 심적 압박으로 인하여 사물을 변별할 능력은 물론 의사를 결정할 능력이 없거나 미약한 상태에 있었다고 할 수 있다. 피고인은 이 사건에서는 가해자이지만, 동시에 위 당일 사건 이전 피살자인 장형보로부터 심적, 육체적 고통을 당해온 피해자이기도 하거니와 피고인의 구속으로 실형을 받을 경우 자녀가 방치되는 부작용도 감안해야 한다. 자녀의 입장에서 볼 때 위협이 되던 동거남이 사망한 지금 어머니마저 영어의 몸이 되어 고아나 다름없는 입장에 있기 때문이다.

위와 같이 법률에 비춰본바, 판시 피고인의 연령, 환경, 피해자와의 관계, 범행의 동기와 방법, 범행 후의 정황 등 기록에 나타난 양형의 조건이 되는 제반 사항을 살펴본 결과, 원심의

형이 심히 부당하다고 인정할 현저한 사유가 있다고 판단되므로 작량 감경을 한 형기 범위 내에서 피고를 주문과 같이 판결한다.

　소화 ×년 ×월 ××일

　경성복심법원 형사부 조선총독부 판사 ×××

　　　　　　　　조선총독부 판사 ×××

　　　　　　　　조선총독부 판사 ××××

　이상 등본한다.

　소화 ×년 ×월 ××일

　경성복심법원 조선총독부 서기 ××××

　출소자들이 정문 앞에 줄지어 섰다. 거의 뜬눈으로 밤을 새운 초봉은 몸이 무겁고 나른했으나 머리는 맑았다. 간수가 명령하자 쪽문이 열렸다. 초봉은 다른 사람들과 섞여 형무소를 나섰다.

　정문 앞에서 기다리던 계봉이 달려왔다.

　"언니!"

　초봉은 쑥스럽게 웃었다. 검정색 투피스에 모자를 쓴 계봉은 영화 속의 귀부인처럼 예뻤다. 결혼 뒤에 얼굴이 더 좋아졌다. 작년에 계봉과 이시카와는 서류상으로 정식 부부가 되었다. 시댁의 반대로 결혼식은 뒤로 미뤘다. 초봉은 계봉이 차입해준 보라색 투피스를 입었지만 남의 옷을 입은 것처럼 어색해 자주 옷매무시를 고쳤다. 굽 높은 구두도 여간 불편한 게 아니었다.

"몸은 괜찮아? 상한 덴 없어?"

"응."

"그이랑 같이 왔어."

계봉이 고개를 돌렸다. 길 건너 승용차 앞에 서 있던 이시카와가 중절모를 벗고 인사했다. 초봉도 고개를 숙였다.

"혼자 오지 그랬어."

"언니, 우린 가족이야. 가족끼리 숨길 게 뭐 있고, 가릴 게 뭐있어."

초봉에게서 불편한 기색을 읽은 계봉이 명랑하게 말했다. 결혼을 했어도 제 중심적으로 사고하는 건 여전했다. 그걸 다른 말로 하면 주관이 뚜렷한 것이겠으나 받아들이는 사람 입장에선 그게 그거였다. 초봉은 주위를 재빨리 훑어보았다. 승재는 없다. 딱 한 번 면회 온 뒤론 발길을 끊었다. 그게 무슨 의미인 줄 알면서도 쉽게 미련을 떨치지 못하고 있었다.

"송희는?"

승용차엔 운전수만 타고 있었다.

"집에 있어."

초봉은 고개를 끄덕였다. 다섯 살이면 웬만한 건 다 알 나이였다. 행여나 나쁜 기운이라도 끼칠까 싶어 면회 올 때도 데려오지 말라고 당부했다. 계봉은 그런 초봉을 독하다고 타박하면서도 시키는 대로 따랐다. 데려올 리가 없다는 걸 알면서도 혹시나 하는 마음에 물어본 것이다. 사진으로만 보아온 송희를 어서 보고 싶었다. 초봉이 계봉에게 군산에 있는 가족들의 안부를 물었다.

"고생 많으셨습니다."

이시카와가 다가와 말했다. 종성 발음이 거의 완벽한 조선어였다. 발음에 어설픈 구석이 전혀 없었다.

"고맙습니다."

초봉은 다시 고개를 숙였다. 그 어떤 미사여구로도 고마움을 표현할 길이 없었다. 때론 진부하고 의례적인 한마디가 마음을 담아내기도 하는 법이었다.

이시카와가 승용차로 안내했다. 훤칠한 키에 큼직큼직한 이목구비를 가진 이시카와는 변호사이면서도 철저히 사업가 기질을 갖춘 사내였다. 쓸모가 덜한 조선어 갑종 자격증을 취득한 것도 조선인 부호들을 직접 상대하기 위해서였다. 그가 철든 이후로 사업가 기질을 배제하고 선택한 게 있다면 바로 계봉이었다. 계봉을 보는 순간 놓쳐선 안 된다고 직감했고, 그 직감에 충실했다. 때마침 일이 되느라 그랬는지 초봉의 변론을 맡게 되었다. 그 일이 아니었어도 계봉을 아내로 맞을 자신이 있었지만.

계봉에겐 야생마처럼 길들여지지 않은 매력이 있었다. 권력과 돈 앞에서도 주눅 들지 않는 당당함이 이시카와를 설레게 했고, 자신이 남자임을 느끼게 만들었다. 집안에선 조선인 여자는 절대 안 된다고 못을 박았다. 이시카와가 고집을 꺾지 않자 첩은 괜찮다고 한발 물러났다. 사랑하는 여자에게 그런 대접을 하는 건 이시카와가 용납할 수 없었다. 대립이 계속됐으나 해결의 실마리를 찾지 못했다. 그래서 집안과 의절하다시피 하고 계봉을 법적인 아내로 맞았다. 집안의 승낙이라는 절차가 남아 있었으나 필요한 건 시간이었다. 이시카와는 장남이었다.

이시카와가 승용차 뒷문을 열어주었다. 초봉과 계봉이 차례로 탔다.

"거기로 가지."

앞자리에 앉은 이시카와가 운전수에게 말했다. 시보레는 경성 시내를 시속 40킬로로 달렸다. 초봉은 갑자기 속이 메슥거리고 머리가 아프기 시작했다. 얼굴까지 창백해져 넘어온 신물을 삼키던 초봉은 그예 헛구역질을 했다. 3년 동안 보행에만 익숙했던 초봉의 육체가 탈것에 거부반응을 보이고 있었다.

"왜 그래? 안색이 안 좋아."

"속이 좀…… 차가 빨라서……"

계봉이 묻자 초봉이 손바닥으로 앙가슴을 눌렀다.

"좀 천천히 가지."

이시카와가 운전수에게 지시했다.

"아녜요. 그냥 가주세요."

초봉이 다급하게 말했다. 송희를 한시라도 빨리 보고 싶었다.

"정말 괜찮아, 언니?"

눈을 감은 초봉이 고개를 끄덕였다. 승용차가 미쓰코시백화점에 도착했다. 곧장 집으로 갈 줄 알았던 초봉은 의아한 눈길로 고개를 돌렸다.

"식사하면서 긴히 할 얘기가 있어."

계봉이 어색하게 웃었다. 백화점에 들어서는 순간 초봉은 아찔한 현기증을 느꼈다. 휘황한 조명과 호화로운 실내 장식에 압기돼 몸이 절로 움츠러들었다. 형무소에선 뭐든 단순하고 획일적이었는데 반해 백화점은 다양하고 화려했다.

"당신은 먼저 올라가 있어요."

이시카와를 보낸 계봉이 초봉을 화장실로 이끌었다. 계봉은 거울 앞에서 초봉에게 화장을 해주었다. 초봉이 직접 하겠다는데도 계봉은 제가 해주겠다고 우겼다. 초봉은 얼굴을 남에게 내맡기고 있자니 기분이 이상했다. 분첩으로 볼을 두드릴 땐 간지러워 구두 속의 발가락을 꼼지락거렸다.

"자, 다 됐어."

입술에 루주를 칠해준 계봉이 말했다. 거울 속엔 다른 여자가 있었다. 수인복을 입고, 일과표에 따라 움직이고, 수인 번호로만 불리던 초봉은 어디에도 없었다.

"마음에 들어?"

계봉도 화장을 고치며 물었다. 초봉은 고개를 끄덕이며 웃는 자신을 거울을 통해 보았다.

"언니, 식당에선 내가 하는 걸 잘 보고 그대로 따라하면 돼."

계봉이 말했다. 이시카와는 식당 입구에서 기다리고 있었다. 종업원들은 계봉 내외에게 친절하고 정중했다. 지배인이 직접 와서 이시카와 일행을 안내했다. 계봉은 지배인이 꺼내준 의자에 앉았다. 자주 와본 듯 자연스럽고 세련된 동작이었다. 계봉이 잘 봤지? 하는 눈빛을 보내왔다. 초봉은 그대로 따라했다. 초봉은 의자에 앉아 몸을 여러 번 움직여 자세를 고쳤다. 형무소에서 오래 지내온 터라 누군가의 도움을 받는 게 어색하고 불편했다.

"골라보시죠."

이시카와가 메뉴판을 초봉에게 건넸다. 초봉은 뭘 골라야 할지 몰라 메뉴판만 보고 있었다. 들어보거나 먹어본 음식은 손가락으로 꼽을 정도이고, 거의가 생소한 것들이었다.

"제가 고를게요. 언니 식성은 내가 잘 아니까."

메뉴판을 가져간 계봉이 종업원에게 이것저것을 주문했다. 음식이 나올 때까지 세 사람은 얘기를 나누었다. 주로 계봉이 말하고 초봉은 간간이 응대하거나 고개를 끄덕였다. 이시카와는 잔잔한 미소가 어린 얼굴로 계봉을 바라보기만 했다. 그 눈빛만으로도 계봉이 이시카와에게 어떤 존재인지 충분히 짐작되었다.

나이프와 포크를 사용해 먹는 서양 요리는 초봉의 입맛에 맞지 않았다. 무슨 절차와 격식이 그리 복잡한지 초봉은 계봉이 하는 걸 곁눈질하며 먹느라 혼이 빠질 지경이었다. 어려운 제부 앞이라 더욱 그랬다. 다 먹고 나서도 속이 느끼하고 더부룩해 두부와 대파를 숭덩숭덩 썰어 넣고 끓인 김치찌개가 간절했다. 후식이 나오자 이시카와가 우편국에 다녀오겠다며 일어났다.

"언니."

계봉이 커피를 한 모금 마시고 나서 불렀다. 이제까지와는 달리 착 가라앉은 목소리였지만 초봉은 눈치채지 못했다.

"응?"

초봉은 입에 든 커피를 서둘러 삼켰다. 오랜만에 마시는 커피는 썼지만 속은 좀 편해졌다. 이시카와 때문에 곧추세우고 있던 허리를 등받이에 기댔다. 한동안 말이 없던 계봉이 이윽고 입을 열었다.

"송희 말이야……"

"송희가 왜?"

초봉의 눈이 커졌다. 무슨 탈이라도 났나 싶어 가슴이 덜컥 내려앉았다. 그러고 보니 계봉답지 않게 머뭇거리는 게 예사롭지 않았다.

"왜? 송희가 다치기라도 한 거야?"

초봉이 답답한 마음에 넘겨짚었다.

"아냐, 그런 거. 언니랑 상의할 게 있어서 그래."

계봉의 목소리는 여전히 차분했다.

"놀랐잖아. 뭔데 그렇게 뜸을 들여."

초봉은 계봉에게로 기울였던 상체를 다시 등받이에 기댔다. 커피 잔을 드는데 계봉이 다시 언니, 하고 불렀다. 초봉은 커피 잔을 든 채로 계봉을 보았다. 커피 향을 음미한 계봉이 커피 잔을 내려놓았다. 저만치 물러갔던 불안감이 다시 몰려왔다. 계봉은 에둘러 말하는 성격이 아니었다. 그렇다면 앞으로 계봉의 입에서 나올 말은 에두른 것과 관련이 있을 터였다.

"송희 말이야…… 우리가 키우면 어때?"

계봉이 천천이 입을 열었다. 초봉은 커피 잔에 묻은 루주 자국을 보며 계봉이 한 말을 곱씹었다. '우리'엔 세 가지 조합이 있었다. 자신과 계봉, 계봉과 이시카와, 그리고 셋 다. 머잖아 '우리'에 자신은 포함되지 않는다는 걸 깨달았다. 이시카와가 자리를 뜬 것도 우연이 아니었다. 초봉이 수감 생활을 하는 동안 줄곧 송희를 키워왔으니 '키우다'가 사전적인 의미만은 아니었다. 그렇게 해서 다다른 결론에 초봉은 깜짝 놀라고 말았다. 아닐 거야. 초봉은 속으로 급하게 도리질을 쳤다.

"그게 무슨 말이야?"

"언니, 우리가 송희를 입양하고 싶어. 송희 장래도 생각해야 되잖아. 언니도 아직 젊은데 계속 혼자 살 수도 없고. 언니랑 송희를 아주 떼놓겠다는 게 아냐. 보고 싶을 땐 언제라도 볼 수 있잖아. 나도 그이도 송희를 아주 귀여워해. 송희도 우릴 잘 따르고. 물론 결정은 언니가 하는 거야."

언제 머뭇거렸냐는 듯 단숨에 말한 계봉이 커피로 목을 축였다. 꺼내기 어려운 말을 하고 나니 제 딴에 목이 탔나 보다. 요점만 말한 건 감정을 철저히 배제하겠다는 의도 같았다.

"변소 좀……"

계봉이 종업원을 불러 초봉을 안내해주라고 일렀다. 초봉은 문을 잠갔다. 신트림이 올라오며 생목이 썹혔다. 변기에다 먹은 걸 죄다 토해냈다. 줄을 당겨 물을 내리고 구석에 쪼그려 앉아 눈물을 닦았다. 눈부시게 흰 자기로 만들어진 수세식 변기를 보자 더욱 설움이 북받쳤다.

초봉이 형무소에서 열 시간의 노동으로 받은 대가는 한 달 평균 육십여 전이었다. 초봉과 계봉 내외가 먹은 요리 가격은 초봉의 몇 달치 노역비에 해당했다. 모든 것들이 초봉을 초라하고 위축되게 만들었다. 살인자의 자식이라고 손가락질받게 할 순 없잖아. 초봉의 자격지심인지는 몰라도 왠지 계봉이 그 말을 하지 않은 것만 같았다. 초봉이 장형보를 살해한 원인은 복합적이었다. 하지만 직접적인 동기는 장형보에게 학대받는 송희를 지키기 위해서였다. 그런데 그것이 송희 앞에 떳떳이 나설 수 없는 이유가 되다니. 화가 나는 건 계봉의 말이 조금도 틀리지 않다는 데 있었다. 계봉 내외는 송희를 남부럽지 않게 키울 조건을 갖추고 있었다. 혈육이라는 이유로 송희의 앞길을 막는 것은 모성애로 포장된 이기심일 뿐이었다. 초봉은 화장이 번질까 봐 마음껏 울지도 못했다. 시큼한 냄새가 나는 텁텁한 입안을 물로 헹궜다. 돌아간 줄 알았던 종업원이 초봉을 다시 데려다주었다. 이시카와는 아직 돌아오지 않았다.

"생각해볼게."

초봉은 의자에 앉으며 말했다.

"미안해, 언니. 절대로 강요하는 건 아냐. 다만⋯⋯"

"네 마음 알았으니까 그만하자."

초봉이 계봉의 말을 끊었다. 둘 사이에 어색한 침묵이 흘렀다. 초봉은 커피 잔만 기울였다. 마침 이시카와가 돌아와 늦어서 미안하다며 너스레를 떨었다.

3

　약제사가 나갔다. 병원 살림을 맡고 있는 약제사는 문식의 사
촌동생이었다. 지난달보다 수입이 줄었다고 걱정하는 걸 다른
지출을 줄여보자는 말로 무마했다. 적자가 어제오늘의 일이 아
니긴 했지만 그 폭이 점차 늘어나고 있었다.

　진찰실 문이 열리고 육십대 노파가 들어섰다. 어두운 얼굴로
있던 승재는 자세를 고쳐 앉았다. 남루한 행색인 노파는 몹시 주
눅 든 얼굴로 쭈뼛거렸다. 실비병원을 찾는 환자들은 거의가 빈
민이었다. 억눌리고 짓밟혀 살아온 그들은 남은 게 눈치밖에 없
었다. 관복이나 제복을 입은 사람들 앞에선 그 정도가 더했다.
승재는 그런 모습들이 언짢았지만 현실로 받아들여야 했다.

　"이쪽으로 앉으시죠. 어디가 불편해서 오셨습니까?"

승재는 부드러운 미소로 맞았다.

"저…… 돈이 이것밖에……"

노파가 치맛말기를 뒤적여 돈을 꺼냈다. 손바닥에 삼 전이 부끄러운 듯 놓여 있었다. 손바닥이 거칠고 손마디가 굵었다. 왼쪽 검지 끝은 자잘한 흉터로 우둘투둘했다. 상처가 생기고 아물기를 반복하며 굳은 흔적이었다. 승재는 노파를 안심시키기 위해 미소를 거두지 않았다.

"돈은 넣어두시구요. 우선 아픈 곳을 말씀해보세요."

"정……말 그래도 되나요?"

노파가 눈을 동그랗게 떴다. 호의나 선의를 받는 것에도 익숙지 않아 보였다.

"그럼요."

승재는 고개를 크게 끄덕였다.

"속이 영 안 좋아서요. 웬만하면 참는데, 뭘 먹기만 하면 체해서요. 늘 속이 답답하고…… 여기가 불이 난 것처럼 뜨겁고, 환약을 먹어도 낫지를 않고……"

노파가 명치에 손바닥을 댔다. 승재는 청진기를 노파의 가슴과 배에 댔다.

"숨 들이쉬고요…… 뱉으시고요."

병원을 찾아올 지경이라면 정말 심각해서일 텐데 아무 이상이 없었다. 환약이란 건 한약방에서 지은 게 아니라 무허가 업자들이 검증되지 않은 원료로 만든 싸구려일 것이다.

"언제부터 그러셨나요?"

승재가 청진기를 진찰 탁자에 놓으며 물었다.

"아들이 죽고부터니까, 한 오 년……"

"아드님 나이가?"

내키진 않지만 치료를 위해 알아야 했다.

"스물여섯……"

"윗옷을 좀 걷어보시겠습니까?"

얼굴에 비해 피부가 백옥 같았다. 노파가 나이보다 늙어 보인다는 말이었다. 어쩌면 아들을 잃은 충격 때문에 얼굴만 노화가 촉진됐을 수도 있었다. 몇 군데를 손가락으로 누르며 촉진했지만 마찬가지였다. 소화기의 문제가 아니었다. 가난하고 못나서 한평생 숨을 죽이고 살아온 탓에 참는 게 체질이 된 사람들은 속병이 많았다. 노파의 병은 아들의 죽음과 연관 있는 듯했다.

"아드님은 어떻게……"

상처를 건드리는 것 같아서 조심스러웠다.

"그게……"

노파가 돌연 입을 다물었다. 깊은 생각의 우물에 두레박을 드리우고 뭔가를 길어 올리는 얼굴이었다. 승재는 잠자코 기다렸다. 노파가 갑자기 울음을 터뜨렸다. 아리랑 곡조처럼 끊길 듯하며 이어지는 울음은 새끼를 따라 죽었다는 어미 원숭이의 설화에서 비롯된 단장(斷腸)의 슬픔을 떠오르게 했다. 고개를 숙이고 있어 눈물이 바닥으로 떨어졌다. 잠시 당황했던 승재는 뒷주머니에서 손수건을 꺼내 주었다. 달래거나 진정시키진 않았다. 때론 눈물이 치료제가 되기도 하니까. 명님이 무슨 일인가 하여 진찰실 문을 열었다. 나가보라는 눈짓을 보낸 승재는 끈기를 갖고 기다렸다. 이윽고 눈물을 그친 노파가 물코를 들이켜며 말했다.

"미안합니다. 늙은이가 추태를 보여서."

"아닙니다. 자, 이젠 말씀해보시죠. 아드님 사망 원인이 뭐였죠?"

"여인네와 사통하다 그 여인네의 남편에게 맞아 비명횡사를……"

초면에 털어놓기 어려운 얘긴데도 노파는 담담히 말했다. 기다린 보람이 있었다. 승재가 위로의 말을 건네려는데 노파가 말을 이었다.

"다듬잇방망이로 맞아 머리가 바숴지고 갈비가 넉 대나 부러졌습니다."

말만 들어도 소름이 끼쳤다. 가만, 두개골 함몰과 늑골 골절? 승재가 아는 사람의 사인과 비슷했다. 더 정확히 말하면 사인은 둔기에 의한 뇌진탕, 좌상이 스무 군데도 넘었으며 대소변을 지렸다. 범인이 사용한 흉기도 다듬잇방망이로 같았다. 고태수를 죽인 한참봉의 공판 기록에 그렇게 씌어 있었다. 승재는 고태수에게 홀어머니가 있다는 사실을 기억의 저편에서 불러냈다. 아연 긴장한 승재가 자세를 바꾸며 입을 열었다.

"혹시 아드님이 어디서 사망하셨는지……"

"군산이라고, 전라도에 있는……"

승재는 허읍, 숨을 삼켰다. 그제야 노파를 찬찬히 뜯어보았다. 얼굴 윤곽과 코, 입매가 고태수와 닮았다. 고태수는 외탁을 했다. 노파는 자식을 잘못 키운 자신의 죄가 크다는 말만 반복할 뿐 고태수가 저지른 사기와 횡령에 대해선 언급하지 않았다. 고태수가 참혹한 모습으로 먼저 갔으니 속병이 생기는 건 당연했다. 노파는 전형적인 울화증이었다. 고태수는 외아들이라고 들었다. 고태수가 매달 보내주던 돈이 끊겼을 것이다.

"그렇군요. 생활이 힘드시진 않으십니까?"

"나이 먹으니 안잠자기로 받아주는 집도 없고 해서 빨래 품, 삯바느질 품을 팔아 겨우겨우 입에 풀칠은 합니다. 기력이 달리고 눈도 침침해져 들어오는 일감이 예전 같지 않습니다만."

노파가 푸념 끝에 한숨을 쉬었다. 노파는 외아들을 잃은 슬픔에 생활고가 겹쳐 이중으로 어려움을 겪고 있었다. 삶은 매 순간 여러 문을 보여주며 선택할 것을 강요한다. 그 문들 너머엔 좋은 일도 나쁜 일도 숨어 있다. 하지만 노파가 연 문들은 어김없이 신산스런 삶이 기다리는 고생문이었을 것이다. 유난히 거친 노파의 손바닥은 빨래를 해서였고, 왼손 검지의 흉터는 바늘에 찔려 생긴 자국이었다. 임금은 낮으면서 강도는 센 노동의 흔적들이 노파의 삶을 대변해주고 있었다. 승재는 세상에 홀로 내쳐진 노파에게서 고아인 자신을 발견했다. 고태수가 초봉의 삶을 낭떠러지로 이끌긴 했어도, 그건 노파와 무관한 일이었다. 이것도 인연이라면 인연이었다.

"이 병원에서 일하고 싶으신 생각 있으십니까?"

승재는 앞뒤 생각 없이 물었다. 그런 일은 계획을 세워 추진하
는 게 아니었다. 운영난을 호소하던 약제사를 머릿속에서 밀어
냈다. 고태수가 보내준 돈이 얼마였든 자신이 감당 못할 액수는
아닐 터였다.

"무슨 일인지…… 병원 일은 당최 할 줄 아는 게 없어서……"

승재의 제안이 반가우면서도 노파는 선뜻 응낙하지 못했다.

"별다른 일은 아닙니다. 청소하고 빨래하고, 뭐 그런 일들입
니다. 아드님껜 생활비를 얼마씩 받으셨나요?"

"매삭 십오 원……"

말끝을 흐리는 노파의 얼굴에 화색이 돌았다. 언제 아들 때문
에 울었냐 싶게 울음기가 가신 얼굴이었다. 그만큼 돈에 대한 압
박이 심했다는 반증이기도 했다. 형편없는 액수였다. 고태수는
횡령한 돈으로 미두 투기, 주색잡기, 사기 결혼에 흥청망청 쓰면
서 제 모친에겐 더할 나위 없이 인색했다.

"언제부터 나오시겠습니까?"

"지금 하고 있는 바느질감 마무리하면 내일이라도……"

"그럼 내일부터 나오십시오. 그리고 조제해드리는 약은 오늘
저녁부터 드시고요. 소화가 안 되는 건 화병 때문이니 마음 편히
가지십시오."

승재는 처방전을 써서 약제사에게 넘겼다.

"어디에 사십니까?"

"여기서 가깝습니다. 한걸음 거리예요."

노파도 애오개(아현동)에 산다는 말이었다. 하긴 애오개에 사니 승재의 병원을 찾았을 것이다. 승재는 알지 못할 힘이 노파를 돌보라고 자신을 군산에서 이곳으로 이끈 것만 같았다. 노파에게 병원 문 여는 시간에 맞춰 오라고 했다. 노파는 진찰실을 나갈 때까지 네 번이나 고개를 숙였다.

노파는 부지런함이 몸에 밴 사람이었다. 잠시도 가만있지 않고 쓸고 닦았다. 일을 만들어서 하는 성격이라 커튼이나 책상보, 가운이 더러워지기 전에 빨았다. 병원 앞엔 늘 비질 자국이 나 있고 유리창엔 얼룩 하나 없었다. 병원 직원들에게 전해 들은 바로는 노파는 오십대, 친정이 전라도 완주였다. 완주는 전주 옆의 시골로, 군산과는 지척이었다.

노파는 잠깐씩 쉴 때면 창밖으로 멍한 눈길을 두곤 했다. 아들을 잃은 슬픔 때문인지, 자신이 살아온 삶을 반추하는 것인지, 그도 저도 아니면 망중한을 즐기는 것인지 알 수 없었다. 확실한 건 사람이 다가가도 모를 만큼 넋을 놓고 있다는 거였다. 고태수의 무덤을 찾아가봤는지 궁금했다. 비가 몹시 오던 날 승재가 지나가는 말로 물었다.

"아드님 무덤은 자주 찾아가십니까?"

"실은……"

말을 꺼낸 노파의 눈꺼풀이 떨렸다. 노파가 힘겹게 말을 이었다.

"아들이 일하던 은행에서 큰돈을 빼돌렸습니다. 무덤이 군산에 있다는 말은 들었는데 어딘지는 모릅니다. 전생에 악업이 많아 그 죄 닦음을 하느라 아들 무덤도 못 가는 신세려니 하고 삽니다."

다 아는 얘기였지만 승재는 진지하게 들었다. 어머니가 아들의 무덤을 모른다는 건 있을 수 없었다. 노파에게 죄가 있다면 고통으로 점철된 삶을 산 것뿐이었다. 그런 노파를 자책하게 내버려두는 건 죄악이었다. 승재가 물었다.

"아드님 무덤에 가보고 싶지 않으십니까?"

딴 곳을 향하던 노파의 눈길이 천천히 승재에게 옮겨왔다. 의혹과 혼란이 가득한 눈빛이었다. 노파와 눈을 맞춘 승재는 괜한 말이 아니라는 듯 고개를 강하게 끄덕였다.

"군산경찰서에 아는 사람이 있습니다. 부탁하면 찾을 수 있을 겁니다."

사실대로 말할 순 없었다. 노파의 눈에 물기가 어렸다. 가슴속에 맺혔던 응어리들이 한꺼번에 분출하는 것 같았다. 승재는 늙은 비둘기처럼 끅끅대는 노파의 어깨를 오래 쓸어주었다.

다음날 형주에게 전보를 쳤다. 승재가 근무하는 병원으로 전화를 걸어달라는 내용이었다. 정주사는 슬하에 2남 2녀를 두었다. 초봉, 계봉, 형주, 병주. 그러니까 형주는 장남이었다. 장거리 전화를 걸어온 형주에게 사정을 얘기했다. 가만히 듣고만 있던 형주는 예, 한마디만 했다. 아무 감정도 실리지 않은 목소리였다. 제 누이의 인생을 망친 사람의 어머니를 안내하는 일이었다. 싫거나 망설이는 기색을 비칠 법도 한데 군말 없이 하겠다고 했다. 다른 가족들에게 비밀로 하라는 당부에도 순순히 그러마고 했다. 잡음이 심한 전화로는 단답형 대답과 침묵 사이에서 형주의 의중을 파악하는 건 불가능했다. 승재의 마음을 이해하는 건지, 승재의 부탁이니까 마지못해 들어주는 건지 알 수 없었다. 승재가 직접 내려가는 게 맞지만 눈코 뜰 새 없이 바빴다. 노파가 내려가기 전날, 형주에게 노파가 군산역에 도착하는 시각을 전보로 알려주었다.

노파는 군산에 내려간 지 일주일이 넘도록 돌아오지 않았다. 이틀만 자고 오겠다고 했다. 형주에게 고태수의 무덤에 가보라는 전보를 쳤지만 노파가 없다는 답신만 돌아왔다. 가슴을 졸이던 승재는 일단 안심했다. 아들의 무덤 앞에서 자진이라도 했나 싶었던 것이다. 그동안 고마웠습니다. 노파가 떠나며 남긴 말이 내내 마음에 걸렸다. 여비에 보태라며 승재가 쥐여준 돈을 끝내 마다한 것도 찜찜했다. 한복을 차려입고 손지갑만 든 것도. 이틀을 머물려면 갈아입을 옷이나 이것저것 소용되는 물건들이 있을 텐데, 하면서도 그냥 넘긴 건 지경(地境)에 노파의 친척이 산다고 했기 때문이었다. 이럴 줄 알았으면 친척의 주소를 받아두는 건데. 지경은 이리에서 군산으로 가는 길목에 있는 면 소재지였다. 기차역이 있어 교통도 편리했다.

명님을 노파의 집에 몇 번 보냈지만 돌아오지 않았다는 대답만 돌아왔다. 이 주일쯤 되던 날엔 승재가 직접 노파의 집을 찾아갔다. 낡고 오래된 애옥살이는 노파의 성품처럼 깔끔하게 정리돼 있었다. 안집 주인에게도 별다른 말이 없었다고 했다. 그렇게 삼 주가 흐르고, 한 달이 지났다. 승재의 뇌리에서도 노파의 존재가 차츰 흐릿해졌다.

그러던 어느 날, 신문의 사회면에서 군산 관련 기사를 읽던 승재의 눈이 커졌다. 자세를 고쳐 앉아 신문을 눈에 가까이했다.

군산에서는 최근 며칠 동안 45차례의 강도 사건을 비롯해 절도 사건 빈발하여 인심이 흉흉하던 차에 지난 24일 군산 부근 지경(地境) 역전에서 노파의 시체가 발견되었다고 한다. 이 급보를 접한 군산경찰서에서는 형사대를 현장에 급파, 26일 군산도립의원에서 해부할 예정이다. 그녀는 육십이 넘은 노파로서, 피를 흘리고 죽은 신체에 아무 상처가 없어 타살인지, 자살인지 여러 추측이 떠도는 가운데 사인은 해부한 후에 밝혀질 것으로 보인다.

신문의 발행 날짜는 석 달 전이었다. 노파가 군산에 내려간 시기와 비슷했다. 신문엔 비린내가 배어 있었다. 위염이 심한 환자가 약을 먹고 좋아졌다며 명태 세 마리를 갖다주었다. 신문은 그 명태를 말아서 온 싸개지였다. 생활이 넉넉지 못한 환자들은 치료비 대신 종종 물건을 가져왔다. 미안함을 그렇게 표현했는데 야채나 계란, 건어물이 주종을 이루었다. 때론 산 닭을 보자기에 싸 와 직원들이 당황하기도 했다.

승재는 군산경찰서로 전화를 걸었다. 자리를 비운 담당 형사와 오후 늦게야 통화가 되었다. 하지만 인상착의만 가지곤 동일인인지 여부를 확인할 길이 없었다. 죽은 노파는 신원을 증명할 그 어떤 것도 소지하지 않았다. 시체 주변에서 지갑도 발견하지 못했다. 그런데 사인이 독특했다. 독극물을 마시고 혀를 깨물었다. 피를 흘린 건 그 때문이었다. 승재가 내려가려고 했지만 연고자가 나타나지 않아 시체를 공동묘지에 묻은 뒤였다. 고태수도 공동묘지에 묻혀 있었다. 노파가 고태수의 모친이라면 모자가 같은 곳에 묻힌 거였다. 승재는 그 사실에 만족해야 했다.

승재는 무연고자로 처리된 시체가 노파라고 확신했다. 혀를 깨문 게 본인 의지인지, 외부의 물리력에 의한 것인지는 밝혀지지 않았다. 하지만 승재는 노파가 깨문 거라고 굳게 믿었다. 극약을 먹고 혀까지 깨문 건 자식을 잘못 키운 속죄의 의미가 아닐까. 그러니까 스스로에 대한 징치나 징벌이었다. 자꾸만 그런 생각이 들었다.

4

계봉의 집은 혜화정에 있었다. 근처에 경성제대와 전문학교가 있어 관택이 많았다. 격식을 갖춘 고급 주택들은 일견 엇비슷하면서도 저마다 개성이 뚜렷했다. 거리는 한산하고 깨끗했다. 외부인의 접근을 완강하게 거부하듯 대문들은 굳게 닫혀 있었다. 동네 뒤의 숲에서 새소리가 들려왔다.

이층집은 대저택은 아니나 제법 규모가 있었다. 정원 한쪽에 연못을 꾸며놓았다. 잉어들이 맑은 물속을 헤엄쳐 다녔다.

"송희가 물고기 구경하는 걸 좋아해."

계봉이 말했다. 정원 한가운데로 징검다리처럼 놓인 박석을 지나자 현관이 나왔다. 외관은 일본 전통가옥이지만 거실은 서양식으로 꾸며놓았다. 벽난로 위의 가족사진만 아니라면 유럽의 어느 가정집에 온 것 같은 착각이 들었다. 식모가 나와 계봉 내외를 맞았다. 곧이어 송희가 이층에서 내려왔다.

"다녀오셨어요?"

뛰어온 송희가 두 손을 공손히 모으며 인사했다. 성장 과정을 사진으로 봐서 낯설지는 않았다. 하얀 세일러복에 무릎까지 오는 흰색 타이츠를 신었다. 단발머리는 윤기가 흘렀고 살결은 초봉을 닮아 희었다. 눈동자가 머루처럼 아주 까맸다. 육체나 정신 어디에도 결핍이나 결여는 찾아볼 수 없었다. 초봉은 그늘 없이 자란 송희가 고맙고 대견했다.

"우리 송희 유치원에 잘 갔다 왔어?"

계봉이 한쪽 무릎을 마룻바닥에 대고 송희와 눈높이를 맞추었다. 고개를 끄덕인 송희가 호기심 가득한 눈으로 초봉을 보다가 계봉에게 물었다.

"누구예요?"

"송희야, 엄……"

"송희야, 이모야."

초봉이 얼른 계봉의 말을 막았다. 계봉과 이시카와가 놀란 눈으로 서로를 보았다. 초봉은 자기가 해놓고도 당황했다. 계봉의 제안을 수용한 것도, 거절한 것도 아니었다. 시간을 가지고 생각해볼 요량이었는데, 불쑥 그렇게 말이 나오고 말았다.

"이모?"

"그래, 이모. 내가 너희 엄마 언니거든. 이리 와서 이모 한번 안아주련?"

초봉은 무릎을 꿇고 두 팔을 벌렸다. 송희가 초봉에게 주춤주춤 다가가 품에 안겼다. 초봉은 송희의 등을 쓰다듬었다. 통통한 살집 안쪽에서 단단한 뼈마디가 느껴졌다. 복숭아 향이 났다. 힘찬 심장박동과 혈관을 도는 피가 느껴졌다. 송희는 새끼 새처럼 몸을 꼼지락거리면서도 품에서 벗어나려 하진 않았다. 인내심이 강한 아이였다. 초봉은 송희가 갑갑해하는 걸 감지했지만 쉽사리 팔을 풀지 못했다.

"이모, 왜 울어요?"

초봉의 어깨에 턱을 얹은 채 안겨 있던 송희가 물었다. 초봉이 정신을 차리고 보니 뺨이 젖어 있었다.

"너무 기뻐서."

초봉은 얼른 눈물을 닦았다. 기쁨의 눈물을 알기에 송희는 아직 어렸다. 초봉은 기뻐서 운 적이 별로 없었다. 송희에겐 부디 그럴 일이 많기를 바랐다.

"그래도 울지 마세요."

송희가 고사리 같은 손으로 초봉의 등을 토닥였다. 초봉은 울컥하는 마음을 겨우 눌러 참았다.

송희는 새끼 새처럼 끊임없이 재잘거렸다. 동요를 부르며 율동을 하다 시들해지자 바이올린을 가져와 켰다. 활로 현을 무작정 문질러대는 소음에 불과했지만 초봉에겐 그 어떤 연주보다 훌륭하고 아름답게 들렸다.

계봉이 차렵이불을 송희의 어깨까지 덮어주었다. 초봉은 침대 모서리에 걸터앉아 송희의 손을 어루만졌다. 저녁을 먹자마자 곯아떨어진 송희는 고른 숨소리를 냈다. 손가락이 초봉처럼 마디가 짧았다.

"크면 미울 텐데……"

초봉의 눈엔 좋은 유전자를 물려주지 못한 미안함이 가득했다.

"뭐가?"

"손가락 말이야."

"난 또…… 뭐가 걱정이야. 단점을 장점으로 만들면 되지. 언니, 고마워."

"아니야, 내가 고맙지. 송희를 이렇게 잘 키워줬으니."

초봉은 엄마임을 밝히지 않은 것에 대한 말인 줄 알면서도 그렇게 받아넘겼다. 대답만 안 했다 뿐이지 송희에게 이모라고 소개한 순간부터, 아니 계봉의 제안을 듣는 순간부터 초봉의 마음은 이미 기울어졌는지 몰랐다. 자식이 정상적인 가정에서 성장하길 바라는 어미라면 선택의 여지가 없었다. 그건 여름 다음에 가을이 오고, 꽃이 피면 열매가 맺히는 이치와 같았다. 머리론 납득이 되는데 가슴으론 포기가 되지 않을 뿐이었다.

"옆방에 잠자리 봐놨어."

"여기서 자고 싶어."

"그래, 언니."

계봉은 식모를 시키지 않고 손수 요와 이불을 가져왔다. 초봉은 불을 끄고 누웠으나 잠이 오지 않았다. 송희가 크게 숨을 내쉬며 돌아누웠다. 그 바람에 다리가 이불 바깥으로 나왔다.

"원, 점잖은 사람이 어찌 이리 잠버릇이 험하누."

초봉이 이불을 잘 덮어주었다. 그렇게 말하니 오랫동안 한방을 쓴 것처럼 정겨워지며 예전의 일들이 되살아났다. 송희를 지키기 위해서라면 못할 게 없었다. 장형보와 사는 것도, 장형보를 죽이는 것도. 송희를 민적에 올려달라는 청을 박제호가 묵살한 게 이제 와선 그렇게 고마울 수가 없었다. 그랬다면 송희의 민적이 지저분해졌을 것이다.

"암, 고마운 일이구말구."

초봉이 혼잣말을 했다. 자신의 선택들이 모두 옳았다는 걸 확인받고 싶었다. 길지 않은 밤을 무의미하게 보내고 싶지 않았다. 불현듯 못 견디게 송희의 얼굴이 보고 싶어졌다. 불을 켜면 깰 것 같아 살며시 커튼을 젖혔다. 희미한 달빛이 하늘하늘한 비단처럼 송희의 얼굴에 드리워졌다. 초봉은 엉덩이를 토닥이며 나직이 자장가를 불렀다. 몇 곡을 불렀는지 모른다. 아는 자장가와 동요를 다 부르고 창가를 부르는데 송희가 부스스 일어났다. 초봉은 노래를 그쳤다. 눈을 비빈 송희가 잠이 덜 깬 눈으로 초봉을 빤히 보다 물었다.

"엄마?"

꿈을 꾼 것일까.

"으응."

초봉은 얼버무리다 그만 송희를 와락 끌어안았다. 가슴 깊숙한 곳에서 올라온 느꺼움이 명치에 걸리며 울음으로 변했다. 초봉은 흐느낌이 밖으로 새어 나가지 않게 입술을 물었다. 그래도 몸이 떨리는 건 어쩔 수 없었다.

"나, 오줌."

송희가 하품을 하며 말했다.

"그래, 그래."

오줌 줄기가 약해지자 까막까막 조는 송희를 안아다 침대에 눕히고 나니 창밖이 밝아왔다. 초봉은 밤을 하얗게 지새웠다. 울음을 참느라 여러 번 입술을 깨물었더니 비릿한 피 맛이 느껴졌다. 앞으로 눈물 흘릴 일은 얼마든지 있을 터였다. 그때를 위해 아껴두기로 했다.

초봉은 조용조용 세수를 하고 공들여 화장을 했다. 몸단장을 하고 나니 이전의 자신과 결별하고 새로 태어난 기분이었다. 어디선가 닭이 울었다. 관상용으로 닭을 키우진 않을 것이다. 부자 동네에서도 가금을 사육하는가 싶으니 사람 사는 게 다 거기서 거기라는 생각이 들었다. 그러자 삶에 대해 강렬한 애착이 솟구치며 식욕이 느껴졌다. 어제 낮에 먹은 건 토했고 저녁은 깨작거리다 말았다. 부엌엔 군입질할 게 있을 것이다. 방문을 닫고 돌아서니 계봉이 이층으로 올라오고 있었다.

"벌써 일어났어?"

"응."

초봉이 소리 없이 웃었다. 계봉은 눈두덩이 붓고 아랫입술에 상처가 생긴 초봉을 보곤 안쓰러운 표정을 지었다.

"이시카와가 언니한테 할 말이 있대."

"이시카와가 뭐니, 남편한테."

초봉이 나무랐다.

"뭐 어때, 없는 데선 나라님도 이놈 저놈 하는데."

계봉이 혀를 날름했다. 그럴 땐 철부지로밖에 보이지 않았다. 외출복을 입은 이시카와는 거실 응접 의자에 앉아 신문을 보고 있었다.

"어서 오세요, 홍차 드시겠습니까? 전 요즘 이 홍차 맛과 향에 푹 빠졌습니다."

"예."

이시카와가 여분의 찻잔에 도자기 주전자를 기울였다. 선홍빛 액체에선 풀 냄새가 났다.

"가게를 물색하다 좋은 매물을 봐두었습니다. 식사하시고 한 번 가보시죠. 그리고 옷 수선집이 아니라 곧장 양장점을 시작하시는 게 어떻겠습니까?"

"예?"

초봉이 계봉을 보았다. 매물이라면 가게를 산다는 뜻? 더군다나 곧장 양장점이라니.

"가게를 사려고 해. 가게를 꾸미고 미싱도 들이려면 있던 돈

70

만으론 빠듯해. 부족한 돈은 이이가 보태기로 했어. 기술자도 한 사람 알아놨어. 옷 공장에서 경험을 쌓은 아가씨야. 열다섯에 시 다로 들어가 스물인 지금까지 착실히 기술을 익혔대. 얼굴이 살 짝 얽은 아가씬데, 나도 몇 마디 나눠봤더니 심성이 고와. 언니 를 잘 도와줄 거야. 좋은 조건을 제시했더니 말만 하면 언제든지 거길 그만두고 오겠대."

"난……"

초봉은 생각할 여유를 가지려고 찻잔을 입으로 가져갔다. 씁 쓰름한 맛이 입안에 퍼졌다. 입술을 적실 만큼 적은 양이었으나 뜨거운 홍차가 상처에 닿자 절로 이맛살이 구겨졌다. 수면 부족 으로 입안은 모래를 가득 문 것처럼 버석거렸다. 장형보의 돈을 '있던 돈'이라고 표현한 계봉의 말만 귓가에 맴돌았다. 계봉이 말 해주어 그간의 사정은 어느 정도 알고 있었다. 계봉이 덧붙였다.

"언니, 생각해봐. 어차피 나중에 양장점을 낼 거잖아. 시간 낭 비할 거 뭐 있어. 언니도 이 년 넘게 기술을 배웠고, 또 기술자가 도와준다잖아. 부족하거나 미진한 게 있으면 이이가 다 알아서 해결해줄 테고."

"여보, 처형도 생각할 시간을 가지셔야지. 저랑 가셔서 가게 부터 보시죠."

계봉을 말린 이시카와가 초봉에게 말했다.

"사무실은 어떡하고요?"

계봉이 물었다.

"급한 일은 처리했으니까 오후에 나가도 돼."

초봉은 부엌에서 흘러나오는 사골 고는 냄새를 맡았다. 사골은 일본 음식이 아니었다. 감옥에서 축난 몸을 보양하라고 만드는 것 같았다. 잠시 잊었던 허기가 다시 고개를 들었다.

아침을 먹자마자 계봉의 성화에 못 이겨 집을 나섰다. 가게는 종로통 대로변에 있었다. 사람들 왕래도 빈번했다. 목이 좋아 꽤 비쌀 것 같았다. 골목 안에 있는 허름한 가게를 생각했던 초봉은 계봉과 이시카와의 마음 씀씀이가 새삼 고마웠다. 가게 안팎을 둘러보았다. 아무리 보조해주는 사람이 있어도 초보자인 초봉이 혼자 운영하기엔 무리였다. 미싱질만으로 양장점을 운영하는 건 아니었다. 옷본도 뜰 줄 알아야 하고 유행도 파악해야 하고 단골도 확보해야 하고 옷감이나 단추와 훅 같은 부자재를 대주는 재료상도 어디가 좋은지 알아야 했다. 그런 것들을 한꺼번에 해결하려면 옷 수선집만큼 좋은 게 없었다. 옷 수선집을 내기엔 좀 아까운 자리였으나 애초에 작정한 대로 밀고 나가기로 했다. 계봉과 이시카와는 아쉬워하면서도 초봉의 결정을 존중해주었다.

5

"빨리 불란 말이다!"

날카로운 고함 소리가 희미한 의식을 비집고 들었다. 승재는
고개를 저었다. 기력이 쇠진해 정말 고개를 저었는지, 그래서 의
사가 제대로 전달됐는지조차 알 수 없었다. 코로 물이 들어왔다.
남은 힘을 짜내 몸부림을 쳤다. 숨이 막히고 가슴이 터질 듯 아
팠다. 소리 지를 힘도 없어 읍, 읍, 신음만 내뱉었다. 맞은편 벽
에 붙은 다족류 벌레가 눈에 들어왔다. 벌레는 방향을 잃은 듯
더듬이를 분주히 움직였다. 촉수 낮은 전등 아래에서도 벌레가
또렷이 보였다. 온몸의 감각이 무뎌지면 시력이 비장상적으로
발달하는 걸까. 음습한 지하에 사는 벌레가 다 부러웠다. 적어도
벌레들끼린 모르는 일을 말하라고 고문하고, 고문당하는 일은

없을 테니까.

발가벗겨진 승재는 발목이 묶여 거꾸로 매달려 있었다. 피가 아래로 몰려 벌게진 얼굴이 화끈거리다 못해 뜨거웠다. 만신창이가 된 몸은 감각이 없었다. 박현철은 기술적으로 몽둥이질을 했다. 어떻게 때리는지 살이 아니라 뼈가 아팠다. 골병든다는 말이 실감났다. 이렇게 죽는구나 생각하니 기가 막혔다. 아니, 차라리 어서 죽었으면 싶었다. 인간이 짐승으로 전락하는 데는 많은 시간이 필요치 않았다. 단 몇 시간이면 족했다.

"이 새끼, 이거 아주 악질이구만. 하필 이런 새끼가 걸려서."

박현철이 숨을 몰아쉬며 순사보에게 턱짓을 했다. 순사보가 밧줄을 풀었다. 승재는 젖은 시멘트 바닥으로 떨어졌다. 취조는 계속되었다.

"너희 조직원들만 불면 넌 여기서 나갈 수 있다. 내 보장하지. 우두머리와 조직원이 누구누구야?"

쪼그려 앉은 박현철이 승재의 턱을 잡아 흔들었다. 피부에 닿는 가죽장갑의 감촉이 섬뜩해 턱과 목 주변에 소름이 돋았다. 승재의 몸이 가죽장갑을 낀 주먹으로 맞을 때의 느낌을 기억하고 있었던 것이다. 박현철은 고문하는 내내 일본군 장교용 가죽장갑을 꼈다. 박현철이 말했다. 일본육사를 지원해 장교가 되는 게 꿈이었는데 신체검사에서 탈락했다고. 사슴 가죽으로 만든 장갑은 그 좌절에 대한 보상 심리처럼 보였다.

"전, 정말, 아무것도, 모릅니다. 전, 그저, 그저, 수술만, 해줬을, 뿐입니다. 믿어주십시오. 정말입니다."

승재는 차가운 바닥에서 숨을 헐떡였다.

"아직 정신을 못 차렸구나. 물맛을 봤으니 이번엔 불맛을 볼까? 어이, 준비해."

박현철이 순사보에게 명령했다. 불맛은 전기고문을 뜻하는 듯했다.

"아, 아, 아닙니다. 정말, 모릅니다. 제발, 살려주십시오. 정말 모릅니다. 살려주십시오. 살려주십시오."

승재는 박현철의 바짓자락을 잡고 울부짖었다. 기진맥진한 가운데에서도 초인적인 힘을 발휘했다. 취조실에 전기고문 도구는 없었다. 하지만 이제까지 한 짓으로 봐선 전기고문보다 더한 것도 할 인간이었다.

"더러운 손으로 어딜 잡는 거야!"

박현철이 구둣발로 승재를 걸어찼다. 가슴을 움켜쥔 승재는 숨이 막혀 컥컥댔다. 얼굴이 흙빛으로 죽어가고 있었다.

"이 새끼 왜 이래? 야, 인마, 구경만 하지 말고 어떻게 좀 하란 말이야."

박현철이 순사보의 정강이를 걸어찼다. 정강이를 싸쥔 순사보가 날개 뜯긴 파리처럼 제자리를 맴돌았다.

"이 자식이 그래도!"

박현철이 눈을 부라리며 다시 발을 들었다. 순사보가 절룩거리며 뛰어가 승재의 가슴을 문질러댔다. 얼마 뒤에 승재가 긴 숨을 내쉬며 발작적인 기침을 토해냈다. 순사보가 이마에 흐르는 땀을 닦으며 안도의 한숨을 내쉬었다.

"시간이 벌써 이렇게 됐나. 약속이 있으니까 내일 다시 하지."

박현철이 팔뚝시계를 보며 나갔다. 순사보가 문밖을 살피더니 재빨리 말했다.

"오문식과 무관하다면 절대로 거짓 자백을 해선 안 되우."

취조실 문이 닫혔다. 승재는 혼자 남겨졌다. 호흡곤란을 일으켜 전기고문을 당하지 않은 건 천만다행이었다. 축축한 바닥에서 지린내가 났다. 승재가 지린 오줌이었다. 그건 배설 욕구와는 무관했다. 극도의 공포와 육체의 한계를 견디기 위한 자기방어적인 행위였다. 모든 일엔 내성이 생기기 마련인데 고문은 예외였다. 혼절했다 깨어나기를 반복했다.

추웠다. 물기가 없는 곳으로 옮겨가 접은 다리를 가슴에 붙이며 팔짱을 꼈다. 체온을 보존하는 자세였다. 몸을 움직이자 잊고 있던 통증이 뼈를 타고 몸 전체로 퍼졌다. 고통을 참으려고 어금니를 물었다가 신음을 삼켰다. 잇몸이 다 들떴다. 그 와중에도 순사보의 말은 큰 위안이 되었다. 누군가가 자기편이라는 게 눈물 나게 고마웠다. 버티자, 버텨야 한다. 그나저나 점심을 먹고 온 박현철의 입에서 왜 초봉의 이름이 나온 걸까. 어떤 연유에서건 좋은 징조는 아니었다.

승재는 고문을 받으며 때때로 강한 자기 불신에 시달렸다. 기억엔 없지만 문식에게 조직에 가입하겠다고 했던 건 아닐까. 문식이 자기 몰래 조직원으로 등록해둔 건 아닐까. 확신이 없고서야 저렇게 집요할 수는 없었다. 사람을 이렇게 망가뜨릴 수는 없었다. 문식은 경기도에 많은 땅을 소유한 대지주의 아들이었다. 일찍이 사회주의에 경도돼 세브란스의전을 졸업하자마자 빈민 구제에 뛰어들었다. 아버지는 물론 부의회 의원인 큰형과도 의절한 채 살았다. 친구의 소개로 알게 된 문식은 체구는 자그마하면서도 늘 활기찼다. 한 살 아래지만 배울 게 많아 너나들이하는 사이였다. 승재가 야학에서 교사를 한 것도 문식의 영향이었다. 승재는 곤경에 처했어도 문식이 원망스럽지 않았다. 오히려 체포되지 않고 꼭꼭 숨어 자신의 뜻을 펼치길 바랐다.

낯선 사람들이 승재를 찾아온 건 사흘 전이었다. 퇴근 준비를 서두르는데 진찰실 밖에서 명님의 목소리가 들렸다.

"어떡하죠? 진료 시간 끝났는데."

이어 남자의 목소리가 들리더니 명님이 진찰실로 들어와 편지를 내밀었다.

"선생님, 밖에 계신 분이 이걸 전해달라는데요."

반으로 접힌 봉투에서 편지를 꺼냈다. 문식의 필체였다. 내용을 읽기도 전에 가슴이 철렁했다. 승재는 아무도 없는 진찰실을 괜히 둘러보았다. 편지를 지닌 사람이 총상을 입었으니 꼭 치료를 해달라는 내용이었다. 말미에 위험한 부탁을 해서 미안하다는 첨언이 있었다. 승재는 간단한 문장 속에 담긴 간곡함과 다급함을 읽었다. 문식은 도피 중이어서 수술 기구를 가지고 있지 않았다. 경찰이나 헌병이 발포했다는 건 꼭 체포해야 할 인물이라는 뜻이었다. 치료해주면 나중에 문제가 될 소지가 다분했다. 하지만 그걸 따지고 있을 때가 아니었다. 문식의 부탁이기도 하려니와 환자를 골라 치료하는 건 의사의 도리가 아니었다. 총알이 좌우를 가리지 않듯, 의사도 총알을 적출하는 대상에 좌우가 없었다.

"들어오시라고 해. 그리고 명님이는 먼저 퇴근해. 문단속은 내가 할게."

다른 직원들은 이미 퇴근한 뒤였다. 양복 차림에 중절모를 쓴 두 사람이 진찰실로 들어섰다. 초로의 사내가 젊은 사내의 부축을 받고 있었다. 식은땀을 흘리는 초로의 사내는 얼굴이 창백했고, 통증을 참느라 이를 악물었다. 승재가 진찰대에 누우라고 하자 초로의 사내는 중절모를 벗었다. 머리칼이 땀으로 젖어 있었다. 통증이 대단한 듯했다. 명님이 나간 걸 확인하고 출입문을 닫아걸었다. 커튼을 쳤다. 진찰실만 남겨두고 전등도 다 껐다.

"상처를 볼까요?"

승재가 말했다. 젊은 사내가 초로의 사내에게서 상의를 벗겨냈다. 초로의 사내는 팔을 들거나 몸을 움직여 탈의를 도왔다. 곧 상반신이 드러났다. 오른쪽 어깨를 싸맨 붕대 위로 피가 번졌다. 총상 환자는 처음이지만, 철공소에서 기계가 폭발해 이송돼온 환자의 몸에서 쇳조각을 제거한 경험이 있었다. 별반 다르지 않을 것이다. 마취제를 투여했다. 총알은 쉽게 적출했다. 지혈을 하고 멸균거즈를 댄 다음 붕대를 감았다. 약제실에서 소염제와 진통제를 꺼내주었다. 거즈와 붕대도 넉넉하게 챙겨주었다. 강한 마약 성분이 포함된 진통제를 구입하려면 관할경찰서의 허가를 받아야 했다. 어떻게든 방법이 있을 것이다.

"고맙소."

승재는 초로의 사내가 내민 손을 잡았다. 젊은 사내는 말없이 고개를 숙였다. 그들은 곧 병원을 나갔다. 조금 쉬었다 가라고 했으나 들은 척도 하지 않았다. 그들은 말을 아꼈다. 보내놓고 나니 들은 말은 고맙소, 단 한마디였다.

사복경찰들은 오늘 진료를 시작하기 직전에 들이닥쳤다. 출입문 유리가 깨지며 요란한 소리가 났다. 현관에 실내화가 여러 켤레 있지만 그들은 구두를 신은 채 들어왔다. 그중에서 가죽장갑을 낀 사람이 다짜고짜 총구를 승재에게 들이댔다.

"오문식이 어디 있어?"

"모릅니다."

승재는 얼결에 손을 들어 항복하는 자세를 취했다. 총구에 눌린 오른쪽 관자놀이가 서늘했다. 수술해준 게 동티가 난 걸까. 속단하긴 일렀다. 이전에도 경찰이 병원이나 하숙집으로 찾아와 문식의 행방을 캐물은 적이 있었다. 하지만 그들은 이전의 경찰들과 전해지는 느낌부터가 달랐다. 승재는 눈동자를 돌려 권총을 겨눈 사람을 보았다. 눈매가 표독스럽고 광대뼈가 튀어나왔으며 하관이 빨랐다. 그가 보여준 행동은 그가 얼굴만큼이나 성마른 성격의 소유자임을 말해주었다. 그가 박현철이었다.

박현철이 권총을 쥔 손에 힘을 주며 다시 물었다.

"오문식이 어디 있냐니까?"

"정말 모릅니다."

고개가 왼쪽으로 꺾인 승재는 될 대로 되라는 심정으로 눈을 감아버렸다. 박현철이 권총손잡이로 승재의 어깨를 내리쳤다. 승재는 낮은 신음을 토하며 풀썩 주저앉았다. 고통을 삭이느라 악다문 잇새로 숨을 짧게 끊어 쉬었다. 그건 앞으로 겪게 될 고통의 맛보기에 불과했지만 승재가 그걸 알 턱이 없었다. 경찰들은 직원들을 약제실로 몰아넣고 병원을 수색했다. 승재는 가운을 입은 채 종로경찰서로 끌려갔다.

복도에서 발소리가 들렸다. 승재는 반사적으로 눈을 떴다. 몸은 얼어 감각이 둔한데 지레 겁을 먹은 심장은 맹렬히 뛰었다. 귀를 기울였다. 발소리는 승재가 갇힌 취조실을 지나갔다. 잠시 후에 문을 여닫는 소리가 들렸다. 그래도 놀란 가슴은 쉬 진정되지 않았다.

잠이 달아나버렸다. 승재는 곧추세웠던 허리를 다시 벽에 기댔다. 시간이 얼마나 흘렀는지 알 수 없었다. 잡혀 온 후로 억겁의 세월이 흐른 것도, 몇 분이 지난 것도 같았다. 시간이 아주 멈춰버린 듯도 했다.

다시 발소리가 들렸다. 바짝 마른 입술에 침을 묻혔다. 떨리는 손으로 무릎을 싸안고 깍지를 꼈다. 승재가 있는 취조실 문이 열렸다. 승재는 두려움에 턱을 덜덜 떨었다.

"다시 시작해볼까?"

박현철이 가죽장갑을 벗어 왼손에 몰아 쥐었다. 그 말에 승재는 몸을 최대한 웅크렸다. 박현철이 재미있다는 듯 킬킬댔다.

"아, 아, 농담이야, 농담."

"일어나시우. 석방이우."

순사보가 승재를 일으켜 의자에 앉혔다. 몸이 언데다 같은 자세로 있었더니 관절이 잘 펴지지 않았다. 승재는 어리둥절해 박현철을 보았다.

"이걸로 끝났다고 생각하지 마라. 난 네가 아직도 오문식의 조직원이라고 생각하니까. 이번엔 운이 좋아 쥐새끼처럼 빠져나갔지만 내가 항상 주시한다는 사실을 잊지 마."

박현철이 웃음기가 걷힌 얼굴로 말했다. 승재는 그의 눈을 피해 고개를 숙였다.

박현철이 취조실을 나갔다. 승재는 순사보의 도움을 받아 옷을 입었다. 얼떨떨하기만 했다. 금방이라도 박현철이 돌아와 농담이었다고, 다시 시작하자고 할 것 같은 조바심에 절로 손길이 빨라졌다.

옷을 입고 나니 따뜻한 건 둘째 치고 단박에 짐승에서 사람으로 승격한 기분이었다. 몸을 어느 정도 굴신하게 되자 순사보가 승재를 경찰서 정문까지 데려다주었다. 인력거가 대기하고 있었다.

"고맙습니다."

순사보에게 말하던 승재가 낮게 비명을 질렀다. 자기도 모르는 사이에 손이 왼쪽 허리에 가 있었다.

"몸보신 단단히 해야 할 거유. 다신 여기 올 구실을 만들지 마시우."

혀를 찬 순사보가 머리를 절레절레 흔들었다. 이 짓도 못 해먹겠다는 표정이 역력했다. 인력거꾼은 심상한 얼굴로 승재를 부축해 인력거에 태웠다. 그런 일쯤은 놀라지 않을 만큼 흔한 모양이었다. 승재는 왼쪽 허리가 불편해 비스듬히 앉았다. 정확히 하루 만이었다. 그 짧은 시간에 고문이란 고문은 다 받았다. 며칠, 아니 몇 주씩 구금된 상태에서 고문을 당하는 사람들의 체력과 정신력이 경이로울 따름이었다.

하늘은 어둡게 내려앉아 있었다. 거리는 오전인데도 인파로 넘쳐났다. 불현듯 외로움이 엄습했다. 생사를 넘나들며 온갖 고초를 당하고 나온 승재를 경성은 너무 태평하고 평온한 얼굴로 맞았다. 인력거가 움직였다. 종로경찰서가 멀어졌다. 온몸을 친친 감았던 줄이 서서히 느슨해지는 기분이었다. 집에 와서야 비로소 자유의 몸이 되었다는 실감이 들었다. 곧장 이불 속으로 들어갔다. 갑자기 풀려난 건 초봉이 어떤 식으로든 손을 쓴 때문이라고 생각하며 깊은 잠 속으로 빠져들었다.

6

"여보세요?"

"아줌마, 아줌마."

수화구에서 다급한 목소리가 들려왔다.

"누구시죠?"

초봉은 침착하게 물으며 자신을 그렇게 부를 만한 젊은 여자를 머릿속으로 그려보았다. 선뜻 떠오르는 얼굴이 없었다.

"저예요, 아줌마, 명님이요."

초봉은 통화자가 누구인지 확인하는 순간 왼손으로 가슴을 눌렀다. 명님이 개인적으로 전화를 걸어올 일이 없었다. 초봉은 승재와 관련된 것임을 직감했다. 그리고 명님의 목소리로 보아 그일은 촌각을 다투는 것이었다.

"명님이로구나. 잘 지냈어? 그래, 무슨 일이니?"

떨리는 가슴을 진정시키며 차분하게 물었다.

"큰일 났어요. 경찰들이 선생님을 잡아갔어요."

"왜?"

초봉이 수화기를 바꿔 잡았다.

"몰라요."

명님이 울음을 터뜨렸다.

"언제?"

"좀 전에요."

"명님아, 울지 말고 기다려. 아줌마가 곧 갈게."

초봉은 달래듯 말했지만 이미 제정신이 아니었다. 외투에 한쪽 팔을 끼며 나갔다가 다시 들어와 지갑을 챙겼다.

택시에서 내렸다. 아현실비의원은 신촌 쪽으로 가다가 오른편에 있는 낡은 이층 건물의 일층에 세 들어 있었다. 본일 휴진. 출입문에 종이가 붙어 있었다. 병원 안은 난장판이었다. 병원 직원들이 대충 치웠지만 한바탕 난리가 휩쓸고 간 흔적은 그대로 남았다. 약장 유리는 깨졌고 박살 난 책상 서랍은 한쪽으로 치워져 있었다. 부서지거나 망가진 진료 기구들을 진찰 탁자 위에 모아 두었다.

"어디 소속 경찰이라고 말 안 했어?"

초봉이 물었다. 명님은 고개를 저었다. 눈에 아직도 눈물이 그렁하고 볼엔 눈물 자국이 있었다.

"왜 잡아갔는지도 모르고?"

초봉은 답답한 마음에 명님에게 한 발 다가갔다.

"이 병원 주인 이름을 대며 어디 있는지 말하라고 윽박질렀어요. 수배를 받아 도망 중이거든요."

"뭘 잘못했는데?"

"사상 관련으로……"

옆에 서 있던 약제사가 말했다.

"권총을 여기에 들이댔어요. 권총으로 선생님을 때렸고요."

제 관자놀이에 갖다 댔던 검지로 다시 어깨를 가리킨 명님은 분을 삭이지 못해 식식거렸다. 사상이라면 사회주의를 말하는 거였다. 잠깐 보고 들은 것만으로도 보통 일이 아니었다. 뭐부터 해야 할지 가리사니가 잡히지 않았다. 먼저 이시카와가 떠올랐으나 고개를 저었다. 변호사니 검찰이나 경찰 쪽에 아는 사람이 많을 테지만 이런 일로 부탁하고 싶지 않았다.

초봉은 아현동 관할인 마포경찰서로 달려갔다. 경찰서 정문에 정복 경찰이 입초를 서고 있었다. 사기횡령을 저지른 고태수가 죽었을 때 조사를 받으며 공범 취급당했던 거며 장형보를 죽이고 나서 심문 받았던 게 떠올랐다. 다른 사람도 마찬가지겠지만 초봉에겐 경찰서가 멀리하고픈 곳이었다. 초봉은 근처 가게로 들어가 제일 비싼 담배 한 보루를 샀다. 대책 없이 담배부터 산 건 양장점을 운영하면서 터득한 요령이었다. 담배는 돈이 적게 들면서도 최소한의 성의는 표시할 수 있는 뇌물이었다. 여자 혼자 가게를 꾸려가는 건 이래저래 어려운 일이었다. 초봉이 혼자 몸이라는 소문을 들은 남자들은 노골적으로 수작을 걸거나 희롱하기도 했다. 이시카와가 관할 파출소장에게 초봉의 뒷배를 부탁해두었지만 어디에나 행정력이나 경찰력이 미치지 못하는 음지가 있기 마련이었다. 폭력배들이 상인 보호를 명목으로 금품을 요구하거나 이웃 가게에서 공연히 트집을 잡아 시비를 걸기도 했다. 그럴 때마다 이시카와를 찾을 순 없었다.

"정신 사납게 왜 왔다 갔다 하는 거야?"

입초를 서던 경찰이 으르딱딱거렸다. 서성이는 초봉이 신경에 거슬렸나 보다.

"누굴 좀 찾으려고요……"

초봉은 이때다 싶어 얼른 봉투에 든 담배를 경찰에게 내밀었다. 반말이 불쾌하기는커녕 말을 걸어준 게 고마웠다.

"이런 걸 여기서 내밀면 어떡해. 어디서 샀어?"

경찰이 담배와 초봉을 번갈아 보았다.

"저기서요……"

초봉이 뒤를 가리켰다.

"거기다 맡겨놔. 그래, 누굴 찾는데?"

경찰의 말투는 여전히 딱딱했으나 표정은 눈에 띄게 누그러졌다. 초봉은 아는 대로 말했다.

"그런 일로 피검돼 온 사람은 없어."

초봉은 면회를 시키지 않으려 시치미를 떼나 싶어 자세히 알
아봐달라고 사정했다. 경찰은 매달리는 게 딱했는지, 아니면 담
배 받은 값을 하느라 그랬는지 종로경찰서로 가보라고 귀띔해주
었다. 며칠 전에 사회주의 사상과 관련된 조직원 다수를 종로경
찰서 고등계에서 체포했다는 것이다. 그러면서 종로경찰서 뒤편
의 끽다점에 가면 형사들과 선이 닿는 사람들이 있다고 알려주
었다. 그들이 얼마를 요구하든 무조건 절반만 주라는 말도 친절
하게 덧붙였다.

초봉은 조금의 주저함도 없이 종로경찰서로 향했다. 다른 일
이었으면 무척 망설였을 것이다. 장형보를 죽이고 자수했던 곳이
바로 종로경찰서였다. 발걸음은커녕 쳐다보기도 싫은 곳이었다.

끽다점 안은 담배 연기가 자욱했다. 거간꾼들이 모여 있다는
선입견 때문인지, 채광이 나빠서인지 분위기가 음침했다. 혼자
이건 여럿이 대화를 하건 모두 심각한 얼굴이었다. 초봉은 손수
건으로 코를 막으며 빈자리에 앉았다. 차를 주문하기도 전에 한
남자가 접근해왔다.

"좀 앉아도 되겠습니까?"

남자는 대답도 듣지 않고 초봉의 맞은편에 앉았다. 왼쪽 눈썹
위에 흉터가 있었다. 눈이 작고 입술이 얇았다. 믿음이 가지 않
는 인상이었으나 아쉬운 쪽은 초봉이었다.

"종로서에 무슨 볼일이라도 있으신가요?"

"오늘 오전에 남승재라는 의사가 잡혀왔어요. 체포된 이유가 뭔지, 잡아온 형사가 누군지 알았으면 해요."

초봉은 간단히 말했다.

"삼십 원, 선불입니다."

남자가 즉각 흥정을 붙여왔다.

"정보를 알려주시면 즉시 이십 원 드리죠."

초봉은 나직하나 단호하게 말했다. 한시가 급한데다 흥정이 깨지면 어쩌나 하는 소심증에 경찰이 가르쳐준 액수보다 더 제시했다. 히물거리는 남자의 얼굴에 이거 여간내기가 아닌걸? 하고 씌어 있었다.

"좋습니다. 잠깐만 기다리시죠."

남자가 일어났다. 초봉은 커피를 주문했다. 남자는 삼십 분쯤 뒤에 돌아왔다. 수배 중인 사회주의자를 치료해준 게 체포 사유였고, 박현철이라는 조선인 형사가 담당이었다. 초봉이 약속한 돈을 건네며 다시 제안했다.

"박현철이라는 형사를 만나게 주선하면 삼십 원을 드리죠."

남자는 두말없이 나갔다가 다시 삼십 분쯤 뒤에 돌아왔다. 점심시간이 조금 지난 시간에, 종로경찰서와 좀 떨어진 일식집으로 약속을 잡았다는 것이다. 너무 빨라 긴가민가했다. 여자라고 만만히 여겨 속이는 게 아닌지 의심이 들었다.

"믿어도 되는 거죠?"

"걱정 붙들어 매두십쇼. 내 비록 뿌로카지만 이 바닥에도 상도의라는 게 있습니다. 이 일로 처자식 먹여 살리는데 농간을 부렸다간 그날로 이 바닥에서 쫓겨납니다."

남자가 다른 사람들을 턱으로 가리켰다. 동업자들이 내버려두지 않을 거라는 의미 같았다. 일단은 믿을 수밖에 없었다. 남자에게 돈을 건네고 끽다점을 나왔다. 약속 시간이 아직 많이 남았다. 은행에 들러 신권으로 이백 원을 찾았다.

낙엽이 보도 위를 뒹굴었다. 거리는 완연한 겨울이었다. 가게 안에서만 생활하는 초봉은 손님들이 주문하는 옷감이나 행인들의 옷차림에서 계절의 변화를 느꼈다.

도리우찌를 쓴 사내가 영화관 앞에서 행인들에게 전단지를 나눠주고 있었다. 받아보니 영화표를 사면 경품추첨권을 나눠준다는 내용이었다. 무슨 기념행사라고 했다. 영화관 간판엔 서양인 남녀가 뜨거운 눈빛으로 서로를 응시하고 있었다. 발걸음을 멈추고 간판을 올려다보았다. 초봉의 입가에 미소가 번졌다. 남자와 팔짱을 끼고 가던 여자의 핸드백이 초봉의 팔꿈치를 쳤다. 얼굴이 붉어진 초봉이 걸음을 재촉했다. 남승재의 마음은 이미 오래전에 자신을 떠났다. 그걸 알면서도 기대감을 버리지 못하는 자신이 한심하고 딱했다. 지향점을 상실한 열망은 초봉의 몸에 기생하며 현재와 미래를 갉아먹고 있었다. 오랜만에 가게에서 벗어난 초봉은 약속 시간까지 거리를 쏘다녔다.

출입문을 열자 따뜻한 기운이 온몸을 감싸왔다. 점심시간이 끝난 일식집은 한산했다. 남들의 이목을 피해야 했으므로 조용한 방을 달라고 했다. 박현철이라는 사람이 오거든 안내해달라는 말도 잊지 않았다. 상석인 안쪽을 비워둔 초봉은 방문을 등지고 앉았다. 주인에게 얻은 봉투에 지폐를 넣었다. 언 볼에 손바닥을 대고 화장이 번지지 않게 조심조심 눌렀다. 혈액순환이 활발해지자 볼이 간지러웠다. 발소리가 나더니 종업원이 여깁니다, 하고 방문을 열었다. 초봉이 일어났다. 박현철이 찬 공기를 몰고 들어왔다.

"보자고 한 사람이 당신이요?"

박현철의 사나운 눈길이 초봉을 훑었다. 초봉은 장형보가 떠올라 어깨를 흠칫 떨었다. 초봉은 박현철이 몰고 온 건 바깥공기가 아니라 그가 발산하는 독한 기운일지도 모른다고 생각했다.

"예."

초봉은 내색하지 않으려고 애썼다.

"무슨 일이요?"

박현철이 외투를 벗으며 퉁명스레 물었다.

"오늘 체포된 남승재 씨 때문에 뵙자고 했습니다."

"그자와는 어떤 사이요?"

박현철의 말투가 신경질적으로 변했다.

"우선 음식부터 주문하는 게 어떨까요. 점심시간이 지나 시장하실 텐데."

초봉은 방문 앞에 서 있는 종업원이 신경 쓰여 말했다. 박현철은 초밥을 시켰다. 초봉도 같은 걸로 주문했다. 날생선을 싫어했으나 밥을 먹자는 자리가 아니었다.

"고향 사람입니다. 어찌된 일인지 알고 싶어 뵙자고 했습니다."

초봉이 둘러댔다.

"고향 사람, 고향 사람이라……"

박현철이 오른손 검지로 식탁을 두드리며 말뜻을 새기듯 중얼거렸다. 입가에 빈정거리는 미소가 물려 있었다.

"저, 이거……"

초봉이 봉투를 박현철 앞으로 밀어놓았다. 아주 짧은 순간 박현철의 눈동자가 아래로 향했다가 제자리로 돌아왔다. 하지만 집어가지는 않았다.

"남승재는 사회주의 조직의 가맹원이라는 혐의를 받고 있소. 머지않아 실토하게 될 거요."

박현철은 자신감에 차 있었다. 자백만 받지 않았을 뿐 확신하는 태도였다. 초봉은 조바심이 났다.

"그분은 사람 고치는 일밖에 모릅니다. 사회주의 같은 건 알지도……"

"그래서."

박현철이 갑자기 목소리를 높였다. 초봉의 말을 막은 박현철이 말을 이었다.

"조선 속담에 열 길 물속은 알아도 한 길 사람 속은 모른다는 말이 있는 게 아니겠소."

박현철은 조선인이 아닌 것처럼 말하고 있었다. 초봉에겐 낯설지만 박현철에겐 자연스러운 화법인지도 몰랐다. 차별이 심한 경찰 조직 내에서 인정받으려면 뼛속까지 일본인이 되어야 할 테니까.

"잘 처분해주시길 부탁드립니다."

초봉은 고개를 숙였다. 박현철이 봉투를 열어 지폐를 세더니 초봉 앞으로 밀어놓았다.

"돈이 부족하군요. 그리고 와이로는 이런 데서 먹이는 게 아냐. 누가 보면 어쩌려고 그래."

박현철이 나무라며 수첩에 뭔가를 적었다. 높임말과 반말을 섞어 쓰는 박현철 앞에서 초봉은 자신의 처지를 실감했다. 찢어준 쪽지를 받아보니 용산에 있는 여관 이름이 적혀 있었다.

"거기로 밤 아홉 시까지 오라구. 돈은 거기서 받지."

왜 하필 여관일까. 하긴 그곳만큼 은밀한 거래를 성사시키기 좋은 곳은 없었다. 소기의 목적을 달성한 초봉은 돈 봉투와 쪽지를 손지갑에 넣었다.

해가 지자 기온이 빠르게 떨어졌다. 여섯 시만 돼도 어두웠다. 바람이 맵찼다. 인력거에서 내린 초봉은 외투 깃을 여몄다. 이면 도로 주택가에 위치한 여관은 한옥이었다. 촉수 낮은 외등이 희미하게 여관 간판을 비추었다. 몸을 한껏 웅크린 사람들이 종종 걸음을 쳤다. 수부에서 박현철의 이름을 대자 방을 알려주었다. 초봉은 지갑에서 봉투를 꺼내 외투 주머니에 넣었다. 봉투만 건네고 곧장 돌아 나올 작정이었다.

"어서 오시오."

유카타를 입은 박현철은 수건으로 머리를 말리고 있었다. 한쪽에 맥주와 두어 가지 안주가 차려진 개다리소반이 있었다. 초봉은 문손잡이를 잡은 채 통나무처럼 굳었다. 방 안의 풍경에서 기시감을 느꼈기 때문이었다. 장소와 사람은 다르지만 상황은 유성온천에서 박제호와 동거하기로 합의한 날과 정확히 일치했다.

그날 오전, 초봉은 군산역에서 기차를 타고 무작정 상경하던 길이었다. 이리역에서 기차를 갈아타려고 기다리다 박제호를 만났다. 박제호는 초봉이 근무하던 제중당의 주인이자, 아버지 정주사의 고향 친구였다. 대전에서 기차를 내린 박제호는 초봉을 다짜고짜 유성온천으로 이끌었다. 그날 밤, 몸을 허락한 초봉은 박제호의 제안을 받아들여 경성에서 동거를 시작했다.

초봉은 본능적으로 강한 불쾌감과 거부감이 들었으나 거래는 마무리해야 했다. 호랑이 굴에 들어가는 심정으로 문지방을 넘었다.

"앉아."

"이거부터 받으시죠."

초봉이 봉투부터 내밀었다.

"거기다 두지."

초봉은 박현철이 턱짓한 개다리소반 귀퉁이에 봉투를 올려두
었다. 어서 돌아가야 한다는 마음에 초봉은 박현철이 반말을 하
는지도 몰랐다.

"뭐 해, 앉지 않구."

박현철이 술상 앞에 앉았다. 정강이에 털이 부숭부숭했다.

"이리 오래두."

박현철이 자기 옆자리를 두드리며 야릇한 미소를 지었다. 갓
목욕을 마쳐 발그레한 뺨이 전등 빛을 받아 번들거렸다. 유카타
자락 사이로 언뜻 시커먼 거웃을 본 듯했다. 초봉은 훅 숨을 들
이켜며 반걸음쯤 물러났다. 속옷을 입지 않았다. 이 작자가 나를
어찌 알고!

"드릴 걸 드렸으니까 전……"

채 몸을 돌리기도 전에 날아온 냉랭한 목소리가 초봉의 뒷덜
미를 잡아챘다.

"아직 거래가 끝난 게 아냐."

초봉이 돌아섰다. 박현철의 얼굴은 목소리만큼이나 차갑게 변
해 있었다. 박현철이 맥주를 따 유리잔에 부었다.

"여기까지 왔으면 피차 합의가 된 거 아닌가?"

잔을 단숨에 비운 박현철이 입가에 묻은 거품을 혀로 핥았다.

"합……의라뇨?"

"순진한 척은. 너도 생각이 있으니까 따라온 거 아니냔 말이
야."

박현철이 일어나 초봉의 손목을 잡았다. 킬킬거리는 그의 입 안에서 금니 하나가 반짝였다. 손목은 빼려 할수록 더욱 죄어왔 다. 초봉은 너무 아파 신음을 흘리며 얼굴을 구겼다. 장형보에게 겁간당할 때의 공포가 되살아났다.

"이놈!"

어디서 그런 힘과 결기가 났을까. 초봉은 다른 손에 쥔 손지 갑으로 박현철을 후려쳤다. 지갑이 열리며 내용물들이 방바닥에 흩어졌다. 박현철이 신음을 뱉으며 휘청거렸다. 왼쪽 관자놀이 와 광대뼈를 싸쥔 박현철은 어안이 벙벙한 얼굴이었다. 무방비 로 당한데다 워낙 힘이 실린 가격이어서 충격이 컸다. 차츰 상황 을 파악한 그의 얼굴이 분노와 수치심으로 일그러졌다. 눈동자 에 예의 그 표독한 기운이 차오르기 시작했다.

돌발적으로 벌인 일에 안절부절못하던 초봉의 눈에 방바닥에 떨어진 종잇조각이 들어왔다. 손지갑에 넣어 다니던 이시카와의 명함이었다. 초봉은 명함을 주워 힘껏 던졌다. 얇은 종이는 박현 철에게 닿지 못하고 방바닥에 떨어졌다.

"그 사람이 내 제부다. 만약 남승재에게 무슨 일이 생기면 지 금 네가 나한테 한 짓을 제부뿐 아니라 경찰서에도 낱낱이 알릴 테니 그리 알아라."

초봉은 서두르지 않고 방을 나왔다. 마루에서 내려 구두를 신 으려는데 눈물이 왈칵 쏟아졌다. 스타킹만 신었는데도 시멘트 바닥이 차가운 걸 느끼지 못했다. 박현철이 쫓아 나올 것만 같아 자꾸만 뒤가 켕겼다. 다리가 후들거렸다. 마음은 급한데 칠피구 두는 초봉의 발을 요리조리 피해 다녔다. 여관을 뛰쳐나와 풀썩 주저앉고 말았다. 오금이 저려 한 발짝도 떼놓을 수 없었다. 한 기를 잔뜩 머금은 밤바람이 초봉의 젖은 뺨을 세차게 때렸다. 연신 뒤를 보며 엉금엉금 기다시피 도로까지 나왔다. 마침 건너편 으로 인력거가 찌르릉대며 지나갔다. 초봉은 남은 힘을 짜내 인 력거를 불렀다.

양장점 문을 열었다. 문소리가 나자 제작실에서 머리만 삐죽 내밀었던 덕순이 놀라 뛰어왔다. 파마를 한 머리는 헝클어졌고, 눈물에 지워진 화장은 얼룩졌다. 얼굴이 하얗게 질린 초봉은 건 드리기만 해도 쓰러질 듯 위태로워 보였다.

"무슨 일이세요?"

"아냐, 괜찮아. 밖에 인력거 서 있으니까 삯 좀 줘."

부축하려는 덕순에게 말했다. 초봉은 응접 의자에 몸을 던지 듯 앉았다.

"따뜻한 물이라도 드려요?"

나갔다 온 덕순이 눈치를 살피며 물었다. 눈을 감은 초봉은 고 개를 끄덕였다. 순간적인 기지를 발휘해 위기를 모면하긴 했지 만 마음은 편치 않았다. 남승재에게 보복성 해코지를 하는 건 아 닌지, 박현철이 이시카와에게 사실 여부를 확인하는 과정에서 여관에 갔던 일이 밝혀지는 건 아닌지, 눈매가 보통이 아니던데

앙심을 품은 박현철이 일을 덧들이는 건 아닌지.

덕순이 컵을 건네주고 제작실로 돌아갔다. 초봉은 물을 후후 불어가며 마셨다. 뜨거운 기운이 몸속에 들어가 부정적인 생각을 몰아냈다. 바보가 아닌 이상 제 무덤을 파는 짓은 않겠지.

"내일 가봉할 외투 아직 덜 됐니?"

초봉이 복잡한 머릿속을 털어낼 요량으로 물었다.

"거의 다 됐어요."

"빨리 하고 자자."

은행 과장의 사모님이 맞춘 옷이어서 신경이 많이 쓰였다. 초봉의 솜씨가 좋다고 소문이 나서 조선인뿐 아니라 가끔씩 일본인도 찾아왔다.

초봉은 옷 수선집을 시작한 지 1년 6개월 뒤에 양장점을 개업했다. 극구 사양하는데도 이시카와가 전화기를 놓아주었다. 미리 말해두었던 아가씨도 데려왔다. 덕순이었다. 초봉은 유행에 뒤처지지 않기 위해 노력을 게을리하지 않았다. 국내에서 발행되는 잡지와 신문을 주의 깊게 읽었다. 외국 잡지를 구해서 읽고, 주기적으로 발품을 팔아 백화점들의 양복과 양장 판매대를 돌았다. 하지만 모방만으론 곤란했다. 초봉은 한복과 양장을 결합한 여성복을 구상하고 있었다. 몇 년 내로 양장점을 경성에서, 아니 조선에서 으뜸가는 가게로 키우는 게 목표였다. 옷을 만들다보면 전문적으로 공부를 하지 않은 탓에 한계를 실감했다. 여건이 된다면 일본으로 건너가 양재전문학교에서 제대로 된 교육도 받고 싶었다. 밝은 생각들이 박현철과 있었던 불쾌한 일들을 눌렀다.

　여느 날보다 일찍 일어난 초봉과 덕순은 가게 문을 열 준비를 했다. 초봉은 걸레를 왼손으로 바꿔 쥐었다. 손지갑을 휘두를 때 어깨가 삐끗했는지 몹시 아팠다. 박현철에게 잡혔던 손목에도 붉은 자국이 남았다. 어제는 몰랐는데 왼쪽 발목에도 통증이 있었다. 정신없이 도망쳐 나오다 접질린 모양이었다. 초봉이 탁자를 닦는데 누군가 가게 문을 두드렸다.

　"이 아침에 누구죠?"

　옷감을 정리하던 덕순이 초봉을 보았다. 초봉이 거울 앞에서 옷매무시를 고쳤다. 이따금씩 초봉과 덕순이 입은 옷을 보고 주문하는 손님도 있기에 늘 옷차림에 신경을 썼다. 출입문 옆 창문 커튼을 살짝 들췄다. 박현철이 서 있었다. 초봉은 얼른 커튼을 놓았다. 심장이 두방망이질해댔다. 여길 어떻게 알았지? 이시카와를 통해 알았나? 아니지. 뒤가 구린 박현철이 이시카와와 직접 접촉했을 리 없었다. 그렇지. 손지갑엔 초봉의 명함도 있었다. 반대편 거울 속의 초봉은 놀란 토끼처럼 바들바들 떨고 있었다. 초봉은 잘못한 게 없었다. 마음을 다잡고 출입문을 열었다.

　"무슨 일이시죠?"

　초봉이 박현철을 외면한 채 물었다.

　"아, 예, 안녕하십니까?"

박현철이 도리우찌를 벗으며 비굴하게 웃었다. 사과하러 왔다는 걸 눈치챈 초봉은 한시름을 놓았다. 그래도 굳은 얼굴을 풀진 않았다.

"아침부터 결례인 줄 알지만 용서를 구하고자 이렇게 찾아뵈었습니다. 저…… 어젠 오해가 좀 있었습니다. 그런 뜻이 아니었는데…… 부디 너그럽게 사과를 받아주시면 감사하겠습니다."

박현철이 이마가 구두코에 닿게 허리를 숙였다. 오해? 초봉은 비웃는 표정으로 박현철의 뒤통수를 노려보았다. 고등계 형사니까 자신과 이시카와의 관계를 알아보는 건 일도 아닐 것이다. 어제와 백팔십도 달라진 태도가 그 증거였다. 초봉은 박현철처럼 상황에 따라 표변하는 자들의 행태를 잘 알고 있었다. 박제호가 그랬고, 장형보가 그랬다. 분한 마음 같아선 개기름이 흐르는 낯짝에 박박 손톱자국을 내도 성이 차지 않지만 남승재가 잡혀 있었다.

"다른 말은 않겠습니다. 남승재 씨만 무사하면 됩니다."

초봉은 차분히 말했다.

"아, 예, 여부가 있겠습니까. 취조 과정에서 약간의 물리력이 있었지만…… 예, 예, 걱정 마십시오."

박현철이 한 번 더 정중하게 고개를 숙였다. 물리력? 종로경찰서는 악명 높은 곳이었다. 하지만 하루 동안 얼마나 심하게 다뤘을까 싶었다. 돌아서는 초봉을 박현철이 저…… 하고 불러 세웠다.

"이거 받으십시오."

박현철이 바닥에 뒀던 초봉의 손지갑과 상자를 내밀었다. 손지갑을 받아든 초봉이 눈으로 상자는 뭐냐는 눈빛을 했다.

"께끼(케이크)입니다. 사과의 뜻입니다. 부디 받아주십시오. 어제 주신 봉투는 그대로 지갑에 넣어뒀습니다."

초봉은 손지갑에서 봉투를 꺼내 박현철에게 주었다.

"아이구, 아닙니다."

박현철이 화들짝 놀라며 손사래를 쳤다. 민망할 정도로 굽실거리는 바람에 초봉은 이 사람이 어제의 그 박현철이 맞는지 헷갈릴 지경이었다. 전혀 다른 두 인격체를 대하는 것 같았다.

"그냥 넣어주세요. 께끼는 잘 먹겠습니다. 그리고 남승재 씨 잘 부탁드립니다."

몇 번 사양하던 박현철이 봉투를 받아들었다. 적지 않은 돈이었으나 남승재를 구명하는 데 쓰인다면 아깝지 않았다. 무엇보다 박현철을 믿을 수가 없었다. 박현철 같은 자들은 돌아서면 딴짓거리를 일삼았다. 봉투는 등에 칼을 꽂지 못하게 하려는 일종의 보험이었다.

"예, 걱정 마십시오. 그럼 전 이만……"

"남승재 씨 면회는 가능한가요?"

초봉이 돌아서는 박현철에게 물었다.

"아, 예, 그게…… 취조가 끝나지 않아 좀 곤란합니다. 다른 사람들 눈도 있고…… 하지만 곧 나올 겁니다. 저희 일에도 절차와 과정이란 게 있으니까 최대한 빨리 석방되도록 조처하겠습니다."

박현철이 다시 비굴하게 웃었다. 억지웃음을 짓느라 급히 동원된 안면 근육들이 묘하게 뒤틀렸다. 역겨웠다. 고압적일 때가 오히려 자연스럽다는 생각이 들었다.

정중하게 인사를 하고 멀어지는 박현철을 지켜보았다. 면회가 된다고 해도 망설였을 것이다. 남승재는 자신을 피해왔다. 마음의 문을 닫아건 사람과 대면해서 어쩌겠다는 것인가. 곧 풀려난다니 그것으로 됐다. 초봉은 나직이 한숨을 쉬며 돌아섰다.

박현철이 돌아가고 몇 시간이 지난 뒤에 전화가 울렸다. 전화를 받으려는 덕순을 물리고 수화기를 들었다.

"여보세요?"

"아줌마, 저예요."

초봉의 짐작이 맞았다. 명님이었다. 그런데 울먹이고 있었다. 조짐이 좋지 않았다.

"그래, 선생님 오셨니?"

초봉은 초조한 마음에 말이 빨라졌다.

"예, 그런데 많이 다치셨어요."

"얼마나?"

"많이요. 고문을 당하셨어요."

약간의 물리력이라더니. 내 이 작자를!

"집엔 어떻게 오셨니?"

"인력거로요."

"걸을 순 있으시니?"

"예. 제가 병원에 가봐야 돼서요. 좀 와주실 수 있으세요?"

초봉은 걱정을 조금 덜었다. 혼자 움직였다면 정신은 있다는 말이었다.

"아줌마가 가볼게."

명님이 콧물을 들이켜며 알았다고 했다. 주소를 받아 적은 초봉은 입술을 꼭 깨물며 허공을 노려봤다. 박현철, 내 이놈을, 씹어 먹어도 시원찮을 이놈을! 입술 사이로 욕설이 새어 나왔다. 외출 채비를 서둘렀다. 푸줏간에 들러 사골과 양지머리, 사태를 샀다. 간단한 찬거리도 샀다.

승재는 잠들어 있었다. 터지고 붓고 멍든 얼굴은 엉망이었다. 터져서 피딱지가 앉고 하얗게 갈라진 입술 사이로 연신 앓는 소리가 새어 나왔다. 한숨을 쉰 초봉은 소리 나지 않게 문을 닫고 방을 나왔다. 하숙집 여주인에게 말해 부엌을 빌렸다. 사골을 물에 담그고 고기의 핏물을 뺐다. 그러다 문득 어떤 생각에 방으로 돌아가 승재를 흔들었다.

"선생님."

눈을 뜨지 않았다. 더 세게 흔들었다. 승재의 몸이 초봉이 흔드는 대로 움직였다. 여주인에게 승재의 상태를 알렸다. 여주인이 다른 방을 두드렸다. 안경을 쓴 청년이 나왔다. 읽던 책의 갈

피에 손가락을 끼우고 있었다. 얼핏 보니 경제학원론이었다.

여주인에게 사정을 전해 들은 청년이 승재를 업고 병원으로 내달렸다. 청년은 승재를 업고도 속도를 늦추거나 힘들어하지 않았다. 뛰느라 처진 승재를 추스르기 위해 두 번 멈췄을 뿐이었다. 고개가 옆으로 기운 승재의 팔다리가 힘없이 흔들렸다. 구두를 신은 초봉은 헐떡이며 청년을 따라갔다.

의사가 눈꺼풀을 열어보더니 기력이 쇠해 잠시 정신을 잃은 거라고 했다. 청진기 진찰을 하려고 승재의 윗옷 단추를 풀었다. 군데군데 핏물이 밴 내의가 살갗에 들러붙어 걷어 올리는 데 애를 먹었다. 결국엔 의사가 가위로 내의를 잘랐다. 초봉은 손바닥으로 입을 막았다. 의사도 놀라서 숨을 삼켰다. 어린 간호부는 아예 고개를 돌렸다. 불과 하루 사이에 사람을 그렇게 만드는 재주가 놀라울 따름이었다.

"이 지경인 사람을 이제 데려오면 어떡합니까."

의사가 초봉에게 나무라는 눈길을 보냈다. 초봉은 아무 말도 못 하고 고개를 숙였다. 명님의 말만 듣고 안심한 게 잘못이었다. 간호부인 명님도 승재의 상태를 알았다면 그냥 뒀을 리 없었다. 승재가 명님에게 한사코 괜찮다고 했을 것이다. 미련한 위인 같으니라구. 초봉이 속으로 비난 섞인 푸념을 했다. 의사가 눈살을 찌푸리며 몸 여기저기에 청진기를 대보았다.

"괜찮은가요?"

"무슨 일이죠? 경찰에 신고는 했습니까?"

의사가 대답 대신 되물었다.

"경찰서에서 이렇게……"

의사는 짐작되는 바가 있는지 입을 다물었다.

"생명엔 지장이 없을 겁니다. 소독하고 처치를 해야겠습니다. 남편 분 몸을 뒤집어야 하니까 좀 도와주십시오."

의사는 초봉을 승재의 아내로 생각하고 있었다. 간호부를 도와 승재의 속옷까지 벗겼다. 간호부는 그런 일엔 익숙한지 남자의 알몸을 보고도 무덤덤했다. 초봉은 승재의 어깨를 붙잡은 채 눈길이 승재의 허리 아래로 가지 않게 조심했다. 손목과 발목 둘레는 피부가 심하게 벗겨져 피와 진물이 맺혔다. 밧줄로 묶였던 자국 같았다. 의사와 간호부가 온몸을 알코올로 소독하고 연고를 발랐다. 승재는 의식이 없는 가운데에서도 이따금씩 미간을 구겼다. 그때마다 희미한 신음을 흘렸다. 환자복으로 갈아입히고 주사 두 대를 놨다. 의사와 간호부가 나갔다.

초봉은 링거 주사가 꽂힌 승재의 손을 가만히 들여다보았다. 마디가 짧은 자신의 손과 달리 손가락이 길었다. 핏줄과 힘줄이 심하게 도드라지지도 않았다. 초봉은 손끝으로 승재의 손등을 쓸었다. 부드럽고 섬세한 손이었다. 손톱 밑에 낀 피딱지가 눈에 거슬렸다. 알코올과 솜을 얻어와 꼼꼼히 피딱지를 제거했다. 승재의 손을 담요 속으로 넣어주려다 깍지를 껴보았다. 그럴 수만 있다면 얼마나 좋을까. 맞물린 손가락을 영원히 빼지 않는다면. 이렇게 백년해로한다면. 이렇게 곁에 있는데 왜 안 되는 걸까.

초봉은 허탈하게 웃었다. 헛된 바람인 줄 알면서 연연해하는 자신이 가여우면서도 싫었다. 할 수만 있다면 자신의 과거를 알코올로 박박 문질러 지워버리고 싶었다.

승재가 긴 신음을 흘렸다. 초봉은 얼른 깍지를 풀었다. 승재의 눈꺼풀이 힘겹게 열렸다.

"정신이 좀 드세요?"

초봉이 실눈을 뜬 승재와 눈을 맞췄다. 흐리멍덩하던 승재의 눈빛이 차츰 정체를 되찾았다. 초봉을 알아본 승재가 일어나려다 인상을 쓰며 도로 누웠다.

"누워 계세요."

"어떻게 알고 오셨……"

그제야 하숙집이 아니라는 걸 깨달은 승재가 병실을 둘러보았다. 그러다가 상처가 자극됐는지 인상을 썼다.

"여기가……"

"하숙집 근처 병원이에요."

승재는 자신이 입은 환자복이며 팔뚝에 꽂힌 링거 바늘을 보았다.

"배고프지 않으세요?"

혼자서 끼니를 챙겼을 것 같지 않았다.

"아, 예, 조금……"

"잠시만 기다리세요."

승재가 그렇게 말했다면 많이 허기진 상태일 것이다. 초봉은 외투를 들고 병실을 나섰다. 승재는 원래 자기 의사를 명확히 표현하지 않는 성격이었다. 과묵한 줄 알면서도 자신이 껄끄러워 말을 아끼나 싶어 서운했다. 초봉은 설렁탕 한 그릇을 배달시켰다. 근처에 신발 가게가 없어 좀 걸어가서 슬리퍼를 샀다. 경황이 없어 신발을 들고 올 생각을 못 했다. 돌아오는 길에 병원비를 계산했다.

문소리가 나자 이마에 팔을 올리고 있던 승재가 고개를 돌렸다. 초봉이 말렸으나 침대머리에 등을 기댔다. 조금 움직였는데도 숨을 몰아쉬었다. 얼굴에 힘겨운 기색이 그대로 드러났다. 더 머물렀다간 승재에게 부담이 될 뿐이었다.

"혼자 계실 수 있겠어요?"

"예……"

"곧 설렁탕 올 거예요. 몸조리 잘하세요."

"고맙습니다. 폐를 많이 끼쳤습니다."

승재가 담요를 걷고 침대에서 내려서려고 했다. 초봉은 황급히 승재의 팔죽지를 잡아 제지했다. 승재가 고개를 꺾어 초봉의 손을 보았다. 얼른 손을 뗀 초봉이 슬리퍼를 침대 아래에 두며 말했다.

"그냥 쉬세요."

"저……"

승재가 무슨 말을 하려고 했다. 초봉은 잠자코 기다렸다.

"저를 취조한 형사가 초봉 씨 얘길 하더군요. 고맙습니다."

초봉은 아무 말 없이 병실을 나왔다. 초봉은 아득한 눈으로 병실 문을 바라보았다. 손잡이만 돌리면 들어갈 수 있었다. 그런데도 거대하고 육중한 바위를 마주한 느낌이었다. 누군가 복도로 걸어오는 소리가 들렸다. 초봉은 눈물을 닦으며 몸을 돌렸다.

7

"선생님, 손님 오셨어요."

간호부의 말이 끝나기도 전에 누군가가 성큼 들어섰다.

"어이, 미나미 상, 잘 지냈소?"

승재의 머리보다 몸이 먼저 목소리의 주인을 알아챘다. 무심코 뱀을 만진 것처럼 온몸에 소름이 좍 돋았다. 하마터면 청진기를 놓칠 뻔했다. 고개를 돌렸다. 박현철이 손을 들어 알은척을 했다. 거만함이 몸에 밴 손짓이었다. 승재는 몸을 일으켰다. 걸을 때마다 구두코가 전등 빛에 반사돼 반짝였다.

"미나미 상은 내가 반갑지 않은 모양이요? 인사도 없는 걸 보니."

"그럴 리가요. 잠깐만 기다리시겠습니까?"

승재는 억지웃음을 지었다.

"천천히 하시오. 기다리겠소."

박현철이 빈 의자에 털썩 앉았다. 승재는 서둘러 진찰을 마쳤다. 자신을 보고 있을 그가 신경 쓰여 환자에게 뭐라고 했는지도 몰랐다. 간호부에게 조금 있다가 환자를 들이라고 일렀다.

승재가 회전의자를 돌려 앉았다.

"장사가 잘되는가 보오?"

박현철이 새끼손가락으로 귀를 후비며 미간을 찡그렸다.

"아, 예, 별로……"

승재는 말을 더듬었다.

"요즘은 불령선인들과 어울리지 않소?"

박현철이 찌르는 눈길로 승재를 보았다.

"그럴 리가 있습니까."

승재는 차렷 자세를 취할 뻔했다. 자신의 명령 없이 제멋대로 일어날지도 모르는 두 다리를 붙잡아두느라 힘을 주었다. 정기적인 사찰인가? 박현철의 출현은 분명 불길한 징조였다. 무슨 말을 하려고 저렇게 서설이 길지. 승재는 그의 입을 주시했다.

"작년 칠월 칠일에 중국군이 겁도 없이 우리 황군을 공격해 지나사변(중일전쟁)이 발발한 건 알고 있을 테고……"

박현철이 새끼손가락 끝의 귀지를 훅 불며 승재를 보았다.

"예, 알고 있습니다."

승재는 긴장한 탓에 목소리가 갈라져 나왔다.

"우리 용맹스런 황군이 오합지졸 중국군을 무찌르며 대륙으로 진격하고 있소. 거의 파죽지세라고 하는데 군의(軍醫)가 부족하다 하오."

박현철이 승재를 힐끗 보았다. 승재는 머리에 묵직한 충격이 왔다. 이거였구나.

"어떻소? 미나미 상, 협조를 해야 하지 않겠소? 미나미 지로 총독각하와 씨도 같은 남승재 씨가 지난 과오를 청산할 좋은 기회라고 생각하오만. 그땐 대충 넘어갔지만 난 아직도 미나미 상의 사상을 의심하고 있소. 천황폐하와 대일본제국에 충성도 하고, 사상도 검증받고. 그야말로 꿩 먹고 알 먹고 아니겠소?"

어째서 '남 상'이 아니라 '미나미 상'이라 부르는지 내심 의아하던 참인데, 그 의구심이 풀렸다. 의령 남씨인 승재가 재작년에 조선총독으로 부임한 미나미 지로(南次郎)와 같은 '남(南)'을 쓴다고 미나미 상이라고 부른 거였다. 야유이고 조롱임에도 불쾌한 내색조차 할 수 없었다. 어쩌면 박현철로서는 최고의 대접인지도 몰랐다.

승재는 군복을 입은 자신의 모습이 잘 그려지지 않았다. 총만 들지 않았다 뿐이지 군의도 군인이었다. 어려서부터 고아로 이곳저곳을 떠돌며 성장한 승재는 체질적으로 낯선 곳에 대한 거부와 공포가 있었다. 하지만 박현철의 입에서 말이 나온 이상 선택의 여지가 없었다. 거절했다간 보복을 당할지 몰랐다. 충분히 그러고도 남을 인간이었다. 어차피 가야 한다면 길게 고민할 이유가 없었다.

"그래야지요."

자포자기 심정으로 말하고 나니 오히려 홀가분했다.

"그럴 줄 알았소. 충성스런 황국신민으로 거듭나길 바라오."

득의만면한 박현철이 일어나 악수를 청했다. 악력이 강했다. 그래야겠지. 승재는 속으로 쓴웃음을 지었다. 남들을 매질하려면 몽둥이를 단단히 잡아야 할 테고, 그러다 보면 자연 손아귀 힘이 세지겠지. 승재는 그의 팔뚝에 염화칼륨을 주사하는 장면을 상상했다. 일 분도 되기 전에 경련을 일으킨 그는 눈을 하얗게 까뒤집으며 쓰러질 것이다. 사인은 심장마비. 강렬한 살의는 죄책감과 함께 카타르시스를 느끼게 했다. 그런 충동은 군산에서도 느낀 적이 있다. 초봉과 결혼을 앞둔 고태수가 성병에 걸려 금호의원에 왔을 때였다. 그땐 주사액으로 청산가리를 쓰는 상상을 했다. 약물만 다를 뿐 그때나 지금이나 살의의 강도는 비슷했다.

"어떻게 하면 되지요?"

"사십오 세 이하 현역 의사를 대상으로 하는 군의 예비원 제도라는 게 생겼소. 몇 개월간 교육을 받은 후에 군의견습사관이 되는 거지. 황군에, 그것도 군의로 입대한다는 건 의학 대학이나 의학 전문 출신이 아닌 미나미 상에게도 크나큰 영광 아니겠소. 머잖아 성전에 적극적으로 동참하지 않은 의사는 위생병으로 징집될 거라는 소문이 있소. 사병으로 징벌 소집을 당하느니 자진

입대해 장교로 복무하면 좋지 않겠소."

박현철은 너털웃음을 터뜨렸다. 승재는 모멸감에 어금니를 지그시 물었다. 승재는 다섯 살에 고아가 되었다. 의지가지없는 그를 먼 외가 쪽 친척이 데려다 중학교까지 졸업시켰다. 그 뒤로 승재는 의사인 외가 친척의 조수 노릇을 하며 독학으로 의사 시험에 합격했다. 군산 금호의원에 내려간 것도 그 의사가 죽기 전에 추천을 해주어서였다. 승재도 의학 대학에 입학해 인버네스(망토)를 걸치고 사각모를 쓰는 게 소원이었다. 하지만 그럴 수 없다는 걸 깨닫는 데는 오래 걸리지 않았다.

승재는 진찰실을 나가는 박현철의 뒷모습에 멍한 눈길을 주었다. 걷잡을 수 없는 피로감과 무력감이 몰려왔다.

승재는 다음날부터 신변 정리에 들어갔다. 다른 것들은 문제될 게 없는데, 믿을 만한 사람을 후임으로 앉히는 데 생각보다 많은 시간이 걸렸다. 보름쯤 뒤엔 군의견습사관에 지원했다. 지정된 장소에서 간단한 신체검사와 면접을 치러 합격했다. 서류 심사나 면접 과정에서 종로경찰서에 대한 얘기는 나오지 않았다. 사소한 것이라도 사회주의와 관련된 전력이 있으면 입대가 거부된다는 말을 들었던 터라 실망이 컸다. 한편으론 박현철에 대한 증오심에 몸을 떨었다. 신원 조회에도 걸리지 않을 경미한 사안으로 사람을 그 지경으로 만들었단 말인가.

소집명령서엔 경성 외곽의 한 보병연대로 입영하라고 돼 있었다. 구체적인 입영 날짜를 접하자 문득 처량하고 억울한 생각이 들었다. 야전병원이나 후방병원이 전선과 떨어진 곳이라지만, 전쟁터는 죽음과 친숙한 곳이었다. 언제, 어디서 총알이나 포탄이 날아올지 알 수 없었다. 자신의 전사 소식을 접하고 진정으로 슬퍼할 사람을 꼽아보니 몇 명 되지도 않았다. 하지만 이제 와서 후회한들 무슨 소용이겠는가. 만나고 갈 사람도 별로 없었다. 하나뿐인 동생은 어릴 때 다른 집으로 입양되었는데 소식이 끊겼다. 부모님 묘소에 벌초를 하고 술잔을 올렸다. 의료계에 발을 들인 후 만난 지인들이 조촐한 송별식을 열어주었다.

2월 말이었다. 입영 날짜가 이틀 뒤로 다가와 있었다. 날씨는 쾌청했다. 승재는 차가운 바람에 얼핏 느껴지는 봄기운을 한껏 들이마셨다. 명님과 만나려면 시간이 아직 많이 남았다. 영화를 볼까 하다 혼자서 무슨 청승이냐 싶어 발길이 닿는 대로 걸었다. 목적 없이 걷는 게 무척 오랜만이었다. 성급하게 겨울옷을 벗어던진 젊은이들의 옷차림엔 벌써 봄이 와 있었다. 발랄하고 활기찬 그들의 표정과 몸짓을 보니 전쟁은 다른 나라의 일로만 느껴졌다. 관공서나 대형건물 외벽에 나붙은 현수막만이 전시임을 일깨워주었다. 각종 구호 아래로 나들이옷을 입은 사람들, 두루마기에 갓을 쓰고 장죽을 든 노인, 쌀가마니를 실은 우마차와 종을 뎅뎅 울리는 전차가 지나갔다. 근대와 전근대가 뒤섞인 그 기묘한 부조화마저도 한동안 못 볼 거라 생각하니 정겹고 애틋했다.

군용트럭이 나타났다. 포장을 친 적재함에 완전무장한 병사들이 앉아 있었다. 대규모 병력 이동이었다. 행인들이 무덤덤한 얼굴로 비켜섰다. 전쟁이 일상이 되고 있었다. 병사들은 주먹을 휘두르며 군가를 불렀다. 포장 때문에 끝에 앉은 병사만 보였다. 귀밑에 솜털이 보송한 병사와 아이를 둘쯤 둔 가장으로 보이는 병사가 섞여 있었다. 트럭의 행렬은 끝이 없었다. 승재는 전차를 여러 번 갈아타면서 경성부 내를 한 바퀴 돌았다.

카페 안에선 후끈한 열기와 함께 클래식 음악이 흘러나왔다. 겨울인데도 열대식물이 자라고 있어 이국적인 풍경이었다. 안쪽에 앉아 있던 명님이 달려왔다.

"별일 없지?"

승재가 외투를 벗어 옆자리에 두었다.

"저야 늘 잘 있죠. 선생님은요?"

승재가 앉는 걸 보고서 명님이 앉았다. 명님은 언제나 승재에게 스승을 대하듯 깍듯했다. 승재는 그 점이 불편했다.

"뭐 매양 그렇지. 편하게 하래두."

승재가 짐짓 나무랐다. 명님이 혀를 날름하며 웃었다. 여급이 물잔을 내려놓았다. 승재는 커피를, 명님은 홍차를 주문했다.

"병원은요?"

"그저께까지 근무했어. 돌아올 때까지 다른 의사가 맡아주기로 했고."

"군의니까 위험하진 않겠죠?"

"그렇지."

승재가 선선히 대꾸했다. 명님에게 걱정을 끼치고 싶지 않았다.

"이럴 땐 술을 마셔야 하는데, 선생님이 약주를 못하시니까 좀 그래요."

명님이 두 손으로 홍차 잔을 감싸 쥐었다.

"명님이가 술을 마셔?"

승재는 입으로 가져가던 커피 잔을 허공에서 멈췄다.

"조금요."

명님이 쑥스럽게 웃었다. 승재는 새삼 명님을 보았다. 영양부족으로 버짐이 피었던 볼에 살이 올랐다. 넓은 이마와 도톰한 입술이 제법 귀염성이 있었다. 촌티 나던 계집애였는데 어느덧 처녀꼴이 박혔다. 그동안 간호부 견습을 받았고, 간호부 강습소에도 다녔다. 수업료는 승재가 내주었다. 지금은 간호부 시험을 준비하기 위해 다니던 병원을 잠시 쉬고 있었다.

"많이 마시진 마. 공부도 해야 하고. 간호부 시험에 합격하면 아현실비의원에 오겠다는 생각은 변함없고?"

"예, 당연히 선생님을 도와드려야죠."

승재는 지인에게 부탁해 명님을 다른 병원에 추천해주었다. 승재 곁에 있겠다는 걸 큰 병원에서 실기와 이론을 쌓아야 제대로 된 실력을 갖출 수 있다고 설득했다. 그 말은 사실이기도 했거니와 무엇보다 승재는 자신을 남자로 대하는 명님이 부담스러웠다. 명님은 간호부 시험에 합격하면 아현실비의원으로 돌아오겠다고 벼르고 있었다. 승재로선 입대를 하여 한 가지 걱정은 던

셈이었다.

"선생님 이거……"

명님이 종이로 포장한 걸 내놓았다. 승재가 눈으로 뭐냐고 물었다.

"목도리예요. 추우실 거 같아서 준비했어요."

"고마워. 돈도 없을 텐데. 밥 먹으러 가자. 내가 맛있는 거 살게."

"아녜요. 송별흰데 제가 사드려야죠. 뭐 드시고 싶으세요?"

"누가 사든 일단 나가지."

그새 날이 저물었다. 울긋불긋한 네온사인을 밝힌 거리는 별천지였다. 낮엔 조신한 아녀자였던 종로는 어둠이 내리자 요부처럼 숨겼던 욕망과 본능을 마음껏 발산하고 있었다. 차가운 바람이 승재와 명님을 포위했다. 승재는 외투 깃을 세웠다.

"아, 춥다."

명님이 혼잣말을 하며 팔짱을 껴왔다. 승재가 놀라 팔을 빼려 했지만 명님은 팔을 풀지 않았다. 머쓱해진 승재는 그대로 걸었다. 명님의 마음을 모르는 바가 아니다. 하지만 승재의 마음 한 구석엔 아직 계봉이란 존재가 똬리를 틀고 있었다. 계봉이 떠나지 않는 한 누구와도 교제하거나 결혼할 마음이 없었다. 계봉이 다른 남자의 여자가 된 건 승재에게 큰 상처로 남았다. 그 상처가 아물기 전에 다른 여자를 받아들이는 건 용납할 수 없었다.

8

보병연대에서 교육을 받은 승재는 경성육군병원에서 석 달간
속성 교육을 거친 다음 군의견습사관이 되었다. 부임명령서에 기
록된 근무지는 북지파견군 제1군 직할의 제163병참병원이었다.

경성역은 떠나는 병사들과 환송객들로 발 디딜 틈이 없었다.
승재는 장교들을 위한 특별칸에 올라 개인 물품이 든 가방과 장
교용 가죽 의낭을 선반에 올렸다. 별이 붙은 체코군식 정모를
쓴 승재는 '陸軍衛生部見習士官 南勝在(육군위생부견습사관 남승
재)'가 새겨진 타원형의 놋쇠 인식표를 목에 걸고 있었다. 오른
쪽 가슴엔 육군 위생부 소속임을 표시하는 갈매기 모양의 진한
녹색 흉장이, 왼쪽 팔죽지엔 적십자 마크가 붙어 있었다.

승재는 군도를 무릎 사이에 세우고 창밖을 바라보았다. 브라

스 밴드가 연주하는 '우미유카바'에 귀가 먹먹했다. 환송객들이 저마다 손에 든 일장기나 욱일기를 흔들었다. 중절모와 손수건을 흔들기도 했다. 만세를 외치는 환송객들의 얼굴엔 가족과 연인, 친구를 사지로 보내는 두려움과 안타까움, 무사 귀환을 바라는 간절함이 동시에 드리워져 있었다. 사진을 찍는 병사도 보였다. 헌병들이 호각을 불며 병사들에게 승차하라고 외쳤다. 그 지시가 몇 번 반복된 다음에야 기적을 울리며 기차가 움직였다. 긴 여행이 될 터였다. 승재는 눈을 감았다.

산시성(山西省)의 성도인 타이위안(太原)을 거쳐 병참병원이 있는 린펀(臨汾)에 도착했다. 린펀은 성벽으로 둘러싸여 있었다. 승재를 태우러 온 운전병에 따르면, 황량한 고원 한가운데 위치한 산시성은 타이항(太行) 산맥 서쪽에 있다고 하여 유래된 지명이었다. 북쪽에 있는 만리장성이 내몽골과 경계를 이루었고, 서쪽으로 가면 중국에서 두번째로 큰 후커우(壺口)폭포가 있다고 했다. 군용트럭과 병사들이 오가는 시가지는 지저분하고 어수선했다. 정찰을 마치고 귀대하는 기마병들의 행렬이 길게 이어졌다. 지친 말과 병사 들은 황토 먼지를 뒤집어쓰고 있었다.

소속 병원장에게 배속신고를 하고 숙소를 배정받았다. 병원 건물과 좀 떨어진 장교 숙소는 여럿이 썼지만 시설은 좋았다. 목욕을 하고 침대에 누웠다. 바뀐 환경과 장거리 여행으로 쌓인 노독에 쉬 잠들지 못했다. 숙소 옆의 숲에서 새가 지저귀었다. 멀리 왔는데도 새소리는 조선과 같았다. 살아오면서 만났던 사람들 얼굴이 활동사진처럼 눈앞을 스쳐갔다. 별로 친하지 않았는데 또렷하기도, 친했는데 흐릿하기도 했다. 얼굴만 떠오르고 이름이 떠오르지 않기도 했다. 그들을 다시 못 만날 수도 있다는 생각에 눈가가 뜨거워졌다. 어디선가 하모니카 소리가 들려왔다. 끊어질 듯 이어지는 곡조가 구슬펐다. 뭔가를 잃은 듯한 상실감에 가슴이 허전했다. 객수에 젖어 뒤척이다 시나브로 깊은 잠 속으로 빠져들었다.

다음날 오후부터 근무를 시작했다. 오래 잤는데도 머리가 무겁고 몸은 노곤했다. 병원은 정식 명칭으로 부르지 않고 린펀육군병원으로 통했다. 승재는 경상자를 돌보는 병동에 배치되었다가 얼마 뒤에 중상자 병동으로 옮겼다. 근무 여건은 좋았다. 부식 사정도 괜찮고 의약품이나 보급품의 수급도 원활한 편이었다. 한가하면 군의나 위생병, 간호부와 어울려 탁구나 테니스를 쳤다. 일과 이후는 자유 시간이었다. 비상근무가 없으면 일요일에도 군의끼리 순번을 정해 쉬었다. 부상병들만 아니라면 전방에 와 있다는 생각이 들지 않았다.

수많은 병사들이 죽어나갔다. 전투가 일상인 것처럼 전사도 일상이 되어갔다. 연령과 출신지, 외모와 계급은 달라도 죽음은 공평했다. 죽음은 한 사람의 소멸이라는 점에선 개별적이지만 천황을 위해 죽는다는 점에선 공통적이었다. 그 모순에 아무도 이의를 제기하지 않았다. 치료를 마친 병사들은 전선에 복귀했다. 치료가 길어지거나 불구가 된 병사는 귀국 조치되었다.

일일이 헤아릴 수도 없는 죽음 중에서 유독 기억에 남는 죽음이 있었다. 어느 날 급히 수술실에 불려 갔다. 수술실엔 수술을 주도할 중좌 한 명과 보조 군의 세 명, 간호부 네 명이 대기하고 있었다. 승재도 보조 군의 자격으로 수술에 참여했다. 수술대엔 군복을 입은 장교가 누워 있었다. 수술복으로 갈아입히지 못할 만큼 위중한 상태였다. 소좌 계급장을 단 장교는 오른쪽 대퇴골 아래와 성기, 고환이 없었다. 몇 미터 옆에서 박격포탄이 떨어졌다고 했다. 살릴 가망이 없었다. 수술이 성공한다고 해도 감염이나 쇼크로 인해 죽을 가능성이 높았다. 그런데 고급 장교라는 점을 감안해도 수술에 참여한 인원이 너무 많았다. 군의와 간호부에게 임상실습을 시키려는 의도였다. 예상대로 수술은 기능을 상실한 조직을 제거하고 절단 부위를 봉합하는 선에서 마무리되었다. 소좌는 승재가 근무하는 병동으로 옮겨졌다. 부상병들이 한꺼번에 몰려들어 응급 병상이 부족한 탓도 있지만 생존 가능성이 희박한 소좌에게 더 이상의 의료 행위는 무의미했다.

소좌에겐 수혈을 하는 한편 세 시간마다 진통제를 투여했다. 고통을 호소할 땐 따로 진통제를 주사했다. 그것 외엔 해줄 게 없었다. 다음날, 상태를 체크하는 승재에게 소좌가 말을 걸었다.

"이름을 보니 조센징이더군. 어디 출신인가?"

진통제에 취한 소좌의 목소리는 다정했지만 군인다운 위엄과 기개가 실려 있었다. 얕잡아 보거나 무시하는 말투는 아니었다.

죽어가는 사람이어서 그랬을까. 그의 입에서 나온 조센징이라는 단어가 싫지 않았다.

"경성입니다."

"아니, 출신 학교 말일세."

소좌가 힘겹게 침을 삼키고 나서 물었다.

"학교 다닐 형편이 안 돼 고학으로 의사 시험을 패스했습니다."

"그렇군. 나도 고학으로 학교를 다녔네. 중학교 삼학년 때 아버지가 돌아가셨지."

다시 침을 삼킨 소좌가 말을 이었다.

"어떤가? 나에게 권총 한 자루만 구해다 주지 않겠는가? 칼도 괜찮네만."

소좌를 보았다. 목숨만 겨우 붙어 있는 중상이면서도 얼굴엔 상처 하나 없었다. 머리를 바투 깎고 눈썹이 짙어 강인하고 고집스러워 보였다.

"무슨 말씀이십니까? 힘내십시오."

승재는 소좌의 손을 힘주어 잡았다. 망자의 손처럼 아주 차가웠다.

"난 끝났네. 자네도 잘 알지 않는가. 만약 이 꼴로 산다 해도 사는 게 아니야. 천황폐하께 내 아내와 잠자리를 해달라고 부탁할 순 없잖은가."

눈을 감은 소좌가 음산하게 웃었다. 절망의 밑바닥까지 추락

한 자만이 낼 수 있는 웃음소리였다. 진통제에 취해 나온 실언이 아니었다. 이성적인 사고를 거쳐 도달한 결론이고, 뼈 있는 농담이었다. 소좌가 말했다.

"부탁이네. 무인으로서 명예롭게 죽고 싶네."

"죄송합니다."

정중히 거절했지만 승재는 적잖이 충격을 받았다. 소좌는 천황폐하를 원망하고 있었다. 살아 있는 신을 비난한 건 소좌가 처음이었다. 일본인들이 모르는 게 아니라 말하지 않는 것뿐이라는 걸 그때 알았다.

소좌는 다음날 죽었다. 사인은 과다출혈. 병동에서 두 팔로 기어나가 숲속에서 손목을 그었다. 손에 메스를 쥐고 있었다. 누가 가져다준 건지, 훔친 건지는 밝혀지지 않았다. 병원 측은 밝힐 필요도, 의지도 없었다. 소좌의 자살은 은밀하고 신속하게 진통제 부작용에 의한 쇼크사로 처리되었다. 승재는 당직이 아니어서 소좌의 주검을 보지 못했다.

산책하는 길에 소좌가 자살한 장소를 찾았다. 피로 물들었던 전나무 아래에 다른 흙을 가져다 덮어두었다. 그런 건 가린다고 가려지는 게 아니다. 어찌 한 사람이 살아온 내력을 흙 따위로 지울 수 있단 말인가. 소좌의 행동은 승재의 마음속에 묘한 그림자를 남겼다. 죽음을 기다리는 게 그다지도 힘들었던가. 그래서 죽음을 거부하기 위해 다른 죽음을 선택하는 부조리를 실천한 걸까. 승재는 딱딱한 전나무에 등을 기대어 소좌를 애도했다.

린펀육군병원에서 오 개월 남짓 임상 경험을 쌓은 승재는 화북 일대에 근거지를 둔 팔로군을 소탕하는 부대의 야전병원에 배치되었다. 병력이나 화력에서 열세인 팔로군은 도로, 철도, 교량 같은 기반 시설과 초소, 토치카 등의 군 시설을 습격하는 유격전을 펼쳤다. 골머리를 앓던 일본군은 팔로군을 섬멸하기 위해 온갖 방법을 동원했다. 팔로군을 주민들로부터 분리하기 위해 마을 둘레에 차단벽을 설치했다. 그것도 여의치 않으면 주민들을 이주시키거나 학살했다. 페스트균을 살포하는 세균전을 펼치기도 했다. 피아를 식별할 두뇌가 없는 페스트균은 일본군에게도 피해를 주었다.

승재는 페스트 증세를 보여 후방병원으로 이송되었다. 폭격기로 페스트균에 오염된 벼룩을 팔로군 점령 지역에 살포했는데, 후퇴 명령을 받지 못한 한 개 중대가 그 지역에 들어간 거였다. 며칠 전, 수류탄 파편에 부상당한 병사를 치료했는데, 바로 그 병사가 페스트 살포 지역에 들어간 중대 소속이었다. 원인을 알고 있었기에 신속한 대응이 이루어졌다.

마사코가 찾는다는 전갈이 왔다. 고비를 넘기고 회복 단계에 있어 안정이 필요했지만 가지 않을 수 없었다. 마사코는 요코하마에서 좀 떨어진 궁벽한 어촌 출신으로, 눈웃음과 웃을 때 살짝 드러나는 덧니가 참 매력적이었다. 마사코는 전쟁이 끝나면 조선에 놀러 오겠다고 입버릇처럼 말했다. 그 말이 호감의 표시라는 걸 알면서도 승재는 곁을 주지 않았다.

격리병동에 수용된 마사코의 온몸은 내출혈 때문에 생긴 보라색 반점으로 뒤덮여 있었다. 승재는 죽음의 그림자가 짙게 드리워져 가는 숨만 몰아쉬는 마사코의 손을 잡았다.

"와주셨군요."

마사코가 희미하게 웃으며 힘겹게 입을 열었다. 눈동자엔 초점이 없었다. 고열로 입술이 하얗게 말라비틀어져 있었다.

"쉬어요."

승재는 물을 적신 거즈를 마사코의 입술에 대주었다. 몇 시간 뒤 마사코는 조용히 숨을 거뒀다. 편안한 얼굴이었다. 승재는 오열을 터뜨렸다. 사람이 죽어나가는 것에 환멸이 느껴졌다. 힘에 부쳐 눈물도 나오지 않았다. 전염병으로 사망한 종군간호부는 개인의 부주의라 하여 공상 처리도 되지 않았다. 종군간호부의 복무규정이 그러했다.

마스크를 쓴 간호부와 위생병이 달려들어 말렸다. 몸부림을 치던 승재는 휠체어에서 떨어졌다. 가슴이 터질 듯 답답해서 버르적거리며 고통스럽게 울었다. 체력이 저하된 상태여서 금세 탈진했다. 위생병이 숨만 헐떡이는 승재를 붙잡고 있는 사이에 간호부가 진정제를 주사했다. 승재는 온갖 종류의 죽음을 목도하다 만기 제대했다.

9

초봉은 초크로 옷감 위에 댄 종이 본을 따라 그렸다. 둘 다 제작실에 있으면 손님이 와도 모르는 경우가 있어 간단한 작업은 나와서 했다. 제작실에선 덕순이 미싱질을 하고 있었다. 초봉은 초크 쥔 손을 움직였다. 출입문이 열렸다.

"어서 오세요."

초봉이 고개를 들었다. 계봉이었다.

"왔니? 잠깐만 기다려. 이것만 하고."

"장사는 어때?"

계봉이 어깨에서 백을 벗겨내며 응접 의자에 앉았다.

"그렇지 뭐. 송희는?"

"유치원 갔지. 지금쯤 집에 왔겠는데."

장갑을 벗은 계봉이 팔뚝시계를 보았다.

"바빠? 할 말 있는데."

"이것만 하면 끝나. 조금만 기다려."

초봉의 손놀림이 빨라졌다. 본뜨기가 끝나고 선을 따라 가위로 자른 옷감을 덕순에게 넘겨주었다. 초봉은 신경이 쓰여 자투리 옷감도 치우지 않고 계봉의 맞은편에 앉았다.

"무슨 말인데?"

"우리 내지로 들어갈까 해."

초봉이 숨도 돌리기도 전에 계봉이 말했다.

"아주?"

계봉이 고개를 끄덕였다. 초봉은 이시카와가 조선에서 자리를 잡았는데 왜, 라고 묻지 않았다. 그건 계봉과 이시카와 두 사람의 문제였다.

"송희는?"

"그게……"

계봉이 거북한 표정을 지으며 눈길을 피했다. 초봉은 기척 없이 다가온 누군가가 어깨를 잡았을 때처럼 섬뜩했다. 그러면서도 올 게 왔다는 기분이었다. 송희를 양녀로 보내고부터 내내 원인 모를 불안감에 시달렸던 것이다. 그건 자식을 억지로 떼어놓은 어미의 죄책감 같은 거였다. 일방적이고 자기중심적인 계봉의 성격을 모르는 바 아니나 이번만큼은 화가 났다. 초봉은 감정을 누르며 물었다.

"언제 떠나는데?"

"정리하는 데 시간이 좀 걸릴 거야. 빠르면 두 달? 계획대로 되지 않으면 그 이상이구."

"꼭 떠나야 하니? 송희도 데리고 갈 거니?"

계봉이 조용히 고개를 끄덕였다. 해놓고 보니 어리석은 질문이었다.

"오늘부터 너희 집에 들어가서 송희와 지낼게."

초봉은 통보하듯 말했다. 말투에 언짢은 감정이 그대로 묻어났다.

"그래, 언니."

계봉이 한숨을 쉬며 말했다. 계봉이 선선하게 나오자 더 화가 났다. 하기야 지금 상황에선 계봉이 어떻게 나와도 화가 나긴 마찬가지였다. 초봉은 굳은 얼굴로 입을 다물고 있었다. 계봉이 변명하듯 말을 늘어놓았다.

"이시카와 아버지가 우리더러 내지에 들어와 살래. 그러면 나와 송희를 받아주시겠대. 이시카와도 마지막 효도라고 생각하재. 꼭 그런 조건이 아니었어도 들어갈까 했었거든. 이시카와가 조선은 변호사하기엔 시장이 너무 좁대. 알잖아, 이시카와가 야망이 큰 거. 언니, 생각해봐. 송희한테도 좋은 일이야. 내지는 조선보다 교육 여건이 훨씬 좋거든. 뿐만 아니라 나한테도 좋은 기회야. 이시카와가 내가 공부하는 걸 허락했거든."

초봉은 대답 대신 입술을 잘근잘근 씹었다. 계봉이 말을 이었다.

"송희 잘 키울게, 응?"

자식과 생이별하게 생겼는데 잘 키우겠다니. 따지고 들자면 한도 끝도 없을 것 같아 입을 열지 않았다. 초봉은 계봉의 민적에 송희를 올린 걸 뼈저리게 후회했다. 진짜 엄마라고 나서는 극단적인 생각도 해봤으나, 그건 어디까지나 상상 속에서였다. 어떻게 하든 자신이 살인자라는 사실은 변함이 없었다. 초봉은 손으로 이마를 짚으며 응접 의자에 몸을 묻었다. 하지만 알고 있었다. 늘 그래왔듯 체념하고 포기해야 한다는 걸.

계봉은 걱정스러운 눈으로 초봉을 지켜보다 가겠다고 일어났다. 초봉은 심한 무기력에 빠져 잘 가라는 말도 하지 못했다. 계봉이 떠난 자리엔 코티향수 향기만 남았다. 계봉은 예전부터 의학 전문이나 약학 전문 학교에 다니고 싶어 했고, 이시카와는 계봉이 한사코 가정주부로만 남길 고집했다. 사이좋은 두 사람이 언쟁을 벌이면 으레 그 문제였다. 다른 건 대화로 풀리는데 그것만큼은 첨예하게 대립했다. 아이를 키우기엔 내지가 조선보다 모든 면에서 낫다는 걸 모르는 바 아니다. 그러니 내지에 가는 게 송희는 물론 계봉에게도 잘된 일이다. 효도를 하러 간다니 이시카와는 말할 것도 없었다.

계봉과 이시카와는 간단히 예물을 교환하고, 군산에 내려가 가족들과 식사하는 것으로 결혼식을 대신했다. 내지에 들어가면 미뤄두었던 결혼식을 올릴 것이다. 이래저래 잘된 일이었다. 그런데도 초봉의 마음속에선 매서운 삭풍이 몰아치고 있었다.

이러려고 여자가 찾아왔던 게야.

며칠 전의 일이 떠올랐다.

출입문 열리는 소리가 났다. 가봉할 옷을 손질하다가 어서 오
세요, 하던 초봉의 얼굴에서 웃음기가 걷혔다.

"옷을 잘 만든다고 해서 와봤어요."

삼십대 후반의 여자는 한껏 거드름을 피우며 안을 둘러보았
다. 여자는 귀부인티가 났다. 아래를 나선형으로 웨이브지게 한
단발머리, 여우 목도리, 금 팔뚝시계와 정교하게 세공된 목걸이,
귀걸이로 치장한 여자는 우테나 화장품의 광고 모델이 살아 나
온 듯했다. 하지만 초봉은 한눈에 알아봤다. 감방이 달라서 말을
나눈 적은 없지만 그 여자가 맞았다. 사기죄로 초봉보다 늦게 들
어와 일찍 출감한 여자. 미처 알아보지 못한 건 짙은 화장 때문
이었다.

"찾으시는 옷이 있으신가요?"

초봉은 웃음을 지으며 물었다. 다시 봐도 확실했다. 여자가 원
하는 디자인을 설명했다. 초봉은 간간이 고개를 끄덕였지만, 실
은 하나도 귀에 들어오지 않았다. 색상과 옷 소재를 말하고 난
여자가 물었다.

"혹시, 우리 아는 사이 아닌가요?"

"글쎄요, 처음 뵙는 분 같은데요."

초봉은 가슴이 철렁했지만 천연스레 받아넘겼다. 사기범이라면 세상을 눈치로 사는 여자였다. 초봉이 알아보는데 여자가 못 알아본다면 그게 더 이상했다. 서대문형무소의 여자 기결감은 한 동뿐이어서 수용 인원이 많지 않았다. 하지만 초봉도 믿는 구석이 있었다. 여자뿐 아니라 초봉도 많이 변했다. 초봉은 여자에게 마네킹에 입혀놓은 옷을 보여주었다. 옷감까지 만져보고 가격을 물어본 여자는 썩 내키지 않는지 다음에 오겠다고 했다. 출입문 앞에서 여자가 고개를 갸웃하더니 다시 물었다.

"정말, 나 몰라요?"

"제가 평범한 인상이라 어디선가 본 듯하다는 말을 많이 듣긴 해요. 다음에 꼭 들러주세요. 잘 해드리겠습니다."

출입문을 밀려던 여자가 돌아봤다. 의혹에 찬 얼굴이었다. 초봉은 여자의 눈길을 피하지 않으며 고개를 살짝 숙였다. 여자가 나갔다.

초봉은 가슴이 떨려 찬물을 들이켰다. 그리고 허물어지듯 응접 의자에 앉았다. 적극적으로 옷을 팔 생각이었으면 자신이 직접 만든 옷의 견본을 보여주었을 것이다. 옷값도 일부러 높게 불렀다.

돌이켜보니 여자의 방문이 어떤 계시나 조짐으로 여겨졌다. 정말 송희와 헤어져야 할 때가 되었다는. 초봉은 창밖으로 고개를 돌리며 이젠, 이라고 중얼거렸다. 바짝 마른 입술에 하얗게 거스러미가 일어나 있었다. 이젠……

하루가 어떻게 갔는지 몰랐다. 며칠 전부터 계속된 한파 때문에 어둠이 내리면 거리엔 사람들 발길이 뚝 끊겼다. 당연히 양장점을 찾는 손님도 드물었다. 덕순에겐 오늘부터 혼자 자라고 일러두었다. 덕순이 문단속하는 걸 보고 장난감 가게로 향했다. 초봉은 간단하게 꾸린 가방을 들고 있었다. 잠옷과 갈아입을 몇 가지, 세면도구, 화장품 따위가 들어 있었다. 이전에도 옷과 장난감을 사주었지만 그건 이모의 자격이었다. 이별을 앞둔 송희에게 엄마로서 뭔가를 사주고 싶었다.

붐비는 가게에서 진열된 장난감들을 둘러봤다. 거의가 가족단위로 장난감을 사러 온 손님들이었다. 초봉은 송희만 한 여자아이를 눈으로 좇았다. 여자아이가 인형을 들어 보였다. 뒤에 서 있던 엄마가 웃는 얼굴로 고개를 저었다. 양장을 한 엄마는 유행하는 백을 팔뚝에 끼고 있었다. 여자아이가 다른 인형을 들어 보였으나 역시 거절당했다. 시무룩한 얼굴로 인형들을 들었다 놨다 하는 여자아이의 손길이 차츰 신중해졌다. 이윽고 여자아이가 중간 크기의 인형을 들어 보였다. 엄마가 고개를 끄덕였다. 여자아이는 표정이 활짝 밝아져 인형을 안은 채로 엄마에게 달려갔다. 초봉은 여자아이가 고른 인형을 샀다.

목도리를 고쳐 매는데 얼굴에 차가운 것이 닿았다. 처마 너머로 손바닥을 내밀었다. 떨어지는 건 없었다. 구름이 껴 탁한 하늘엔 별도 달도 없었다. 외등이 켜진 계봉의 집에 닿았을 즈음 눈이 흩날리기 시작했다. 초봉은 고개를 들었다. 언 얼굴에 닿은 눈이 순식간에 녹았다. 눈에도 들어갔다. 손수건으로 눈가를 찍어냈다. 주택가엔 인적이 없었다. 계봉의 집까지 오는 동안 만난 사람은 순찰 도는 경찰이 전부였다. 잠깐 사이에 눈발이 굵어졌다. 초봉은 내처 걸었다.

어느 만치 걷던 초봉은 뒤를 돌아보았다. 길바닥을 얇게 덮은 눈 위로 검은 발자국이 줄지어 따라오고 있었다. 초봉은 발자국을 유심히 들여다보았다. 발자국은 어둠 속에 잠긴 저쪽에서부터 왜곡하거나 과장 없이 자신이 걸어온 자취를 보여주었다. 찬 공기를 가슴 깊이 들이마셨다 뱉었다. 입김이 어두운 허공으로 스며들었다. 여기까지만이다. 앞으론 발자국을 함부로 찍지 않을 것이다. 이제부턴 어디를 어떻게 디딜지, 어느 쪽으로 갈지, 디디는 강도와 보폭은 어떻게 할지, 지름길로 갈지, 돌아서 갈지, 이 모든 걸 철저한 계산하에 선택하리라. 초봉은 한 발 한 발 힘주어 내디뎠다.

초인종을 눌렀다. 식모가 대문을 열어주었다. 초봉은 머리와 외투에 쌓인 눈을 털었다. 계봉이 현관에서 초봉을 맞았다. 추운지 팔짱을 끼고 있었다.

"눈 와?"

"응, 제부는?"

"아직 안 왔어. 저녁 약속 있대."

가방을 받아든 계봉이 상자를 눈짓하며 물었다.

"그건 뭐야?"

"송희 선물, 인형."

"송희야, 이모가 인형 사오셨네."

계봉이 호들갑스럽게 안쪽에 대고 외쳤다. 미안함을 그렇게 표현하는 것이리라. 초봉은 옹이 진 심사가 조금 풀렸다.

"이모!"

이층에서 뛰어내려온 송희가 속도를 줄이지 않고 초봉에게 안겼다. 초봉은 휘청하면서 송희를 단단히 붙잡았다.

"이런, 조심해야지."

송희는 헤헤거리며 품속으로 파고들었다. 송희는 유독 초봉을 따랐다. 모녀간이지만 그렇게밖에 표현할 수 없는 현실이 안타까웠다. 함께 잘 땐 스스럼없이 초봉의 가슴을 만지기도 했다.

"오늘은 뭐 했어?"

송희는 유치원과 집에서 했던 일을 조잘댔다. 참새 부리 같은 입술을 움직여 쏟아내는 말을 듣노라니 고단함이 싹 가셨다. 그래, 너는 엄마같이 살지 마라. 초봉은 송희를 안고 이층으로 가며 중얼거렸다.

10

편두통이 심해 왼쪽 눈에 작열감까지 왔다. 마음의 병이 육체의 통증으로 나타나는 걸까. 송희는 곤히 자고 있었다. 들뜬 이불 귀퉁이를 눌렀다. 송희 이마로 흘러내린 머리칼을 쓸어 넘겼다. 뇌리에 새기기라도 할 것처럼 송희의 얼굴을 보고 또 보았다. 언제 또 볼 수 있을까. 울음이 터졌다. 꺼억꺽. 기름칠 안 된 톱니바퀴가 맞물리는 소리가 비어져 나오는 입을 틀어막았다. 눈물은 나오지 않았다. 밤마다 흘린 눈물에 눈물샘마저 말라버렸다.

"언니…… 괜찮아?"

언제 들어왔는지 문 앞에 계봉이 서 있었다. 하루가 멀다 하고 계속되는 송별식에 참석하느라 계봉은 목이 쉬었다. 닷새 전엔 군산에 내려가 가족들을 만나고 왔다.

"몇 년에 한 번씩은 조선에 들어올게. 언니가 현해탄을 건너와도 되잖아. 내지도 구경하구."

계봉이 침대 모서리에 걸터앉으며 초봉을 끌어안았다. 계봉의 목소리는 물기에 젖어 있었다. 포옹을 푼 계봉이 봉투 하나를 침대에 내려놓았다.

"그리고 이거…… 가지고 있다가 부모님 용돈도 드리고 형주, 병주 학비도 대줘."

이시카와가 계봉을 부르는 소리가 났다. 계봉이 일어나며 달래듯 말했다.

"언니, 준비하자."

초봉이 일어나다 다시 주저앉았다. 눈앞이 하얘지며 이명이 일었다. 계봉이 초봉의 어깨를 잡으며 물었다.

"괜찮아?"

눈을 감은 초봉은 고개를 끄덕였다.

"넌 내려가봐. 난 송희 깨워서 준비할게."

칭얼거리는 송희를 깨워 씻기고 머리를 땋아주었다. 송희도 초봉이 사준 인형의 머리를 땋는 시늉을 했다.

"송희야, 건강해야 돼."

"송희야, 건강해야 돼."

송희는 초봉의 말을 인형에게 전달했다.

"엄마 아빠 말씀 잘 듣고."

"엄마 아빠 말씀 잘 듣고."

송희에게 옷을 입히고 나서 꼭 안았다.

"우리 송희 아프지 말고 잘 지내야 한다."

"이모도 아프지 말고 잘 지내세요."

"그래, 그래."

초봉은 송희의 볼에 입을 맞추었다. 또 울음이 터지려 해 얼른 송희의 손을 잡고 일어났다. 가재도구가 없는 빈 거실에선 발소리가 공명되었다. 지인들에게 나눠줄 건 나눠주고 팔 건 팔았다.

계봉과 이시카와가 현관에서 얘기를 나누고 있었다. 짐이라곤 작은 가방 한 개가 전부였다. 가져갈 화물을 미리 연락선 편으로 부쳤다는 걸 알면서도 짐이 너무 단출하다는 생각이 들었다. 초봉은 계봉네와 자신의 관계도 그렇게 간단하고 쉽게 정리되는 게 아닌가 하는 불안감이 잠깐 들었다.

택시가 기다리고 있었다. 경성비행장은 여의도에 있었다. 이시카와가 앞에 타고 세 사람은 뒷좌석에 올랐다. 가는 길에 카페에 들러 빵과 햄에그, 우유로 간단히 식사했다. 초봉은 입맛이 없지만 꾸역꾸역 먹었다. 분위기를 이상하게 만들어 먼 길 가는 사람들을 빈속으로 떠나게 하고 싶진 않았다. 입가에 우유를 묻힌 송희는 초봉이 넣어주는 걸 받아먹으며 쉴 새 없이 종알거렸다. 그러면서 간간이 두 손으로 인형을 허공에 날리며 입으로 비행기 소리를 냈다. 그 바람에 식빵과 햄이 튀어나왔다. 송희는 비행기를 탄다는 기대에 들떠 있었다. 애초에 계봉네는 인천에서 연락선을 탈 계획이었다. 그런데 송희가 비행기를 타고 싶다고 졸라 울산까지 비행기로 간 다음 거기에서 다시 연락선을 이용하기로 했다.

"밥 먹을 때 딴짓하면 못쓰지."

초봉이 짐짓 나무랐다. 송희가 부끄러운지 혀를 날름 내밀었다.

"넌 어서 먹어."

계봉이 치우려는 걸 초봉이 말렸다. 손수건으로 식탁 위에 튄 음식물을 일일이 집어냈다.

초봉은 차창 밖으로 눈길을 두고 있었다. 경성 중심지를 벗어나자 한적한 농촌 풍경이 펼쳐졌다. 머잖아 한강교가 나타났다. 오른쪽으로 한강철교도 보였다. 경성비행장이 멀지 않았다. 초봉은 자기도 모르게 손에 힘이 들어갔다.

"이모, 아파요."

송희가 볼멘소리를 했다.

"아, 미안. 이모가 호, 해줄게."

초봉이 송희의 손에 입김을 불었다. 송희는 금세 얼굴을 풀고 간지럽다며 몸을 꼬았다. 군인들이 지키고 있는 차단기 앞에서 택시가 멈췄다. 거기서부턴 걸어가야 했다. 비행장은 민간항공사와 군 시설이 함께 있어 경비가 삼엄했다. 가방을 든 이시카와와 계봉이 앞장섰다. 초봉에게 송희와 함께할 시간을 더 주려는 배려였다. 반원형으로 지은 격납고와 크고 작은 건물들이 보였다. 풍향계와 풍속계도 보였다. 활주로 바깥에 민간항공기와 전투기들이 있었다. 활주로 주변의 정지된 지대 너머엔 군데군데 흙무더기가 쌓여 있었다. 잡풀이 무성했다. 삭막한 풍경이었다. 한쪽에선 한 무리의 군인들이 훈련을 받고 있었다. 전투기 한 대가 폭음을 일으키며 이륙했다. 놀란 송희가 어깨를 후드득 떨며 초봉의 치맛자락을 붙잡았다가 뒤늦게 비행기인 걸 알곤 펄쩍펄쩍 뛰며 좋아했다.

계봉과 이시카와가 공항사무소에 들어갔다. 초봉은 송희의 옷을 여며주었다. 벌써 몇 번째인지 모른다. 어린아이의 눈에도 그게 의아했나 보다. 눈을 동그랗게 뜬 송희가 초봉을 올려다보며 물었다.

"이모, 왜 자꾸자꾸 옷을 만져요?"

"응, 우리 송희 추울까 봐."

조금 뒤에 탑승 수속을 끝낸 계봉과 이시카와가 돌아왔다. 이젠 정말 이별이었다. 초봉은 아쉬움과 조바심에 입술을 혀로 핥았다.

"처형, 건강하십시오."

이시카와가 고개를 숙였다. 계봉이 언니, 하며 초봉을 안았다. 초봉이 계봉의 허리에 팔을 둘렀다. 계봉의 어깨가 들먹였다.

"울지 마. 화장 지워져."

초봉이 계봉의 등을 쓸었다. 계봉이 무슨 말을 했지만 울먹임 때문에 발음이 정확지 않았다. 아마 편지를 자주 하겠다거나 가족을 잘 돌봐달라는 부탁이었을 것이다. 초봉에게서 떨어지는 계봉의 눈이 붉게 충혈돼 있었다.

"이모한테 뽀뽀해야지."

초봉이 앉으며 고개를 왼쪽으로 돌렸다. 입술을 뾰족하게 내민 송희가 소리 나게 입을 맞췄다. 숨결에서 우유 비린내가 났다. 양손으로 송희의 볼을 잡았다. 아직 고통과 시련을 알지 못하는 눈과 입, 얼어서 복숭앗빛인 볼. 초봉은 송희의 얼굴을 기억하기 위해 눈을 크게 떴다. 무슨 말인가를 하고 싶었다. 지금의 마음이 오롯이 담긴 압축되고 정제된 말. 그런데 너무 많은 말들이 한꺼번에 우우 일어나 끝내 아무 말도 하지 못했다. 하긴 어떤 말을 해도 초봉의 심정을 충분하면서도 온전하게 표현하는 건 불가능했다. 얼굴을 찡그린 송희가 고개를 이리저리 흔들어 초봉의 손을 벗어나며 물었다.

"이모, 슬퍼요?"

"그래, 아주 많이."

"저두요. 근데 슬퍼하지 마세요. 사람은 누구나 헤어진대요."

송희가 웃으며 말했다. 누가 해준 말을 기억해낸 것이리라. 송희는 아주 먼 훗날에나 그 말의 진정한 뜻을 이해할 수 있을 것이다. 송희가 뛰어가 계봉의 손을 잡았다. 그 모습을 보니 가슴이 더 아파왔다.

계봉의 가족은 6인승 비행기를 향해 걸어갔다. 송희가 서너 걸음을 뗄 때마다 돌아보며 손을 흔들었다. 초봉은 계속 손을 흔들었다. 계봉의 가족과 또 다른 탑승객인 남자 둘이 비행기에 올랐다. 그중 하나는 서양인이었다.

프로펠러가 굉음을 내며 돌았다. 실타래처럼 엉킨 시커먼 연기가 바람에 흩어졌다. 초봉은 비행기가 움직이는 방향으로 따라 걸었다. 활주로에 진입한 비행기가 잠깐 멈췄다가 속력을 높였다. 곧게 뻗은 활주로를 내달리던 비행기가 둥실 떠올랐다. 남쪽으로 방향을 잡은 비행기는 점점 작아지다가 이내 한 점이 되었다. 비행기가 가뭇없이 사라진 하늘엔 구름만 무심히 떠 있었다.

매운바람 속에서 비행장의 부속물처럼 붙박여 있던 초봉은 천천히 걸음을 옮겼다. 두꺼운 외투를 파고든 겨울바람이 뻥 뚫린 가슴을 지나갔다. 외투 자락을 여몄다. 바람이 흙먼지를 몰아왔다. 초봉은 남쪽을 자꾸만 쳐다보았다. 짧은 거리를 사십 분이나 걸려 버스정류장에 도착했다. 버스는 좀처럼 오지 않았다. 초봉은 아무도 없는 정류장에 서서 송희의 볼을 만졌던 손바닥을 자기 얼굴에 대보았다. 송희의 부드러운 살결이 느껴지는 듯했다. 오래 그러고 있었다.

11

환자들을 돌보며 평범한 일상을 이어가던 승재에게 한 통의 서신이 배달되었다. 예비역에 대한 재소집 영장이었다. 전황이 다급해진 남방전선으로 만주와 중국의 병력이 대거 이동한 데 따른 조처였다. 전쟁은 막판으로 치닫고 있었다. 진주만 공격이 성공하고, 싱가포르를 함락했을 때만 해도 대동아공영권이 곧 실현되는 줄 알았다. 하지만 일본의 오만과 승승장구는 오래가지 않았다. 미국을 건드린 게 화근이었다. 전세가 역전돼 떼로 몰려온 B-29가 일본 본토에 소이탄을 투하하기에 이르렀다. 승재가 보기에 항복은 시간문제였다.

1944년 11월, 승재는 만주 관동 신제2방면군의 예하부대인 제 111사단의 야전병원에 배속되었다. 병사들의 사기는 예전만 못했다. 현역병들은 계속된 전투로 피로가 누적되었고, 예비역들은 재소집에 대한 불만이 높았다. 예전 같으면 생각도 할 수 없는 탈영과 하극상, 명령 불복종과 근무 태만이 끊이질 않았다. 부상병들 중엔 총기오발 사고나 병사들끼리 싸우다 다친 경우도 많았다. 이런저런 사고로 위장해 자해한 병사도 꽤 있었다. 승재는 웬만하면 눈감아주었다. 자해든 전상이든 치료의 대상이라는 점에선 마찬가지였다. 군법을 어긴 병사를 찾는 건 헌병대의 소관이지 군의의 임무가 아니었다. 전투 경험이 풍부한 관동군이 그 지경이니 일본군 전체의 분위기를 미루어 짐작하는 건 어렵지 않았다.

1945년 4월 초, 뜻밖의 소식이 전해졌다. 제111사단이 조선 방어를 위해 신설된 제58군에 배속되면서 제주도로 이동하라는 명령을 받은 것이다. 조선에 돌아가는 것이었으므로 승재로선 나쁘지 않았다. 장교들의 회식 자리에서 오가는 얘기를 종합해보면 승재의 예상과 다르지 않았다. 1944년 11월, B-29가 일본 본토를 폭격한 후로 금년 3월 초, 도쿄와 여러 대도시에 집중된 대공습으로 수십만이 넘는 사상자가 발생했다. 게다가 3월에 이오섬이 함락되고, 6월엔 오키나와에 미군이 상륙하자 위기감을 느낀 대본영은 일본 본토를 방어하기 위한 '결(決)호 작전'을 발표했다.

미군의 본토 상륙에 대비한 결호 작전은 일본을 일곱 개 구역으로 나누어 방어한다는 계획이었다. 대본영은 미군의 상륙 지

점 중 하나를 규슈로 예상하고 있었다. 그럴 경우 그 전초기지가
되는 제주도는 미군의 유력한 공격 목표였다. 제주도를 빼앗기
면 일본에서 대륙으로 이어지는 통로가 차단된다는 점에서 위기
감이 더했다. 그 결과 1945년 8월 이후, 두 개 내지 다섯 개 사단
규모의 미군 병력이 조선 남부나 제주도에 상륙할 것으로 판단,
제주도를 방어하는 결7호 작전을 세웠다. 결1호부터 결6호까지
는 본토 방어 작전이지만, 결7호는 유일하게 조선 방어 작전이
었다. 그만큼 제주도를 본토 방어의 중요한 거점으로 인식하고
있었다.

　봉천을 거쳐 남하한 제111사단 주력은 여수, 일부는 목포를
경유하여 제주읍 산지항에 상륙했다. 제주도에서 주둔지 변경
이 몇 번 있었다. 6월 중순에 만주에서 증파된 제121사단이 서
북부지역에 주둔하면서 제111사단의 작전 범위가 서부지역 전
체에서 서남부지역으로 축소되었다. 미군의 유력한 상륙 지점
을 제주도 서남부로 판단한 데 따른 조치였다. 그에 따라 중부
지역이나 동부지역에 주둔했던 병력이 서남부지역으로 대폭 이
동, 증강 배치되었다. 대정읍 알뜨르 해군항공기지에는 자살공
격용 전투기가 숨겨져 있었다. 송악산엔 자살공격용 인간어뢰
가이텐 부대, 수월봉 일대엔 자살공격용 보트 신요 부대가 배치
되었다. 서남해안 반경 20킬로미터 해역엔 기뢰를 부설했다.

　승재가 배속된 제1야전병원은 최종적으로 안덕면 창천리에
있는 군산에 주둔했다. 승재는 주둔지가 군산이라는 걸 알고 참

질긴 인연이다 싶었다. 물론 전북은 군산(群山)이고, 제주도는 군산(軍山)으로 한자 표기가 달랐다. 부락민에게 물어보니 처음엔 서산(瑞山)으로 부르다 산의 형세가 군막과 같아 군산으로 부르게 됐다고 했다. 병사들이 지휘소와 관측소, 보급창고와 대피소로 쓸 갱도진지를 구축하기 시작했다. 사정은 다른 부대가 주둔한 각 지역의 오름도 마찬가지였다. 제주도 전역을 요새화해 결사 항전하겠다는 의미였다.

7월로 접어들자 무더위가 극성을 떨었다. 섬이라는 지역 특성상 습도가 높아 숨이 턱턱 막혔다. 군용 장비에 녹이 잘 슬어 관리에 신경을 써야 했다. 매미가 악머구리처럼 울어대 귀가 멍멍했다. 산에 서식하는 모기는 그악스러웠다. 밤낮 구분 없이 달려들어 피를 빨았다. 그래도 승재는 간만에 가져보는 휴식을 맘껏 즐겼다. 언제 전투가 벌어질지 몰랐지만 당장은 팔다리가 절단되거나 내장이 쏟아진 부상병은 없었다. 갱도 구축 작업 중에 연장을 잘못 다뤄 다치거나 돌에 맞아 골절되는 게 고작이었다. 까다로운 수술을 요하거나 의약품이 없어서 치료하지 못하는 부상은 없었다. 그것만으로도 승재는 마음의 짐이 덜했다. 손도 쓰지 못하고 죽어가는 병사를 보는 건 차마 못할 짓이었다. 다른 전선에 비하면 그야말로 천국이었다. 남양군도에선 보급이 끊겨 나무뿌리와 벌레로 연명하다가 영양실조로 사망하는 병사들이 속출했다. 퀴닌이나 아타브린 같은 항말라리아제가 바닥나자 효과가 검증되지 않은 재스민 껍질을 대용하라는 명령이 떨어졌다는 얘기가 들려왔다. 인육을 먹었다는 소문도 저기압에 낮게 깔린 연기처럼 퍼져 나갔다.

미군기가 나타나면 비상이 걸렸지만 승재가 누리는 일상을 깨뜨릴 정도는 아니었다. 군의들은 돈을 모아 민가에서 과일을 사다 먹었다. 몇 번 거래를 해서 안면을 튼 해녀가 주기적으로 생선을 대주기도 했다. 언변이 좋거나 사교성이 뛰어난 병사들은 민간인들과 좋은 관계를 유지하며 쌀이나 부식을 떡, 옥수수, 감자 같은 간식거리와 물물교환하기도 했다. 식량은 부족하지 않았으므로 장교들도 눈감아주었다.

어느 날, 사단사령부에서 한림항으로 지원을 가라는 명령이 내려왔다. 승재는 군의 한 명과 간호부 두 명, 위생병 네 명을 인솔하여 트럭에 올랐다. 서북부에 있는 한림항은 제121사단 관할이었다. 다른 관할의 의료반까지 부른 걸 보면 위급 상황이었다.

한림항은 검은 연기로 뒤덮여 있었다. 승재는 운전병을 재촉했다. 아수라장이었다. 매캐한 화약 냄새가 코를 찔렀다. 현장을 지휘하던 장교가 상황을 설명했다. 미군기가 무기고를 공습해 저장돼 있던 폭탄이 연쇄 폭발을 일으켜 수비 병력뿐 아니라 다수의 민간인 사상자까지 발생했다. 근처 민가 400여 호도 파손됐다. 무기고는 흔적도 없이 사라졌고, 그 자리엔 거대한 구덩이가 생겼다. 이미 현장에 많은 의료진이 투입돼 있었다.

병사들과 화를 면한 민간인들이 폐허가 된 마을을 수색했다. 공터엔 가마니에 덮인 시체들을 일렬로 늘어놓았다. 승재는 부

상자들을 치료했다. 폭발의 여파로 고막이 손상된 사람이 많았
다. 병사들이 부상자들을 담가로 옮겨왔다. 간호부들이 의약품
과 진료 기구를 들고 분주히 움직였다.

"선생님!"

누군가 승재의 어깨를 잡았다. 여러 차례 부르는 소리가 났지
만 자기를 부른다고 생각지 못했다. 목소리로 보아 젊은 여자였
다. 팔뚝으로 이마의 땀을 훔치며 고개를 들었다.

"어?"

승재는 너무 놀라 말문이 막혀 눈만 끔뻑였다. 명님이었다. 얼
핏 목소리가 명님과 닮았다 느끼긴 했어도 가능성을 일축해버렸
다. 제주도는 경성에서 멀리 떨어진 곳이었다.

"이게 누구야?"

승재는 겨우 입을 열었다.

"선생님인 걸 확인하고도 믿기지 않아 한참을 지켜봤어요. 잘
지내셨어요?"

명님이 함박웃음을 지었다. 간호부에게 허벅지를 꿰맨 아녀자
의 뒤처리를 부탁한 승재는 명님을 데리고 그늘로 갔다.

"잘 지냈지? 참, 그보다 여긴 어떻게 왔어?"

명님은 예전과 많이 달라졌다. 훨씬 성숙해졌고 도회지 여인처
럼 세련된 분위기를 풍겼다. 화장을 하지 않은 얼굴은 윤곽이 뚜
렷했다. 피부는 잡티 하나 없었다. 간호복을 입은 자태가 고왔다.

"하얼빈에 주둔한 121사단에 배치받아서 근무하다 얼마 전에

사단을 따라 제주도에 왔어요."

"나는 111사단에서 근무하다 여기로 왔지. 그러고 보니 우린 만주에서 이웃사촌이었군."

"그러게 말이에요."

명님이 손으로 입을 가리고 웃었다.

"121사단엔 어떻게?"

"일본적십자사 조선지부에서 간호면허를 가지고 일 년 이상 실무 경험이 있는 간호부를 대상으로 임시구호간호부를 모집했어요. 합격해서 삼 개월간 교육을 마치고 만주에 배치됐지요. 병원에서 함께 근무하던 일본인 언니가 권해서 자의 반 타의 반 지원했는데, 언니는 비율빈(필리핀)으로 갔어요. 저는 운이 좋았죠."

그러려니 짐작은 했다. 승재와 유사한 사례였다. 군의에 이어 나이 많은 간호부까지 속성으로 양성해 전선에 투입하고 있었다. 그뿐만 아니었다. 징용, 학병, 근로정신대, 징병, 근로보국대, 국민의용대 등등 갖가지 명목으로 조선인을 전쟁에 동원하고 있었다.

"아현실비의원에 갔다가 재소집돼서 만주로 가셨다는 말을 듣고 많이 서운했어요. 저한텐 말씀도 없이……"

간호부 시험에 합격한 명님이 아현실비의원에서 일하겠다고 했지만 승재는 간호부를 여럿 둘 형편이 안 된다고 둘러댔다. 사정을 뻔히 아는지라 받아들일 수밖에 없었던 명님은 다른 병원에 자리를 잡았다.

"미안하군. 두 번씩이나 사람들을 성가시게 할 수 없어 조용히 떠나왔어. 명님이한텐 말할 걸 그랬군. 편지를 보낸다는 게 바빠서……"

승재는 웃음으로 얼버무렸다.

"만주에서 선생님을 찾으려고 했는데, 도착하고 얼마 지나지 않아 여기로 오게 됐어요."

"종군간호부가 된 것에 나한테도 조금은 책임이 있는 건가?"

"꼭 그런 건 아니지만……"

명님이 고개를 숙이며 말끝을 흐렸다. 꼭 말해야만 의사가 전달되는 건 아니다. 명님의 마음이 느껴져 코끝이 시큰해졌다. 하지만 내색할 순 없었다. 승재는 서둘러 화제를 바꾸었다.

"그래, 지금은 어디에서 근무하지?"

"제4야전병원요. 애월에 있어요."

"그렇군. 난 군산에 있어."

"군산요?"

명님의 얼굴이 복잡해졌다. 승재는 무엇 때문인지 금세 알아챘다.

"발음은 같은데 한자가 달라. 나도 처음엔 놀랐어."

"선생님은 군산과 인연이 깊으신가 봐요."

승재가 고개를 끄덕이다 말했다.

"피해를 입은 사람들에겐 미안한 말이지만 미군이 우리를 만나게 해준 셈이군."

"그러게 말이에요. 다음부터 미군기를 보면 손이라도 흔들어
야겠어요."

두 사람은 주변의 눈치가 보여 소리 죽여 웃었다.

그때, 간호부가 선생님, 하며 승재를 찾았다. 군대의 위계질서
에 익숙지 않은 종군간호부들은 군의를 공식 직함이나 계급보다
사회에서처럼 선생님으로 부르는 일이 흔했다.

"이거 그만 가봐야겠는걸. 오랜만에 만났는데 아쉬워서 어쩌
지."

"계시는 곳을 알았으니까 쉬는 날에 제가 찾아뵙죠, 뭐."

그렇게 말했지만 명님의 얼굴엔 아쉬움이 그대로 묻어났다.
승재는 식사라도 함께하고 싶었으나 다음을 기약하는 수밖에 없
었다. 그래도 만난 건 기적에 가까웠다. 승재는 부상자들이 있는
천막으로 뛰어갔다.

승재는 허겁지겁 군복 단추를 채우며 막사를 나섰다. 면회라
는 말을 들었을 때 떠오른 얼굴은 하나였다. 짐작대로 명님이 초
소 옆에 서 있었다.

"선생님!"

명님이 손을 흔들었다.

"오는 데 힘들지 않았어?"

승재는 반가운 마음과 달리 무뚝뚝하게 말했다. 먼저 찾아가

지 못한 미안함이 그렇게 표현된 거였다. 애월에서 군산까지는 가까운 거리가 아니었다.

"좀 걷다가 여기로 오는 군용차를 만나서 수월하게 왔어요. 선생님은 제가 안 반가우세요?"

명님이 짐짓 서운한 표정을 지었다.

"아니야, 아니야, 잘 왔어. 너무 뜻밖이라서 그러지. 반가워, 반갑구말구."

승재가 손사래를 쳤다. 명님은 당황한 승재가 재미있다는 듯 깔깔 웃었다. 전투병과가 아닌데다 장교 신분이어서 면회 절차는 그리 까다롭지 않았다. 면회 장소가 따로 있는 게 아니어서 숙영지를 벗어나 병사들 눈에 안 띄는 솔수펑이에 나란히 앉았다.

"이것 좀 드셔보세요."

명님이 싸 온 고구마떡과 찐 옥수수, 삶은 계란을 펼쳐놓았다.

"일찍 출발했을 텐데 이런 건 언제 준비했어."

승재는 명님이 건넨 고구마떡을 받아들었다. 쉰내가 났지만 못 먹을 정도는 아니었다. 날씨가 더운데다 보자기로 꽁꽁 싸서 맛이 좀 변한 것 같았다. 상한 떡이 아니라 구운 돌을 줬더라도 기꺼이 먹었을 것이다. 명님이 알면 미안해할 것 같아 얼른 먹었다.

"어머, 떡을 좋아하시는 줄 몰랐어요."

명님이 대단한 발견이라도 한 것처럼 목소리를 높였다. 승재는 그저 조용히 웃어주었다. 명님은 그동안 있었던 일을 늘어놓았다. 승재는 웃음 띤 얼굴로 이따금씩 고개를 끄덕였다. 명님이 조르는 통에 승재도 그간의 일을 간략히 들려주었다. 사춘기 소녀처럼 조잘대는 명님을 바라보다 문득 도도록한 가슴에 눈길이 닿았다. 심장박동이 빨라지며 볼이 화끈거렸다. 이게 무슨 짓이람. 참 주책이다 싶었다. 승재는 자신을 꾸짖으며 명님의 말을 잘랐다.

"그만 일어날까?"

"벌써요?"

명님이 아쉬운 얼굴을 했다.

"걸으면서 얘기하자구. 지나가는 차가 있으면 얻어 타야 하니까. 돌아가려면 서둘러야지."

발걸음을 옮길 때마다 먼지가 피어올랐다. 지나가는 차가 없었다. 명님은 햇볕에 얼굴이 벌게진 것도 아랑곳 않고 계속 조잘댔다. 한 시간을 넘게 걸었지만 명님은 뒤처지거나 힘들어하는 기색이 없었다. 목이 마르면 민가에서 물을 얻어 마셨다. 승재는 조바심에 뒤를 자꾸 보았다. 얼마나 걸었을까. 뒤에서 말발굽 소리가 났다. 암갈색 말 위에서 중위가 고삐를 잡고 있었다. 근처 오름에 주둔 중인 부대의 소대장이었다. 사정을 얘기하고 명님을 애월까지 태워달라고 했다. 소대장은 탐탁지 않은 얼굴로 승재와 명님을 번갈아 보더니 마지못해 승낙했다. 낯선 이에게 명님을 부탁하는 게 내키진 않지만 다른 방법이 없었다. 말을 빌려 직접 데려다주고 싶어도 탈 줄을 몰랐다. 빌려줄 것 같지도 않았다. 말은 장교에게 지급되는 군용품이었다. 명님은 길모퉁이를 돌아갈 때까지 돌아보며 손을 흔들었다.

그다음부턴 승재가 애월로 찾아갔다. 해녀가 바다에서 막 건져낸 해산물을 사 먹기도 하고, 바닷가를 거닐기도 했다. 철조망으로 둘러싸인 공간을 벗어나는 것만으로도 승재는 해방감을 맛보았다. 원시의 자연을 그대로 간직한 제주도의 풍광은 뛰어났다. 일본군들이 곳곳에 여러 종류의 진지를 구축하고, 도로를 닦고, 굴을 파고, 비행장을 건설하느라 파헤쳐졌어도 여전히 아름다웠다.

세번째로 명님을 만나러 가는 길이었다. 다른 날엔 미리 차편을 알아두었다가 얻어 타곤 했는데 그날따라 애월 쪽으로 가는 차량이 없었다. 무작정 걷는데 머잖아 뒤에서 트럭이 나타났다. 승재는 손을 들었다. 해안경비부대에 장비 부품을 전달하고 애월로 돌아가는 트럭이었다. 운전석 옆에 탔던 군조 계급장을 단 병사가 자리를 양보해주었다. 한 이십 분쯤 갔을까. 엔진덮개 사이에서 흰 연기가 나며 트럭이 멈췄다. 운전병이 내려 엔진덮개를 열어젖히자 더 많은 연기가 솟아올랐다. 적재함에서 내린 군조가 욕설을 퍼부으며 운전병의 엉덩이를 걷어찼다. 장교인 승재가 보는데도 거리낌이 없었다. 승재는 눈살을 찌푸리면서도 직속상관이 아닌 터라 외면했다. 군모를 벗은 운전병이 엔진에 머리를 박고 낑낑댔다. 뜻대로 안 되는지 머리를 벅벅 긁기도 하고, 연장을 바꾸기도 했다. 그때였다.

"구슈! 구슈!"

둘러서서 담배를 피우던 병사 중 하나가 소리쳤다. 담배를 내던진 병사들이 개미 떼처럼 흩어졌다. 정적을 깨며 나타난 점들은 이내 비행기 형체를 갖췄다. 무스탕기 편대였다. 주위가 온통 논밭이어서 숨을 만한 곳이 없었다. 엄폐물을 찾아 달리는 승재의 눈에 큰 바위가 들어왔다. 아래가 오목하게 파여 있었다. 승재는 그곳으로 몸을 던졌다. 뒤따라온 군조가 들어오려고 기를 썼다. 승재는 안쪽으로 몸을 최대한 붙여 군조가 들어오도록 도왔다. 무스탕기들은 한바탕 기총소사를 하더니 떠나갔다. 나가려는데 군조가 움직이지 않았다.

"이봐, 미군기 갔어."

군조의 옆구리를 질벅거렸다. 반응이 없었다. 승재는 군조를 겨우 밀어내고 나왔다. 눈을 흡뜬 군조는 등과 장딴지가 피투성이였다. 경동맥을 짚었다. 뛰지 않았다. 군조의 눈을 감겨주었다. 군조가 마개 역할을 해 승재를 보호해준 셈이었다. 운전병을 포함한 병사 셋은 트럭 밑에서 죽어 있었다. 12.7밀리 기관총 탄환에 트럭은 벌집이 되었다. 생존자는 승재와 상등병뿐이었다. 다른 상등병과 일등병은 논두렁에 쓰러져 있었다. 승재와 상등병은 시신들을 트럭 옆으로 옮겼다. 놀란 가슴이 진정되지 않았다. 손이 떨리고 다리가 후들거렸다.

"다친 덴 없나?"

트럭이 드리운 그늘에 나란히 앉아 승재가 물었다.

"없습니다."

상등병이 승재에게 담배를 권했다. 승재는 손바닥을 펼쳐 보이며 사양했다. 양해를 구한 상등병이 성냥불을 담배에 댕겼다. 유황 냄새가 섞인 담배 연기가 후텁지근한 대기 중으로 흩어졌다. 평소엔 질색하던 담배 연기가 오늘따라 구수했다.

"나도 한 대 주게."

바짝 마른 입술에 침을 묻히며 담배를 받았다. 손에 묻은 피가 담배에 붉은 자국을 남겼다. 손을 허벅지에 문질렀다. 한 모금 빨자 머리가 띵하며 현기증이 일었다. 피로 물든 시신들에게 멍한 눈길을 던졌다. 조금 전까지도 승재처럼 담배를 피우던 병사들이었다. 이승과 저승의 경계가 한순간이었다. 모든 게 헛되고 부질없었다. 명님과 아들딸 낳고 오순도순 사는 것도 괜찮지 않을까. 불현듯 그런 생각이 들었다. 애써 억누르고 외면했지만 승재가 통제하기 힘든, 내면 깊숙한 곳에 똬리를 틀고 있던 갈망인지도 몰랐다. 승재는 아직도 떨리는 손가락 사이에 낀 담배를 뚫어져라 보았다. 사람에게 주어진 삶은 담배처럼 유한했다. 피우면 빨리, 그냥 두면 천천히 줄어드는 차이가 있을 뿐이었다. 줄어드는 게 정해진 이치라면, 적극적으로 끽연을 하는 것도 한 방법이지 않을까. 모든 건 생각하기 나름이었다. 이렇게 안 피우던 담배도 피우고 있지 않은가. 자신에게 솔직해졌더니 명님을 향하는 승재의 마음이 오롯이 드러났다. 가자, 가서 고백하자. 좋아했다고, 용기가 없어 말하지 못했다고. 일어나던 승재는 이맛살을 구기며 숨을 훅 들이쉬었다. 오른손이 왼쪽 팔뚝에 가 있었다. 눈물이 찔끔 나올 만큼 아팠다. 운전병의 시체를 끄집어내다 트럭 모서리에 세게 부딪쳤는데, 그때 잘못된 듯했다. 그 몸으로 명님을 만나러 가는 건 무리였다. 승재는 오던 길을 되짚어갔다.

하룻밤 자고 났더니 팔뚝에 부종이 생겼다. 뼈에 금이 갔다. 그 정도는 뢴트겐을 찍지 않고도 알 수 있었다. 팔뚝에 부목을 대고 고정시켰다.

낯선 장교의 방문을 받은 건 다음날 오후였다. 발등을 다친 병사를 치료 중인데, 면회자가 있다고 연락이 왔다. 평일이지만 혹시 명님인가 하며 가운을 벗었다. 야전병원 입구에서 서성이던 소위가 거수경례를 했다. 눈이 맑고 콧날이 오뚝했다. 얼굴은 갸름했으며 입술 선이나 턱선이 남자답지 않게 부드러웠다. 한 번 보면 기억에 남을 인상이지만 모르는 얼굴이었다.

"날 아는가?"

승재가 일본어로 물었다. 가끔씩 치료를 해준 병사들이 고맙다며 찾아오는 경우가 있었다. 그런 병사 중의 하나려니 했다.

"김정우라고 합니다. 명님 씨 일로 왔습니다."

이름을 밝힌 소위가 조선어로 말했다. 승재는 아주 짧은 순간 머릿속으로 명님과 김정우, 그리고 자신이 연결되는 접점을 찾아보았으나 없었다.

"명님이를 아는가?"

"예."

김정우가 부동자세로 대답했다.

"편하게 하지. 그래, 무슨 일인가?"

"명님 씨께 말씀 많이 들었습니다."

김정우가 본론을 꺼냈다. 승재는 김정우를 찬찬히 뜯어보았다. 유약해 보이는 얼굴과는 달리 눈빛에 자신감이 넘쳤다. 한번도 실패나 좌절을 겪어보지 않은 눈이었다. 흰자위에 핏발이서 있었다. 고민과 번민으로 밤을 지새운 흔적이었다. 색욕이나욕정과는 다른, 순수하고 순정한 열망이 승재에게 전해졌다. 승재의 내면에서 젊고 건강한 수컷에 대한 질투심이 고개를 들었다. 마음속에 떨어진 불안의 씨앗이 순식간에 자라 가지를 뻗더니 금세 무성한 잎을 드리웠다. 승재는 조바심을 누르며 김정우의 입을 주시했다.

"얼마 전에 명님 씨께 사랑을 고백했는데 거절당했습니다. 제가 싫은 이유를 말해달라고 졸랐지만 명님 씨는 한사코 피하기만 했습니다. 그러다가 어제 명님 씨께 선생님을 사랑한다는 말을 들었습니다."

말끝에 김정우의 목소리가 살짝 떨렸다. 막연하던 불안감이마침내 정체를 드러냈다. 짜증 섞인 피로감이 몰려왔다. 승재는미군기를 생각했다. 미군기는 명님과의 재회를 주선했지만, 명님에 대한 생각을 바꿔놓은 것과 동시에 명님에게 고백할 기회를 방해하기도 했다. 어제 고백을 했어도 김정우가 이 시간, 여기에 있을까.

"그래서?"

승재의 말투가 약간 공격적으로 변했다. 서열 다툼에서 밀려날 위기에 처한 수컷의 방어 심리 같은 거였다.

"선생님의 마음을 알고 싶어서 왔습니다."

"자네 마음이 아니라 내 마음이 중요한가?"

"선생님께서 의사를 명확히 해주셨으면 합니다."

김정우는 거침이 없었다. 승재는 그런 태도에 거부감이 생겼다. 좋게 말하면 당당했고, 나쁘게 말하면 건방졌다. 고아로 살아온 승재가 한 번도 가져본 적이 없는 것이기도 했다. 열패감과 자괴감에 짐짓 심술을 부렸다.

"내가 명님이를 사랑한다면?"

"깨끗이 물러나겠습니다."

잠시 눈빛이 흔들렸던 김정우가 가슴을 좍 펴며 말했다. 연적 앞에서 초라해지는 게 싫어 안간힘을 쓰는 모습이 안쓰러우면서도 귀여웠다. 승재는 그 잠깐의 주저에서 인간적인 면모를 엿보았다. 그리고 그 점이 김정우를 신뢰하는 결정적인 요소로 작용했다. 김정우는 명님을 진정으로 사랑하고 있었다. 그런 건 말로 설명하는 게 아니다. 그냥 느낌으로 전해지는 거였다. 더 이상 마음을 떠보는 건 무의미하고 잔인한 짓이었다.

"걱정 말게. 나에게 명님이는 아직도 작고 귀여운 소녀일 뿐이니까."

승재가 김정우의 어깨에 손을 얹었다.

"정말이십니까?"

김정우의 얼굴이 대번에 밝아졌다.

"그렇다네. 명님이는 나에게 막냇동생 같은 아이라네."

승재가 덧붙였다. 김정우뿐 아니라 자신에게도 분명히 해두고
싶었다.

"고맙습니다, 고맙습니다."

군모를 벗은 김정우가 여러 차례 허리를 숙였다. 눈물까지 글
썽이고 있었다. 남성다움을 과시하던 김정우는 온데간데없었다.
무장해제하고 본모습을 드러낸 김정우에게 명님을 사랑해주라
거나 아껴주라는 말은 군더더기였다. 그저 어깨를 토닥여주는
것으로 자신의 마음을 대신했다.

남은 오후를 어떻게 보냈는지 기억에 없었다. 진료 중에 실수
가 잇따랐고, 이전 같으면 그냥 넘어갈 일로 간호부를 나무라기
도 했다. 몸은 무거운데 마음은 허전했다. 미열과 더불어 몸살기
가 있었다. 일과가 끝나고 온몸이 흠뻑 젖도록 산길을 달렸지만
빈껍데기만 남은 것 같은 상실감을 달랠 길이 없었다. 밥을 먹어
도 맛을 몰랐다. 그러다가 지난사변 8주년 전승기념일에 지급된
맥주가 떠올랐다. 다른 사람에게 줘야지 하면서 침대 밑에 넣어
두곤 잊고 지냈다.

냉장되지 않은 맥주는 뜨뜻미지근했다. 목구멍이 타는 듯한
조갈증에 맥주를 병째 들이켰다. 얼굴 전체가 화끈거리며 취기

가 올라왔다. 웬만해선 술자리에 어울리지 않고, 어울려도 금세 자리를 뜨는 승재가 술을 마시는 게 신기했는지 다른 군의들이 술을 가지고 모여들었다. 승재의 침대는 술판으로 바뀌었다. 각자의 취향이 다른 만큼 주종도 다양했다. 맥주는 물론이고, 소주, 사케까지 있었다. 변변찮은 안주에 술까지 섞어 마신 승재는 오래지 않아 취했다. 군의들은 흐트러진 승재를 보며 재미있어 했다. 맏형처럼 자상하기는 하나 늘 몸가짐이 단정하고 빈틈없는 승재가 부담스러웠던 것이다.

군의 하나가 바지를 벗어던지곤 속옷 바람으로 엉거주춤한 춤을 추어 흥을 돋웠다. 도쿠시마현의 전통춤인 아와오도리라고 했다. 군의들이 모두 바지를 벗고 따라 추었다. 승재도 예외는 아니었다. 취기로 느려진 동작은 춤이 아니라 명념을 떨쳐버리려는 맹렬한 몸부림에 가까웠다. 폭음을 넘은 광음의 술자리는 밤이 이슥하도록 이어졌다.

승재는 머리가 깨지는 두통에 눈을 떴다. 어둠이 걷히고 있었다. 바닥이었다. 어제 입었던 군복 그대로였다. 딱딱한 데서 잤더니 온몸이 결렸다. 텁텁한 입안에서 찌꺼기가 씹혔다. 군복 앞자락에 토사물이 묻어 있었다. 사방에 흩어진 토사물에서 시큼한 냄새가 올라왔다. 기상나팔이 울리려면 아직 시간이 남았지만, 숙소를 청소하는 당번병이 오기 전에 토사물을 치우고 술자리를 정리했다. 찬물로 쓰린 속을 달래고 진료 시간이 되기를 기다렸다.

승재는 병원장에게 양해를 구하고 야전병원을 나섰다. 더 지체할 수 없었다. 걷다가 속이 메슥거려 두 번이나 토하고 애월로 가는 부식수송트럭에 편승했다. 비포장길에서 트럭이 요동쳐 차창 너머로 고개를 내밀고 다시 토했다. 초병에게 면회를 신청하기 전에도 토했다. 하얀 위액이 올라와 입안이 헐었다. 군복 겨드랑이와 등짝이 진땀으로 젖었다.

"어머, 어디 편찮으세요?"

명님이 깜짝 놀랐다. 예정에 없는 승재의 방문도 뜻밖이지만 안색이 파리하고 눈은 데꾼해 쓰러지기 직전처럼 보였던 것이다.

"아니, 괜찮아. 잘 지내고 있지?"

"어휴, 술냄새. 약주도 못하시면서……"

명님이 코를 쥐는 시늉을 했다.

"어제 회식이 있어서 조금 마셨지."

승재가 머쓱하게 웃었다.

"약주 하실 줄 아셨어요?"

명님은 대단한 사실이라도 발견한 것처럼 눈을 크게 떴다.

"응, 조금."

승재는 술과 토사물 냄새에 신경이 쓰여 고개를 약간 틀었다.

"전 선생님이 술은 입에도 못 대시는 줄 알았어요. 근데 이렇게 이른 시간에 어쩐 일이세요?"

명님은 김정우가 찾아온 걸 모르고 있었다.

"121사단 사령부에 가던 길에 잠시 들렀어. 어제 김정우란 젊은이가 찾아왔더군."

"김정우 소위가요?"

명님이 비명을 지르듯 물었다. 승재가 말을 이었다.

"명님이 내 애길 했다고 해서 분명히 말해줬어. 명님인 내게 막냇동생 같은 아이라고. 내가 보기엔 썩 괜찮은 사람 같더군. 잘 사귀어봐."

"선생님……"

명님의 눈에 물기가 어렸다. 승재는 마음이 애애 아팠다. 그건 음주 후의 속 쓰림과는 성질이 다른 거였다.

"이만 가볼게."

승재는 명님을 두고 돌아섰다. 명님이 부르는 소리가 들렸다. 마음을 다잡고 앞만 보고 걸었다. 명님이 안 보이는 곳까지 가서도 고개를 돌리지 않았다. 야전병원으로 돌아와 끼니도 거르고 잠만 잤다.

다음날, 가뿐한 몸으로 일어난 승재는 여느 날처럼 일과를 시작했다. 초봉이나 계봉을 포기할 때보다도 빨랐다. 승재는 잡념을 떨치려고 진료에 매달렸다. 명님이 몇 번 면회를 신청했지만 응하지 않았다.

8월이 되자 불볕더위가 맹위를 떨쳤다. 군복을 갈아입어도 금세 목덜미가 푹 젖었다. 남쪽이어서 더 더웠다. 어느 날부턴가 미군기의 출현이 잦아졌다. 그와 더불어 미군 항공모함과 전함, 잠수함, 수백 척이 제주도 인근 해역에 속속 집결하고 있다든가,

모일 모시에 미군의 대규모 기동부대가 상륙한다는 얘기가 병사들 사이에서 돌았다. 상륙 지점이 모슬포나 남원이라고 구체성을 띠기도 했다. 병사들의 두려움을 먹은 소문은 날이 갈수록 비대해지고 흉측해졌다. 장교나 하사관이 입단속을 했지만 소용없었다.

12

"보자, 어디가 고장 났나……"

오 씨가 가락을 실어 말하며 소켓에서 전구를 분리했다. 입김으로 먼지를 제거하고 느슨해진 나사를 조였다. 전구를 다시 끼웠더니 불이 들어왔다.

"보세요. 생돈 쓸 뻔했잖습니까."

오 씨가 득의만면해 웃었다.

"와, 아저씨, 기술 좋다."

덕순이 손뼉을 치며 좋아했다. 초봉도 웃음으로 수고를 치하했다. 그냥 보낼 수가 없어 커피를 대접했다. 여자들뿐인 양장점에선 종종 남자의 손이 필요했다. 그때마다 오 씨가 팔을 걷어붙이고 나섰다. 철물점을 하는 오 씨는 손재주가 좋았다. 뭐든 만지기만 하면 뚝딱 고쳤다. 주변 상인들과 관계도 원만했다. 인정이 넘쳐 남이 곤란한 일을 당하면 제 일처럼 나섰다. 무엇보다 성실했다. 잡화점 주인의 말로는 5년 전에 상처를 했고, 슬하에 자식은 없었다. 나이는 초봉보다 세 살 위였다. 피부가 까무잡잡하고 좀 마른 체형이었다. 고동색 양복바지에 흰 셔츠, 멜빵을 했고 소매엔 토시를 꼈다. 늘 같은 모습이었다. 키가 초봉과 비슷한데도 한사코 더 크다고 우겼다.

"편지요!"

집배원이 출입문 사이로 편지를 던졌다. 초봉은 재단 가위로 봉투 가장자리를 잘랐다. 편지지 속에 사진 두 장이 끼어 있었다. 한 장은 기모노를 입은 송회였고, 다른 건 어느 유원지에서 찍은 가족사진이었다. 어휘력이 부족한 송회의 편지는 내용이 엇비슷했다. 그래도 초봉에겐 늘 새로웠다. 편지를 읽는 초봉의 입가에 미소가 번졌다.

"조카가 그렇게 좋으세요?"

덕순이 놀리듯 말했다. 초봉은 대답 대신 편지를 봉투에 넣었다. 오 씨가 가겠다고 일어났다. 초봉이 문밖까지 배웅했다. 오 씨가 저…… 하며 초봉의 어깨 너머로 양장점 안쪽을 살폈다. 할 말이 있는 얼굴이지만 덕순이 제작실에 들어간 걸 보고도 쉽사리 말을 꺼내지 못했다.

"괜찮아요. 말씀하세요."

초봉은 미소를 지으며 말을 유도했다.

"이번 공일에 한강으로 놀러 가지 않겠습니까?"

눈을 맞추지 못하고 우물쭈물하던 오 씨가 겨우 입을 열었다. 대답을 기다리는 얼굴엔 초조한 빛이 감돌았다. 거절당할까 걱정하는 것이리라. 대인관계가 좋아 그런 말을 건네는 건 일도 아닌 줄 알았는데 의외로 숙맥이었다.

"그러죠."

초봉은 흔쾌히 대답했다.

"고맙습니다. 그럼 그렇게 알고 가겠습니다."

오 씨가 활짝 웃었다. 고맙다고 해야 할 건 초봉이었다. 송희에게 한 달에 한 번씩 편지가 오긴 하지만 공허한 마음은 달래지지 않았다. 그때 나타난 사람이 오 씨였다. 초봉은 경성에 의지가지가 없었다. 오 씨가 여러 면에서 의지가 되어 친하게 지내다 보니 자연스럽게 가까워졌다.

멀어지는 오 씨를 바라보는 초봉은 어두운 얼굴이었다. 초봉의 가슴 한쪽엔 늘 어떤 감정이 도사리고 있었다. 남성혐오증이라 불러도 좋을 그것을 초봉은 외면하지 않았다. 그렇다고 적극적으로 두둔하거나 편들지도 않았다. 그건 남자들을 겪으면서 형성된 부산물이었다. 그것 또한 초봉의 일부였으므로 부정해서도 안 되고, 부정할 수도 없었다. 사람이 사람일 수 있는 건 추억 때문이었다. 그런데 초봉이 가진 추억의 샘은 바짝 말랐다. 남자에 대한 추억은 더욱 그랬다. 남승재는 예외였지만, 그는 손이 닿지 않는 아득한 곳에 있었다. 멀어지던 오 씨가 들어가라는 손짓을 보내왔다. 초봉은 고개를 숙여 보이고 돌아섰다.

모터보트가 경쾌하게 수면을 갈랐다. 한강변을 오가면서 보긴 했으나 타보긴 처음이었다. 모자가 날아가지 않게 손으로 단단히 붙잡았다. 잘게 부서진 물방울이 얼굴에 닿았다. 가슴이 탁트이는 느낌이었다. 총독부 전매국 관리라고 속인 오 씨가 뒷돈까지 찔러주며 어렵게 운행을 허가받았다고 했다.

"어떠신가요? 가끔은 이렇게 한 번씩 바깥공기를 쐬는 것도 좋습니다."

요란한 모터 소리 때문에 오 씨는 악을 쓰다시피 했다. 초봉은 웃는 것으로 동감을 표했다. 점심을 먹으려고 불고기집을 찾았다. 일본인들도 맛에 반했다는 불고기집엔 점심시간이 훨씬 지났는데도 빈자리가 드물었다. 전쟁 물자가 모자라 숟가락까지 걷어가는 판국이었다. 많은 사람들이 배급으로 연명하는데도 놋쇠 불판에선 소고기가 익어가고 있었다. 아무리 어려운 시절이어도 요령 좋은 사람들은 살아가기 마련이었다.

갖은 양념이 된 불고기가 보글거렸다. 초봉은 고소한 냄새에 침이 넘어갔다. 육고기를 좋아하는 송희가 생각났다. 재소집돼 고생하고 있을 승재도 떠올랐다. 초봉은 머릿속을 휘젓듯이 야채와 소고기를 뒤적였다. 오늘은 아무것도 얽매이고 싶지 않았다.

"많이 드십시오. 요즘 부쩍 얼굴이 상하셨습니다."

오 씨가 접시를 초봉 앞에 놓아주었다. 소고기가 층층이 쌓여 국물은 보이지도 않았다. 초봉은 얼굴이 붉어졌다. 숯불의 열기 때문만은 아니었다. 며칠 동안 주문을 맞추느라 밤늦게까지 옷을 만들어서 기미도 끼고 잡티도 많아졌다. 자신을 바라보는 누군가가 있다고 생각하자 기분이 이상했다. 오 씨는 국물과 야채만 먹었다. 초봉은 혼자만 먹을 수가 없어 수저를 놓았다. 오 씨가 더 먹으라며 소고기를 초봉 쪽으로 모아주었다. 초봉은 배가 부르다며 두 손을 내저었다. 두어 번 더 권하던 오 씨가 그제야 소고기를 가져가 먹기 시작했다. 초봉은 부지런히 움직이는 오 씨의 관자놀이를 물끄러미 바라보았다. 이 사람이 멈춘 시계를 돌아가게 할 수 있을까. 장형보를 죽인 순간부터 초봉의 시계는 멈춰버렸다. 안개에 싸인 길을 발끝으로 더듬고 손을 휘저으며 겨우겨우 걸어왔다. 문득 정신을 차리고 보니 이곳이었다. 어쨌든 또 가야 했다.

초봉은 차분히 자문해보았다. 이 사람은 동거남을 살인한 여자를 이해할 수 있을까. 불현듯 초봉은 현실로 돌아왔다. 그 질문은 시작이자 끝이고, 원인이자 결과였다. 몇 번을 물어도 결론은 하나였다. 이해 못할 것이다. 평생을 감추고 살 자신도 없었다.

계산대 앞에서 약간의 실랑이가 있었다. 초봉이 음식 값을 지불했다. 오 씨는 사내 체면을 구겼다고 입맛을 다셨다. 창경원을 구경하고 나자 석양이 졌다.

"맛난 거 먹고 좋은 구경도 많이 하셨어요?"

덕순이 부러운 표정으로 눈을 빛냈다. 덕순은 그 나이가 되도록 연애 경험이 없었다. 이성에 대한 기대와 호기심이 왕성할 나이였다. 초봉이 있었던 일을 들려주자 덕순이 실망한 얼굴이 되었다.

"에계, 그게 다예요?"

"그럼 뭐가 더 있겠어. 그동안 애써준 게 고마워서 대접한 건데."

그다음부터 초봉은 오 씨에게 끼어들 틈을 주지 않았다. 부탁할 일이 생겨도 스스로 해결하거나 다른 사람을 불렀다. 길거리에서 만나도 최소한의 예의만 갖추었다.

일주일쯤 지난 어느 날이었다. 늦은 저녁을 먹고 있는데, 누군가 문을 두드렸다. 나갔던 덕순이 초봉을 불렀다. 오 씨는 억병으로 취해 몸도 가누지 못했다. 술냄새가 진동했다.

"할 말이 있어 왔습니다."

혀 꼬부라진 소리를 겨우 뱉은 오 씨는 응접 의자에 엉덩이를 내려놓았다. 앉는다기보다는 몸을 던졌다는 게 맞았다. 덕순이 눈치 빠르게 바깥으로 나갔다. 초봉은 맞은편에 앉았다.

"절 피하시는 이유를 알고 싶습니다."

오 씨는 거두절미하고 말했다. 오 씨로선 당연한 질문이지만 초봉은 예리한 칼날에 베인 것처럼 통증이 일었다. 대답할 수가 없었다.

"제가 싫습니까?"

"……"

"제가 싫으면 왜 싫습니까."

"……"

"솔직한 대답을 듣고 싶습니다."

본질을 비껴간 물음들이어서 초봉은 입을 열지 않았다. 오 씨는 마음이 괴로워선지, 속이 아파선지 한숨을 훅훅 내쉬었다. 얼굴을 손바닥으로 몇 번 쓸어내린 오 씨가 머리를 흔들었다. 술을 깨려는 몸짓 같았다. 무거워진 공기가 초봉을 압박해왔다. 침묵을 견디기 어려웠다. 오 씨가 숙였던 고개를 천천히 들었다. 그리고 말했다.

"감옥 갔다 온 것 때문에 그러십니까?"

초봉은 아연 긴장했다. 그 말이 굵은 쇠사슬이 되어 초봉을 친친 동여맸다. 꼼짝할 수가 없는 건 물론이고 숨쉬기조차 힘들었다. 벌거벗고 사람들 앞에 나선 느낌이었다. 어디서 들었을까. 오 씨가 알고 있다면 이미 많은 사람들이 알고 있다는 말인가. 하지만 치부가 들춰졌는데도 이상하리만치 차분하고 담담했다. 아니, 차라리 홀가분했다.

"그런 거라면 상관없습니다. 전 정말 괜찮습니다."

오 씨가 입속말로 웅얼거렸다. 일어나다 중심을 잃고 다시 주저앉은 오 씨가 울음을 터뜨렸다. 까닭 모를 연민 같은 게 느껴졌다. 거역할 수 없는 힘이 초봉을 오 씨의 옆자리로 이끌었다. 초봉이 어깨에 팔을 올리자 오 씨가 비 맞은 강아지처럼 품으로 파고들었다. 불쌍하고 안쓰러웠다. 그 감정이 오 씨를 향한 것이지, 자신을 향한 것인지 불분명했다. 초봉은 울음을 참느라 고개를 들어 천장을 노려보았다. 오 씨가 흐느끼며 칭얼거리듯 말했다.

"왜 제게 이런 말까지 하게 만드십니까."

초봉은 오 씨의 등을 가만가만 토닥였다. 벼랑 끝까지 몰린 느낌이었다. 뒤엔 시퍼런 물이 까마득히 내려다보이고, 앞엔 오 씨가 있었다. 선택해야 하는 순간이 왔다. 눈을 질끈 감았다가 떴다. 마음을 정하고 난 초봉의 눈빛은 고요했다. 그리고 조심스럽게 입을 열었다.

"죄송해요. 제 잘못이에요."

초봉은 예전에도 그 말을 누군가에게 했던 기시감이 들었다. 그 말을 하기로 아주 오래전부터 예정돼 있었던 것처럼도 느껴졌다. 마음속에 한 사람을 들이자 한 사람이 나갔다. 손끝에 닿을 듯, 닿을 듯 자꾸만 달아나던 남승재가 닻줄 끊어진 배처럼 스르르 멀어져갔다. 남승재를 붙잡고 있는 건 자신의 비루하고 누추한 욕심 때문이었다. 초봉은 남승재를 쓸쓸히, 그리고 조용히 배웅했다. 다음날 아침, 초봉은 북엇국을 끓여 덕순 편에 보내는 것으로 마음을 전했다.

남산도 가고 수락산 계곡에 있는 절에도 갔다. 영화관에서 독일영화도 봤다. 그리고 살림을 합쳤다. 오 씨의 재촉도 있었지만 초봉도 어차피 합칠 거면 늦출 이유가 없다고 생각했다. 오 씨가 숭인정에 집을 장만했다. 방 세 칸에 부엌, 창고가 있는 집이었다. 두 식구가 살기엔 좀 넓었다. 식모도 구해두었다. 양식과 부식, 그릇과 가구, 땔감까지 마련해둬 초봉은 신경 쓸 게 없었다. 초봉은 대문 왼쪽에 붙은 화단을 보곤 군산 신혼집에서 꽃을 키웠던 게 떠올랐다. 박제호가 수은동에 얻었던 집에서도 화분에 국화며 달리아를 키웠다. 화초는 심지 않으리라. 정성 들여 화초를 가꾼 행위가 불행의 시초가 된 것만 같아 꺼림칙했다.

피차 초혼이 아니었으므로 번거로운 절차는 생략했다. 친척이나 친구에게도 알리지 않고 주변 상인들과 간단히 저녁 식사를 하는 것으로 결혼식을 대신했다. 가족에게도 알리지 않았다. 쑥스럽기도 했거니와 좀더 안정되면 알리리라 마음먹었다. 두려움과 우려, 기대와 설렘이 뒤섞여 혼란스러웠지만, 그래도 새로운 출발에 대한 희망으로 가슴이 벅찼다. 정지했던 시곗바늘이 비로소 돌기 시작했다.

남녀의 결합은 인생에서 전환점인데도 일상엔 거의 변화가 없었다. 가게에서 먹고 자다 출퇴근을 한다는 것, 잠자리에 덕순이 아닌 오 씨가 있다는 것 정도. 하지만 그런대로 소소한 재미와 즐거움이 있었다. 결혼 생활이 자리를 잡아가면서 평범한 부부들이 바라는 것들을 꿈꾸었다. 둘이 벌면 금방 부자가 될 것 같았다. 오 씨와 얘기가 된 건 아니지만 아이도 가지고 싶었다.

어느 날, 오 씨가 집에 들어오지 않았다. 매운탕이 먹고 싶다고 해서 우럭을 사다 찌개를 끓여준 다음날이었다. 아침을 먹으며 친구와 저녁 식사 약속이 있다는 말을 남긴 게 마지막이었다. 밤 열 시가 넘으면서 좀 늦어지나 했다. 그런데 금세 자정이 넘고 새벽이 되었다. 초봉은 나쁜 생각에 시달리며 밤을 꼴딱 지새웠다. 초췌한 얼굴로 가게에 가기 전에 철물점에 들렀다. 잠겨 있었다. 양장점 문을 열고 얼마 되지 않아 구두 가게 양 씨가 찾아왔다. 언짢은 얼굴로 어제 오 씨가 이자를 가져오지 않았다고 했다. 무슨 이자냐고 묻자 두 달 전에 삼 부 이자를 주기로 하고 삼백 원을 빌려 갔다는 것이다. 초봉은 두어 시간에 한 번꼴로 철물점에 가봤다. 문은 굳게 닫혀 있었다. 한 번도 문을 닫은 적이 없는 오 씨였다. 초봉은 자꾸만 무너지려는 기대감을 추스르며 자기 생에서 가장 긴 하루를 보냈다.

다음날 오전엔 잡화점 박 씨가 이자를 받으러 왔다. 이번엔 빌려준 돈이 사백 원이었다. 이자를 주는 날을 한 번도 어긴 적이 없다고 했다. 오후엔 모자 가게 이 씨가 찾아와 오 씨를 찾았다. 이번에도 사백 원이었다. 뭔가 크게 잘못돼가고 있었다. 그게 다가 아닐 것 같았다. 퍼뜩 머리를 스치는 생각에 초봉은 한달음에 집으로 달려갔다. 이마의 땀을 닦아내는 손이 덜덜 떨렸다. 대문을 연 식모를 밀치고 들어갔다. 반닫이 자물쇠를 열고 왼쪽 구석을 더듬었다. 없었다. 안에 든 옷가지를 다 끄집어내 하나하나 털었다. 역시 없었다. 가게문서뿐만 아니라 통장들까지 전부 가져갔다. 정신이 아뜩해져 방바닥에 털썩 주저앉았다. 관자놀이를 짚으며 신음 같은 한숨을 내쉬었다. 열쇠는 항상 손지갑에 넣고 다녔다. 잠든 사이에 가게문서와 통장들을 꺼내곤 열쇠를 도로 지갑에 넣어둔 거였다. 온몸이 부들부들 떨렸다. 어이가 없었다. 그렇게 당하고도 남자를 믿다니. 감당할 수 없는 자기혐오가 밀려왔다. 속이 활활 타올랐다. 윗옷을 벗었다. 자리끼로 둔 주전자를 들어 벌컥벌컥 들이켰다. 입가로 흘러내린 물이 앞섶을 적셨다. 그래도 열기가 가시지 않았다. 속옷을 벗으려는데 땀 때문에 들러붙어 솔기 터지는 소리가 났다. 속옷을 찢었다. 멍하니 있던 초봉의 얼굴이 차츰 일그러졌다. 언뜻 봐선 우는 건지 웃는 건지 분간이 되지 않았다. 실룩이던 입아귀로 귀기 어린 웃음이 새어 나왔다. 겁먹은 얼굴로 지켜보던 식모가 슬금슬금 뒷걸음쳐 제 방으로 도망갔다. 큰돈을 허망하게 날렸다는 사실보다 어리석은 짓을 반복했다는 게 더 견디기 어려웠다. 오 씨는 모든 일을 치밀한 계획하에 진행했다. 준비가 얼마나 철저했는지는 초봉의 전과 경력을 알아낸 것만 봐도 짐작되었다. 총독부 전매국 관리라고 속이고 모터보트의 운행 허가를 받았을 때 눈치챘어야 했다. 목적을 위해선 수단과 방법을 가리지 않는 인간이라는 걸. 그땐 그게 남자다운 배짱과 세상을 헤쳐나가는 요령처럼 생각되었다.

한참을 웃던 초봉은 자꾸만 까라지는 몸을 추슬러 일어났다. 양장점엔 오 씨에게 돈을 빌려준 몇 사람이 소문을 듣고 와 있었다. 빌려준 액수를 모두 합하니 삼천 원이 넘었다.

"다 한통속 아냐?"

그중 하나가 초봉을 몰아세웠다. 다른 사람들도 맞장구를 쳤다. 손으로 관자놀이를 짚은 초봉은 잠자코 있었다. 그들은 한 푼이라도 받아내야 하는 입장이었다. 그보다 더한 억지를 부린다 해도 할 말이 없었다.

"다들 가세요. 언니 아픈 거 안 보이세요?"

보다 못한 덕순이 그들을 몰아냈다. 덕순이 초봉을 부축해 뒷방에 뉘었다. 괜찮으냐고 물어도 대답이 없자 덕순은 얕은 한숨을 쉬었다. 초봉은 누워만 있었다. 덕순이 죽을 끓여 왔지만 손도 대지 않았다.

저녁 시간이 좀 지나 중년의 부부가 찾아왔다. 그들은 오 씨가 훔쳐간 가게문서를 내보였다. 다음주까지 가게를 비워달라고 했다. 충분히 예상 가능한 일이었기에 초봉은 놀라지 않았다. 돌아가는 상황을 대충 짐작한 덕순이 부부에게 사정했으나 말미를 늘리지는 못했다.

초봉은 초점 없는 눈을 창밖으로 주었다. 상점들에서 흘러나온 불빛이 어둔 거리를 밝혔다. 전조등을 켠 자동차들이 지나갔다. 덕순이 초봉의 손을 잡아당기며 신고하러 가자며 성화를 부렸다. 넋을 놓은 초봉은 손을 내맡긴 채 꼼짝도 않았다. 덕순은 제풀에 지쳐 제작실로 들어갔다.

나쁜 일은 줄지어 왔다. 가게 문을 닫을 즈음, 돌잡이 아이를 업은 한 여자가 찾아왔다. 양쪽에 아이를 하나씩 데리고 있었다. 모두 사내였다. 경기도 여주 어딘가에 산다는 여자는 청천벽력 같은 말을 털어놓았다. 오 씨가 자기 남편이라는 거였다. 철물점이 오 씨의 가게라는 것도 거짓말이었다. 주인은 따로 있고 오 씨는 급료를 받으며 잠시 봐준 거라고 했다. 자기 남편은 노름에 미쳐 혼인 후 한 번도 제대로 된 직업을 가져본 적 없고, 자기가 날품을 팔아 근근이 먹고살았다고 했다. 여자는 남편과 연락이 되지 않자 물어물어 철물점을 찾아왔다가 근처 가게에서 남편과 초봉의 관계에 대해 듣게 되었다. 남편이 다른 여자와 결혼을 했다는데도 별로 놀라는 눈치가 아니었다.

여자의 꼴은 말이 아니었다. 햇볕에 그은 얼굴은 거칠고 윤기가 없었다. 소맷부리는 닳아서 나달거렸고 비녀를 꽂은 머리는 수세미처럼 헝클어졌다. 칭얼대는 아이에게 젖을 먹이느라 들추어 올린 속옷은 누랬고, 여기저기 구멍이 나 있었다. 제 엄마 가슴을 파고드는 아이의 옷은 남의 걸 얻어다 입혔는지 턱없이 큰데다 남루했다. 두 아이도 얼굴엔 땟국이 흐르고, 소매는 콧물을 문질러 반들반들 윤이 났다. 낯선 곳에 금세 적응한 아이들은 좁은 가게 안을 뛰어다녔다. 이유야 어찌됐건 제 남편의 상간녀 앞에서 당당해야 할 여자는 잔뜩 주눅이 들어 힐끔힐끔 눈치를 살폈다. 말이 되지 않는 상황에 초봉은 망연자실했다. 더 놀랄 것도 없었다. 당장이라도 출입문으로 오 씨와 오 씨에게 돈을 빌려줬다는 사람들이 몰려오고, 거기에 오 씨의 아내도 합세해 장난이었다며 폭소를 터뜨릴 것만 같았다. 초봉의 어깨를 치며 놀라게 해서 미안하다고 사과할 것만 같았다.

몸을 떨던 초봉은 그만 눈앞이 아득해져 탁자 모서리를 짚었다. 그 바람에 물잔이 바닥으로 떨어졌다. 참고 참았던 눈물이 터졌다. 초봉은 격통이 느껴지는 가슴을 주먹으로 치며 소리 내어 울었다. 굵은 눈물이 탁자와 바닥에 뚝뚝 떨어졌다. 송희를 보낼 때 눈물샘이 말라버린 줄 알았다. 아직도 몸속에 그토록 많은 눈물이 있다니 놀라웠다. 뛰어다니던 아이들이 멈춰서 겁먹은 눈길로 초봉을 바라보았다. 큰아이는 손가락을 입에 물고, 작은아이는 코를 파며. 여자가 발작과도 같은 초봉의 울음에 눈알만 뙤록 뙤록 굴렸다. 초봉의 자닝한 모습에 덕순도 눈물을 흘렸다.

13

식당 분위기가 어수선했다. 배식이 시작됐는데도 식사를 하는 사람이 없었다. 군의와 장교들이 식탁 하나를 겹겹이 둘러싸고 있었다. 하나같이 고개를 떨군 그들은 침울한 표정이었다. 까치 발을 해서 보니 라디오를 듣고 있었다. 잡음이 심하고 소리가 작아 잘 들리지 않았다. 젊은 군의에게 무슨 일이냐고 묻자 비탄에 젖은 목소리로 말했다.

"대일본제국이 무조건 항복을 선언했습니다. 천황폐하의 옥음이 방송되고 있습니다."

일본의 항복을 패전으로, 또 그것을 조선의 해방으로 등식화하는 데는 오래 걸렸다. 패색이 짙긴 했어도 실감이 나지 않았다. 히로시마와 나가사키에 신형 폭탄이 떨어졌는데도 용케 버

틴다 싶었다. 힘없는 천황의 목소리 사이로 군의나 장교 들의 무거운 한숨 소리가 끼어들었다. 식탁에 안경을 빼놓은 채 우는 군의도 있었다. 식당 한쪽이 소란해졌다. 소위와 중위가 대위 한 사람과 몸싸움을 벌이고 있었다. 권총을 든 대위가 몸부림치며 놓으라고 소리쳤다. 분에 못 이겨 자결하려는 대위를 두 사람이 말리느라 진땀을 뺐다.

승재는 식당을 나왔다. 늘 보던 산과 하늘이 새롭게 다가왔다. 날아다니는 잠자리도 정겹고, 한낮의 폭염에도 너그러워졌다. 극성스럽던 모기도 용서할 수 있었다. 자축을 하려니 당장 할 수 있는 게 없었다. 지나가는 장교에게 담배 한 개비를 빌렸다. 손이 사정없이 떨렸다. 명님을 만나러 가다 죽을 뻔했을 때도 담배를 피웠고, 그때도 손이 떨렸다. 하지만 담배를 피우는 이유도, 손이 떨리는 이유도 달랐다. 담배는 아무런 맛도 나지 않았다. 담배를 반나마 피웠을 때 병원장의 당번병이 승재를 데리러 왔다.

병원장은 없었다. 책상 위에 서류철들이 있었다. 군의들의 인사기록부와 근무성적표였다. 인사기록부의 한 부분이 펼쳐져 있었다. 맨 위에 큼지막한 글씨로 쓴 '요시찰인물'과 그 아래 '남승재'라는 이름 석 자가 눈을 아프게 찔러왔다. 근무성적표에 기록될 만한 과오는커녕 사소한 의료 과실도 일으킨 적이 없었다. 종로경찰서에 끌려갔던 일로 특별관리 대상이 된 건지, 조선인이면 으레 따라붙는 꼬리표인지는 알 수 없었다. 믿지도 않으면서 이용만 한 거로군. 입맛이 썼다. 그래도 일본이 항복한 다음에 알게 되어 배신감이 덜했다. 문이 열리고 병원장이 들어왔다.

"자네에게 부탁이 있어 불렀네."

"예, 말씀하시지요."

"우리가 항복했다는 사실을 당분간 발설하지 말았으면 하네. 조만간 사병들도 알게 될 테지만, 그래도 사령부에서 지침이 내려올 때까지만 함구해줬으면 하네."

"알겠습니다."

따로 불러서 다짐받는 까닭을 묻지 않았다. 조선인인 승재가 못 미더운 것일 터였다. 병원장이 말한 '우리'에 승재는 포함되지 않았다. 요시찰인물로 분류하고도 두 번이나 입대시켜 계속 감시해왔다고 생각하니 만정이 떨어졌다.

"내가 자네에게 제안을 하나 하려 하네만."

병원장이 뜸을 들였다. 승재는 잠자코 있었다. 병원장이 말을 이었다.

"나와 함께 내지로 가지 않겠나? 자네 실력이면 어느 병원에 가도 인정받을 걸세. 내가 아는 곳에 추천을 해줄 수도 있네. 공부를 더 해도 좋고."

"말씀은 고맙지만 사양하겠습니다. 해방된 조선에서도 할 일이 많을 것 같습니다."

매혹적이고 파격적인 제안이었으나 길게 생각할 것도 없었다. 조금 전까진 해방이 흐릿하고 어렴풋했는데 입 밖으로 꺼내고 나니 비로소 체감되었다.

"자네 재주가 아까워서 그러네."

병원장의 말에서 진심이 느껴졌다.

"마음만 받겠습니다. 몸 성히 귀국하십시오."

승재는 거수경례 대신 고개를 숙였다. 병원장은 더 권하지 않았다. 병원장은 화족 출신으로 동경제국대학 의대를 나온 사람이었다. 성격이 깐깐해 아랫사람들은 불편해했으나 외과 계통의 수술에 있어선 독보적인 존재였다. 내지에서 편하게 근무할 수도 있는데 만주로 자원했다. 제주도에 와서도 내지에서 데려가려는 시도가 있었으나 일선에서 병사들을 돌보겠다는 이유로 마다했다. 상부에서도 그의 의사를 무시하지 못할 만큼 대단한 집안의 사람이었다. 그런 사람에게 인정받았다는 것만으로 만족했다. 병원장의 제안을 거절한 건 사찰 대상자였다는 반발심도 어느 정도 작용했다. 하지만 조직의 일원인 병원장에게 개인적인 감정은 없었다. 승재를 요시찰인물로 낙인을 찍은 건 병원장이 아니었다.

승재는 이틀 뒤에 소집해제 되었다. 병원장이 조금만 더 있어 달라고 부탁했지만 그 역시 정중히 거절했다. 더 이상 일본군에 남아 있을 이유가 없었다. 다른 조선인 병사들도 일본인 병사보다 먼저 소집해제 되었다. 제주도에 주둔 중인 부대의 지휘관 대책회의에서 조선인 병사들의 반란이나 민간인들의 소요를 우려하는 의견이 나왔다는 후문이었다. 조선인 병사들을 먼저 돌려

보낸 배경이 어느 정도 짐작되었다.

산지항엔 육지로 돌아가려는 조선인 병사와 군속, 강제 동원된 노무자로 북적였다. 계급장을 떼어낸 칙칙한 군복을 입긴 했어도 그들의 얼굴은 밝았다. 승선 차례를 기다리던 승재는 어느 순간 대열을 이탈했다. 승재는 그들과 다른 처지였다. 오라는 사람도, 가야 할 곳도 없었다. 이제 떠나면 제주도 땅을 언제 또 밟게 될지 기약이 없었다. 제주도를 일주하고픈 욕심이 생겼다. 병원에서 가지고 나온 쌀과 통조림이 있어서 며칠간 끼니 걱정은 없었다. 돈도 넉넉했다.

승재는 병원장에게 양해를 구하고 가져온 의낭과 배낭을 고쳐 멨다. 해안선을 따라 시계 방향으로 돌기로 했다. 산지항 근처에서 국수 한 그릇을 사 먹고 무작정 걸었다. 날마다 반복되는 일과를 소화해야 하는 지루함도, 회복이 불가능한 중상자를 치료해야 하는 부담도 없었다. 몸과 마음이 두루 홀가분했다. 탁 트인 바다에서 불어오는 시원한 바람을 맘껏 들이켰다.

모래사장이 펼쳐진 어느 해안가에 도착했다. 지나가는 사람에게 물으니 함덕해수욕장이라고 했다. 마른 땀이 소금이 돼 군복 위에 하얗게 말라붙었다. 민가에서 물을 얻어 마셨다. 오랜만에 많이 걸었더니 장딴지가 뻐근했다. 벌거벗은 아이들이 수영을 하고 있었다. 승재는 군화만 벗은 채로 바다에 들어가 아이들에게 물을 뿌렸다. 피하기만 하던 아이들도 낯이 익자 승재에게 물을 뿌려댔다. 한참을 놀고 물 밖으로 나왔다. 아이들이 따라와 승재를 둘러싸고 구경했다. 아이들이 갈 생각을 하지 않아 척척한 속옷은 그냥 두고 겉옷만 갈아입었다. 통조림 하나를 그중 큰 아이에게 주었다.

"이거 먹어라."

"이거 미신거우꽈?"

아이가 통조림을 두드리다 귀에 대고 흔들더니 도무지 모르겠다는 표정을 지었다.

"파인애플 통조림이다."

"빠인……애쁠?"

"열대지방, 그러니까 아주 더운 지방에서 나는 과일이다. 아주 달고 맛있다. 몇 학년이니?"

"안 댕겸수다."

"너희들은?"

다른 아이들도 고개를 흔들었다.

"그렇구나."

승재는 단발머리를 한 여자애의 머리를 쓰다듬었다. 외진 궁촌에 사는 아이들에게 괜한 걸 물었다 싶었다. 아이들과 헤어져 다시 길을 나섰다. 낮은 언덕을 넘었다. 그 아래는 일본군이 닦은 군용도로였다. 뛰어내리다 앞으로 고꾸라졌다. 높지 않아 방심한 게 탈이었다. 일어나 옷을 털고 의낭을 열어보았다. 몸체가 유리로 된 주사기가 깨졌다. 아까웠지만 어쩔 수 없었다. 오른 발목이 좀 시큰거렸다. 대수롭잖게 여겨 길을 재촉했다. 그런데 갈수록 보행이 어려워졌다. 나중엔 걷다 쉬다를 반복하다 다리를 절다시피 했다. 발을 디디면 바늘로 찌르는 듯한 통증이 장딴지로 올라왔다. 군화를 벗었더니 복사뼈가 보이지 않을 만큼 부었다. 뼈는 괜찮은데 신경이나 인대가 손상된 듯했다. 더 걷는 건 무리였다. 명색이 의사라는 위인이. 승재는 혀를 찼다.

가까운 민가에 들어가 사정을 얘기하고 방을 얻었다. 방값과 밥값으로 쌀을 넉넉히 내주었다. 찬물로 찜질을 했더니 통증이 그만해졌다. 하지만 자고 났더니 발목이 어제보다 더 부었다. 진통제를 놓으려고 해도 주사기가 없었다. 바깥주인이 손수레로 병원까지 실어다주었다.

재생의원은 방풍림 역할을 하는 소나무 숲이 끝나는 곳에 있었다. 일본식 단층 가옥의 이마에 붙은 양철 간판 한쪽이 들떠 바람에 거푼거렸다. 벽 밑엔 잡초가 무릎까지 자랐고 처마 곳곳엔 거미줄이 쳐져 있었다. 창틀엔 흙먼지가 더께로 앉았고 유리는 더러웠다. 사선으로 금이 간 유리엔 종이를 붙여놓았다. 재생해야 할 건 환자가 아니라 재생의원 건물이었다. 출입문을 밀자 뻑뻑한 경첩이 요란한 소리를 냈다. 실내는 커튼을 쳐두어 어두웠다. 의자에 앉아 눈이 어둠에 적응하기를 기다렸다. 병원으로서의 구색은 갖췄으나 진료를 하는지는 의심스러웠다.

"계십니까?"

여러 번을 불러서야 안쪽에서 지팡이 짚는 소리가 났다. 가운을 걸친 노인이 커튼을 걷자 실내가 밝아졌다. 일어나려던 승재는 병원에 온 목적을 깨닫고 그대로 있었다.

"어디가 아파서 오셨소."

노인이 코끝에 걸린 안경을 추어올렸다. 예순이 넘었을까, 중풍으로 쓰러졌다가 회복 중인 듯 기우듬히 선 노인의 왼팔은 축 늘어져 있었다. 혼자서 걷는 게 신기했다. 발음은 정상이었다. 간호부도 없이 개점휴업 상태로 경미한 환자만 치료하는 듯했다.

"어제 발목을 삐었는데 많이 부었습니다."

"군복이 일반 사병은 아닌 것 같구려. 장교요?"

눈살을 잔뜩 찌푸린 노인이 안경테를 잡고 의낭과 배낭을 보았다. 말투로 봐선 토박이가 아니었다.

"예, 군의로 근무했습니다."

"그럼 그쪽이 치료를 하구려. 진료 기구는 거기 진찰 탁자에, 약은 저쪽 약장에 있소."

노인은 부상 정도나 원인을 묻는 절차를 생략한 채 말했다. 승재는 진료 기구를 덮어둔 천을 걷어 주사기를 집었다. 소독이나 제대로 했나 싶지만 그런 걸 따질 겨를이 없었다. 의낭에서 꺼낸 진통제 약병에 주사기를 꽂아 피스톤을 당겼다. 의자에 앉은 노인은 지팡이에 오른손을 얹고 가만히 지켜보기만 했다. 승재는 자기 엉덩이에 주사기를 꽂았다.

"고향이 어디시오?"

노인이 엉덩이를 문지르는 승재에게 물었다.

"경성입니다."

"양친은 다 살아 계시고?"

"일찍 돌아가셨습니다."

"형제자매는?"

"없습니다."

"저런, 사고무친이구먼. 갈 데는 있으신가?"

"예."

초면에 개인사를 캐묻는 노인이 불편했다. 탐색하는 듯한 눈길도 거북했다. 갈 데가 없다는 건 어느 곳에도 갈 수 있다는 뜻이니 거짓말은 아니었다.

"지금은 어딜 가는 중이시오?"

"육지로 가기 전에 제주도를 유람하려구요."

노인은 그 뒤에도 이것저것 묻느라 승재를 놓아주지 않았다. 승재가 언짢은 기색을 내비치는데도 아랑곳하지 않았다.

"저, 그럼."

노인의 질문 공세가 잠시 소강상태에 접어든 틈에 승재가 일어났다.

"잠깐만 앉아보구려."

승재는 마지못해 다시 앉았다.

"어떻소?"

승재는 질문의 의도를 몰라 노인을 보았다. 노인이 말을 이었다.

"이 병원을 맡아서 운영하는 건."

노인이 집요하게 캐물은 건 승재에 대한 정보를 수집하기 위해서였다. 너무 느닷없는 제안이어서 말문이 막혔다. 고개를 돌렸다. 창문 가득 바다가 넘실거렸다. 창틀이 액자 역할을 한 바다는 숨어 있다가 갑자기 왁 소리쳐 승재를 놀라게 하는 것 같았다. 승재는 낮은 탄성을 흘렸다. 모든 감각이 닫히고 오로지 시각만 열렸다. 개안이라고 해도 좋았다. 커튼을 아까 걷었는데 그제야 바다가 눈에 들어온 것도, 제주도에 와서 눈만 뜨면 있던 바다가 다른 의미로 다가온 것도 신기했다.

"보다시피 난 환자를 받을 입장이 아니오. 병원 운영은 일임하겠소. 수입의 반만 내게 주시오. 숙식도 제공하겠소. 다른 건 마음대로 하시오."

바다를 보는 건 노인이 제시한 조건에 없는 덤이었다.

"좋습니다."

바다에 사로잡힌 승재는 덜컥 승낙하고 말았다. 제주도에 정착하면 유람은 언제든지 가능했다. 발목이 접질린 거며, 주사기가 깨진 거며, 재생의원에 온 거며, 그 모두가 범상치 않았다. 누군가 치밀하게 짜둔 각본에 휘말린 것만 같았다. 바다에 그토록 마음을 빼앗긴 이유를 찾으려고 해봤다. 알 수 없었다. 몰라도 괜찮았다. 세상엔 원인 없는 결과나 결과 없는 원인도 있는 법이었다.

의원 건물 뒤쪽에 방 세 개와 목욕탕, 변소가 딸린 안채가 있었다. 거동이 불편한 노인이 혼자 생활하는 데엔 사연이 있겠지 싶어 묻지 않았다. 식사는 아침과 저녁, 두 끼는 근처 부락의 아낙이 챙겨주었다. 점심은 아침에 차려둔 걸로 해결했다. 승재는 바다가 보이는 6조 다다미방을 쓰기로 했다. 옷장과 이불장을 겸한 붙박이장과 앉은뱅이책상, 반닫이가 갖춰져 있었다.

승재는 부기가 가라앉자 병원 수리에 나섰다. 어떻게 된 건지 일을 할수록 일거리가 늘어났다. 이틀째엔 마을 아이들이 몰려와 승재를 구경했다. 바닷가에서 만난 아이들이었다. 승재는 삯을 주고 아이들에게 풀도 뽑고 유리창도 닦게 했다. 마룻바닥에 물걸레질도 시켰다. 아이들은 집안일을 도우며 잔뼈가 굵은 터라 웬만한 건 척척 해냈다. 사다리에 올라가는 건 위험했으므로 승재가 직접 했다. 두 손과 왼발만으로 올라가 귀퉁이가 들뜬 양철 간판에 못을 박았다. 일주일이 지나자 겨우 병원 꼴이 잡혔다. 발목이 다 낫지 않았지만 환자를 받기 시작했다.

노인은 두문불출했다. 여름인데도 방문은 늘 닫혀 있었다. 약속했던 것처럼 참견이나 간섭은 없었다. 승재와도 말을 섞지 않았다. 몸이 성치 않은 노인이라 신경이 쓰여 늘 귀를 기울였으나 기침 소리 하나 들리지 않았다. 때론 더럭 겁이 나서 부러 말을 시킨 다음 목소리를 확인했다. 식사를 도와주는 아낙의 귀띔에 따르면 노인은 충남 당진 사람이었다. 노인의 부인이 몸이 약해 공기가 좋은 곳을 찾아다니다 30년대 초반에 제주도에 정착했다. 부인은 몇 년 전에 시름시름 앓다 죽었다. 슬하에 둔 남매

중에 맏이인 여자아이는 열여섯 살 때 돌림병으로 잃었고, 남자아이는 내지로 유학 갔다가 행방불명되었다.

승재는 많은 시간을 바다에서 지냈다. 바다는 얼핏 보면 같으면서도 시시때때 다른 모습이었다. 원근과 고저에 따라서도 다르게 보였다. 뭐라 설명하기 어려운 그 미묘한 차이를 찾아내는 건 혼자만의 즐거움이었다. 바다를 감상하는 게 물리면 자전거로 근처를 돌아다녔다. 자전거는 엄복동이 타던 것과 같은 영국 러지사(社) 제품이었다. 제58군사령부의 참모가 애지중지하던 물건이었는데, 내지로 송환될 때는 간단한 개인 물품만 허락됐으므로 승재가 헐값에 구입했다.

실력이 좋은데다 친절하다고 소문나서 근동뿐 아니라 구좌나 애월에서도 환자들이 찾아왔다. 심지어는 반대편인 남원에서도 찾아왔다. 환자들이 밀려 끼니를 거르기 일쑤였지만 승재는 기쁜 마음으로 진료했다. 환자들과의 의사소통에도 문제가 없었다. 제주도 출신 병사들과 대화를 나눈 게 도움이 되었다. 밤엔 아이들을 모아 병원 진찰실에서 야학을 열었다.

14

양장점을 열 땐 발이 붓도록 뛰어다니며 이것저것 장만했는데 정리하고 보니 가방 한 개에 다 들어갔다. 계봉이 떠날 때도 가방 한 개가 전부였다. 계봉네는 가족이 셋이었으니 초봉은 짐이 많은 셈이었다. 미싱과 자질구레한 집기들은 재료를 대주던 도매상에 팔았다. 초봉의 처지를 딱하게 여긴 도매상이 값을 후하게 쳐주었다.

오 씨에게 돈을 빌려준 사람들은 초봉도 피해자라는 걸 알곤 더 이상 괴롭히지 않았다. 대신 발을 동동 구르다 종로경찰서로 몰려갔다. 초봉은 고소를 포기했다. 종로경찰서와는 악연이 깊었다. 다신 발걸음도 하고 싶지 않았다. 무엇보다 돈을 되찾거나 오 씨를 잡을 가망성이 없어 보였다. 오 씨가 얻은 집은 한 달만 쓰기로 하고 빌린 거였다. 심지어는 친구의 철물점도 주인 행세를 하며 다른 사람에게 팔아넘겼다. 낮에는 성실한 사람, 밤에는 노름꾼으로 철저하게 이중생활을 해온 사람이 쉽게 잡히겠는가. 오씨는 벌써 다른 지역으로 도망갔을 거였다. 계봉이나 가족에게 사실대로 털어놓을 일이 난감했다. 당분간은 숨기기로 했다. 새 주인은 옷 가게를 연다고 했다. 초봉은 사정을 말하고 나서 한 달에 한 번씩 들를 테니 일본에서 오는 편지를 꼭 보관해달라고 부탁했다.

덕순은 다른 곳에 일자리를 얻었다. 그간 정이 들어서 헤어지는 걸 못내 아쉬워했다. 덕순은 만두를 좋아해 혼자서 3인분도 뚝딱 해치웠다. 덕순을 만둣집에 데리고 갔지만 깨작거리기만 했다. 흘러내린 덕순의 머리칼을 귀 뒤로 넘겨주며 초봉이 말했다.

"넌 착하고 성실해서 어딜 가든 귀염 받을 거야."

입에 발린 덕담이 아니라 사실이었다. 눈가를 찍어내던 덕순이 탁자 위에 뭔가를 슬그머니 내려놓았다. 머리핀이었다. 초봉은 왼쪽 머리에 머리핀을 꽂고 물었다.

"예쁘니?"

덕순이 빙그레 웃으며 고개를 끄덕였다.

"너, 울다 웃으면 어디 어디 솔 난다?"

초봉이 농담을 했다. 웃으려고 애쓰던 덕순의 얼굴이 일그러지더니 그예 울음이 터졌다. 다른 손님들이 초봉과 덕순을 힐끔거렸다.

"어디 가든 잘살아. 좋은 남자 만나서 시집도 가고, 예쁜 아기도 낳고. 오래오래."

초봉은 만두를 베어 물다 곧 후회했다. 좋은 남자 만나라는 말은 하지 말걸. 나쁜 남자를 만나면 어떻게 되는지 자신이 몸소 보여주었으므로 안 해도 될 말이었다. 나쁜 일은 전염성이 강했다. 생명력 또한 질겼다. 초봉은 자신의 불행이 덕순에게 옮겨가지 않게 빌었다. 덕순에게 해줄 수 있는 게 그것뿐이었다.

가방을 길바닥에 놓고 손목과 어깨를 주물렀다. 부피는 작은데 꽤 무거웠다. 초봉은 쪽지를 펴서 주소를 확인했다. 그 근처였다. 좁은 골목에 집이 다닥다닥 붙어 있어 주소만 갖곤 찾기 어려웠다. 초봉에게 일자리를 주선한 건 도매상이었다. 임금은 박하지만 숙식을 제공할 수 있다는 말에 이내 마음을 정했다. 유부남에게 사기를 당했다는 원금에 온갖 억측이 난무하는 이자까지 붙은 소문 때문에 동종 업계에서 일하는 건 일찌감치 포기했다. 몇 사람에게 주소를 보여줬지만 모른다는 대답만 돌아왔다. 복덕방 앞에서 장기를 두고 있던 노인들에게 쪽지를 보여주었다. 돋보기안경을 쓴 노인이 골목길 뒤쪽을 가리켰다.

간판도 없는 공장은 창고를 개조한 바라크였다. 공장이라는 명칭이 무색하게 미싱 다섯 대가 돌아가고 있었다. 사장이 미싱사들에게 초봉을 인사시켰다. 다들 눈코 뜰 새 없이 바빠 눈길만 교환했다. 한 대는 쉬고 있었다. 한쪽엔 옷감이 가득 쌓여 있고,

다른 쪽엔 쓰고 남은 천을 모아두었다. 한낮인데도 전등을 켜야 하는 공장 안에선 먼지가 부유했다. 앞장서서 이것저것 설명하던 사장이 손을 내밀었다.

"앞으로 잘해봅시다."

초봉은 사장의 손을 두 손으로 잡았다. 살집이 많은 손은 거칠었다. 머리가 막 벗겨지기 시작한 사장은 사십대 초반이었다. 눈사람처럼 허리가 굵고 혈색이 좋았다. 자수성가한 사람답게 자신감이 넘치고 활달했다.

오른쪽으로 난 문을 통해 들어가면 자그마한 한옥이 나왔다. 방이 세 개였는데, 주인 내외가 안방, 세 아이가 건넌방을 썼다. 초봉이 부엌에 딸린 방을 쓰기로 했다. 방이라곤 하지만 허드레 살림이나 잡동사니, 때론 옷감을 넣어두는 창고에 가까웠다. 물건을 치우니 딱 한 사람 누울 공간이 나왔다. 먼지가 많아 한참 동안 들창과 문을 열어두었다. 북어처럼 마른 안주인은 몹시 신경질적이었다. 말할 때 이맛살을 찌푸리는 버릇이 있고, 사람 앞에서 눈을 착 내리깔아 새침하면서도 상대방을 깔보는 듯한 인상이었다. 아이들은 연년생으로 모두 중학생이었다.

"어때요? 지금부터 일할 수 있겠어요?"

사장의 물음에 초봉은 고개를 끄덕였다. 사장이 열심히 하라며 슬쩍 어깨를 잡았다 놓았다. 손이 닿은 자리가 오싹했다. 초봉은 그 자리를 닦아내듯 문지르며 생각했다. 오 씨 때문에 예민해진 탓이리라.

초봉은 옷을 갈아입고 미싱 앞에 앉았다. 양장점을 하면서 덕순이 도맡아 했으므로 미싱을 다룰 일이 거의 없었다. 있어도 잠깐씩이었다. 옆의 미싱사가 해야 할 일을 알려주었다. 일은 곧 익숙해졌으나 고됐다. 몸은 기억력이 나빴다. 형무소에서 열 시간씩 미싱을 돌리던 걸 그새 까맣게 잊었다. 하지만 사나흘이 지나자 곧 예전의 기억이 되살아났다. 초봉은 다른 미싱사들과 어울리지 않았다. 일부러 그런 게 아니라 별로 할 말이 없었다. 휴식 시간엔 시름없이 이웃집 대추나무를 바라보았다. 누가 말을 시켜도 잘 알아듣지 못할 때가 많았다. 모여서 대화를 나눌 때도 말이 없자 사교성이 부족하거나 정신이 좀 이상하다고 여겼는지 미싱사들도 꼭 필요한 말 외엔 하지 않았다. 송희의 사진을 보는 게 즐거움이자 위안이었다. 매번 다른 배경으로 찍는 사진 속의 송희는 하루가 다르게 무럭무럭 자라고 있었다. 송희는 오 씨에게 당한 일도, 자신의 처지도 잊게 했다. 일을 시작한 일주일쯤 뒤, 옷감이 들어오던 날이었다. 점심을 먹은 뒤에 제일 고참인 미싱사가 넌지시 사장을 조심하라는 말을 흘렸다. 무슨 뜻인지 몰라 의아한 눈으로 미싱사를 보았다. 사장이 여자를 좋아해 번번이 미싱사들과 문제를 일으킨다는 거였다. 초봉이 오기 전에 그만둔 미싱사도 사장과 내연관계를 유지하다 쫓겨났다고 했다. 초봉은 고개를 끄덕였다.

안주인의 음식 솜씨는 형편없었다. 짜거나 매웠고, 더러는 간이 맞지 않아 맹탕이었다. 초봉은 입에 맞지 않아도 밥그릇을 비웠다. 가진 게 몸뚱이뿐이었다. 아프기라도 하면 큰일이었다. 몸이 힘든 와중에도 설거지를 도와주고 아이들 공부를 봐주었다. 셋 다 사내아이인데도 송희 생각이 났다. 안주인은 초봉이 자신과 같은 정 씨라고 살갑게 대했다.

간혹 오 씨 생각을 하면 자다가도 벌떡 일어나 물을 들이켰다. 그래도 몸이 뜨거워 옷을 훨훨 벗어던지고 동네 앞 도랑에 뛰어들고픈 충동에 휩싸였다. 때때로 고태수나 박제호, 장형보가 끼어들라치면 자기 마음인데도 뜻대로 되지 않아 전전긍긍했다. 잡념이 끼어들 여지를 주지 않으려고 별의별 짓을 다 하다 뜨개질을 배우고 나서야 조금 안정을 되찾았다. 초봉은 뜨개질에 필사적으로 매달렸다. 송희의 모자와 스웨터를 짜서 소포로 부쳤다. 한낱 뜨개질이 마음의 병을 고칠 수 있다는 게 신기했다.

뭔가가 천천히 움직이고 있었다. 절제돼 있으나 조바심치는 듯한 무언가가 초봉의 몸을 돌아다니고 있었다. 초봉이 움직이면 멈췄다가 다시 이어지기를 반복하며 혼곤한 잠을 방해했다. 어느 순간 가슴이 답답해졌다. 돌아누우려는데 몸이 움직이지 않았다. 가위에 눌렸는가 싶어 눈을 떴다. 시커먼 것이 초봉의 위에 올라와 있었다.

"누구……"

"쉿!"

두꺼운 손이 초봉의 입을 틀어막았다. 사장이었다. 딱딱한 것

이 노골적으로 초봉의 허벅지를 압박해왔다. 극도의 혐오감과
역겨움에 욕지기가 치밀었다. 고참 미싱사의 충고를 들은 뒤론
자기 전에 꼭 문단속을 했다. 하지만 문고리는 마음만 먹으면 문
풍지를 뚫고 열 수 있는 간단한 구조였다. 소리쳤지만 입이 막
혀 나오지 않았다. 초봉은 허리를 비틀고 다리를 버르적거려 사
장을 밀어내려 했다. 육중한 몸이 찍어 누르고 있어 역부족이었
다. 사장은 끈끈하면서도 거친 숨을 연신 초봉의 귓속에 불어 넣
었다. 자리옷 속으로 들어온 사장의 손이 속옷을 벗기려 안간힘
을 썼다. 초봉은 혼신의 힘을 다해 저항했다. 장형보에게 당한
것으로 족했다. 같은 일이 반복된다면 혀를 깨물고 죽을 일이었
다. 아무리 해도 힘으론 당해내기가 어려웠다. 그렇다면 힘들이
지 않고 효과적으로 제압할 수 있는, 예민하고 취약한 곳을 찾아
야 했다. 사장의 귓불이 뺨에 닿았다. 거칠고 사나운 몸짓에 비
해 귓불만은 놀랍도록 부드러웠다. 귀를 힘껏 깨물었다. 사장이
비명을 지르며 떨어져 나갔다.

초봉은 옷을 여미며 일어나 전등을 켰다. 덮어두었던 검정 보
자기를 휙 벗긴 듯 방 안이 밝아졌다. 두 손으로 오른쪽 귀를 잡
은 사장은 거친 숨을 몰아쉬고 있었다. 속옷만 걸친 채였다. 찡
그린 눈엔 사위어들지 않은 흥분과 고통, 노여움이 뒤섞여 있었
다. 입안에서 비릿한 피 맛이 느껴졌다. 다시 덮치려고 할지 몰
라 바닥을 더듬었다. 손에 잡히는 걸 들고 보니 베개였다. 그때,
벌컥 방문이 열렸다. 정 씨였다. 단번에 사태를 파악한 정 씨는

다짜고짜 사장의 멀쩡한 귀를 잡아당겼다. 사장은 끌려 나가며 비명을 질렀다. 안방에서 들려오는 정 씨의 새된 목소리가 집 안을 흔들었다. 뭔가가 부서지는 소리도 났다. 소란에 깼을 텐데도 아이들은 아무 소리도 내지 않았다. 자주 있는 일인 듯했다. 한 바탕 난리를 피운 정 씨가 여세를 몰아 초봉의 방으로 달려왔다.

"그렇게 안 봤더니, 어떻게 꼬릴 쳤길래 우리 집 양반이 여기까지 오게 만들어, 응?"

"예……?"

정 씨의 서슬에 놀란 초봉은 말문이 막혔다.

"어디서 순진한 척하고 있어! 곁방살이를 하는 주제면 국으로 잠자코 있을 것이지 왜 분란을 일으키느냔 말이야!"

정 씨가 팔짱을 풀어 삿대질을 했다. 포악을 떨다 보니 더 화가 치미는 듯 입가에 거품이 일었다. 신랄하고 상스런 말들이 폭우처럼 쏟아졌다. 베개를 꼭 끌어안은 초봉은 모욕감에 부들부들 떨었다. 정 씨는 남편이 귀를 물어뜯긴 걸 보고도 초봉에게 책임을 전가하고 있었다. 애먼 사람에게 화풀이를 하는 정 씨가 딱하고 측은했다. 그간 남편이 저지른 일들을 수습하는 과정에서 터득한 요령인지, 남을 탓해야만 직성이 풀리는 성벽인지는 알 수 없었다. 남편을 싸고도는 한 악순환이 계속된다는 걸 모르는 걸까. 그래, 원한다면 기꺼이 악역을 맡아주마. 어디 한번 맘껏 해봐라. 오기가 생기는 한편으로 정 씨의 등을 쓸며 위로해주고도 싶었다. 남편의 바람기 때문에 속이 시커멓게 탔을 것이다.

그런 이유에서 초봉은 적극적인 응대를 하지 않았다.

정 씨는 혼자서 실컷 퍼붓고도 제 성질에 못 이겨 방문을 쾅 닫고 나갔다. 전구가 부르르 진저리를 쳤다. 들뜬 벽지 안쪽에서 흙 부스러기가 떨어지는 소리가 들렸다. 초봉은 옷을 갈아입었다. 가방을 열어 옷과 물건을 넣었다. 날이 밝으려면 두어 시간이 남았다. 아니다. 어둠이 무서워서가 아니다. 도망치듯 떠나고 싶지 않았다. 그건 찢기고 짓밟혀 누더기가 된 초봉의 마지막 자존심이었다.

초봉은 벽에 등을 기대고 앉아 무릎을 싸안았다. 외투를 입었는데도 찬기가 그대로 전해졌다. 한바탕 소란이 휩쓸고 간 방 안을 적막감이 차지했다. 아연해진 초봉은 난파선처럼 앉아 있었다. 이 세상에 홀로 남은 듯한 고립감이 찾아들었다. 왜 이런 일이 반복되는 걸까. 정말이지 남자들의 욕정을 자극하는 화냥기라도 타고난 걸까. 초봉은 아랫입술을 깨물며 곧 도리질을 쳤다. 해답은 자신에게 있지 않았다. 그건 남자들에게 해야 할 질문이었다. 바람이 늑대 울음소리를 내며 방문을 흔들었다. 그 서슬에 놀란 초봉은 싸안은 무릎을 몸 쪽으로 끌어당겼다. 사장 무릎에 눌린 허벅지가 시큰거렸다. 저항하느라 용을 썼더니 온몸도 아팠다. 멍하니 있던 초봉은 뜨개질거리를 가져와 거의 완성한 목도리를 뜨기 시작했다.

15

처마 밑의 어둠 속에서 검은 물체가 어른거렸다. 자전거를 타고 가던 승재는 한쪽 발로 땅바닥을 디뎠다. 빡빡머리 아이들이었다. 풀통을 든 아이가 담벼락에 풀을 칠하면 다른 아이가 따라가며 그 위에 격문을 붙였다. 아이들은 2인 1조로 그 작업을 아주 능란하게 해냈다. 한두 번 해본 솜씨가 아니었다.

"이 녀석들!"

장난기가 발동한 승재가 굵은 목소리를 냈다. 흠칫 놀란 녀석들이 뒤돌아보았다. 어둠 속에서도 몸이 움츠러드는 게 보였다.

"간 떨어지는 줄 알았수다."

풀통을 든 아이가 승재를 알아보곤 볼 부은 소리를 했다. 다른 아이는 어깨가 귀에 닿을 만큼 크게 한숨을 쉬었다.

"들키면 어쩌려고 그래."

"의사 선생님은 상관 맙서."

격문을 든 아이가 당돌하게 말했다. 두 아이는 신속하게 자리를 옮겼다. 승재는 자전거를 끌고 가 격문 앞에 섰다. 이승만 물러가라. 미군정 물러가라. 어른 손바닥 두 개를 합친 크기의 종이에 붓으로 휘갈겨 쓴 글씨가 보였다. 승재는 아이들이 사라진 쪽을 우두커니 바라보았다. 좌우 대립이 날로 심각해지고 있었다. 아이들까지 그 대열에 합류한 것을 목격하니 가슴이 답답했다. 안면이 있거나 낯선 사람들이 찾아와 좌익, 또는 우익 단체에 가입하라고 권유했지만 승재는 번번이 거절했다. 승재에겐 종로경찰서에서 당한 기억이 머릿속 깊이 각인돼 있었다. 승재에겐 의술이 이념이고 종교였다.

페달을 밟았다. 뒤쪽에서 날카로운 호각 소리가 어둠을 갈가리 찢어놓았다. 근처 민가에서 키우는 개들이 일제히 짖어댔다. 승재는 자전거를 세우고 돌아보았다. 어둠 속에서 희끄무레하던 것들이 곧 윤곽을 드러냈다. 조금 전에 보았던 아이들이 헐레벌떡 뛰어와 승재를 지나쳤다. 풀통과 격문은 어디다 버렸는지, 감췄는지 빈손이었다.

"이 새끼덜, 거기 서!"

곧이어 각각 소총과 방망이를 든 경찰들이 나타났다. 아이들은 이미 어둠 속에 묻힌 뒤였다. 경찰은 승재 앞에서 사방을 두리번거렸다. 중이새끼 같은 놈덜. 키가 작은 경찰이 어깻숨을 몰아쉬며 중얼거렸다.

"이리루 돌아나는 아이덜 보지 못헙데가?"

키가 큰 경찰이 모자를 신경질적으로 벗으며 물었다.

"저쪽으로 갔습니다."

승재는 엉뚱한 쪽을 가리켰다. 경찰들은 다시 호각을 불며 달려갔다.

진찰실에 불이 켜져 있었다. 분명히 껐는데. 승재는 고개를 갸웃했다. 자전거를 병원에 들여놓고 문단속을 했다.

"이제 오는가?"

진찰용 의자에 노인이 앉아 있었다. 노인은 초저녁잠이 많았다. 다른 날 같으면 잠자리에 들었을 시간이었다.

"안 주무셨습니까?"

"죽으면 실컷 잘 텐데 하루쯤 늦게 잔다고 대수겠는가."

"별말씀을……"

"이거 좀 보게나."

노인이 책상 위에 있던 걸 승재 쪽으로 밀었다. 여자 사진이었다.

"경찰 간부 막내딸이네. 스물세 살인데 목포에서 국민학교 교사를 하고 있다지. 어떤가?"

블라우스를 입은 여자는 머리칼이 어깨를 덮고 있었다. 평범한 인상이었다.

"그 처자가 마음에 들면 내가 중신애비를 함세."

"아직 결혼할 생각이 없습니다."

승재는 사진을 돌려주었다.

"아직이라니?"

노인이 안경테를 추어올리며 물었다.

"모르겠습니다. 좋아하던 여자가 있었는데 마음의 정리가 잘 안 됩니다."

이럴 땐 솔직한 게 상책이었다. 그게 통했는지 노인은 더 묻지 않았다. 노인이 지팡이에 의지해 일어났다. 승재가 달려가 부축했다. 노인이 방문 앞에서 말했다.

"시간을 가지고 생각해봄세. 이 사진은 자네가 가지고 있게."

방으로 돌아온 승재는 사진을 앉은뱅이책상 서랍에 넣었다. 이미 여러 명의 여자를 마음에 품었던 자신은 그 여교사의 배필이 될 수 없었다. 팔베개를 하고 누웠다. 초봉과 계봉, 명님의 얼굴이 잘 떠오르지 않았다. 눈이나 코, 입처럼 부분적인 건 또렷한데, 희한하게도 그것들의 조합은 흐릿했다.

눈을 감은 승재는 다른 생각을 하려고 노력했다. 그나저나 걱정이었다. 호열자(콜레라)가 돌고 있었다. 봄에 육지에서 시작된 호열자는 6월 초에 애월에서 발생하여 구좌, 대정으로 번져 갔다. 예방약이나 치료약이 전무한 상태에서 마늘이 특효약이란 소문이 돌아 마늘이 품귀 현상을 빚었다. 도 보건후생국에서 소독을 실시했으나 효과가 없었다. 재생의원이 있는 함덕에서도 환자가 발생했다. 의사로서 승재가 할 건 없었다. 호별 방문을 통하여 다른 사람과의 접촉을 피하고, 손을 자주 씻고, 물을 끓여 먹으라고 말하는 정도였다.

제주도의 의료 환경은 열악했다. 특히 의료시설이 부족했다. 인구는 27만 명이 넘는데 도립병원을 포함한 의원 수는 스무 개가 겨우 넘었다. 일제시대에 의사자격증을 취득한 사람은 다른 조건 없이 의사 자격이 인정됐지만, 의사자격증을 가진 사람이 손가락으로 꼽을 정도였다. 제주도 유일의 공공의료기관인 도립병원은 의사 수나 시설, 장비, 모든 면에서 제 기능을 하지 못했다. 정식 의사는 한 명뿐이고 외래환자도 하루에 고작 몇 명이었다. 회의가 있다고 해서 가본 도립병원은 의료기관으로서의 기능을 포기한 듯 보였다. 복도와 입원실엔 피 묻은 거즈와 붕대, 쓰레기가 굴러다녔다. 외과수술 장비는 빈약했고, 수술실엔 전등조차 없었다. 도 보건후생국에서 도립병원 의사로 와달라는 요구가 있었으나 승재는 마다했다. 조직에 얽매이기도 싫고, 외지인에 대해 배척이 강한 관공서 사람들을 감당할 자신도 없었다.

16

문을 두드리는 소리에 잠을 깼다. 눈을 뜨고도 잠결에 잘못 들었나 했다. 미열 때문인지, 잠이 부족해선지 머리가 무거웠다. 책을 읽다 새벽녘에야 잠이 들었다. 창문을 통해 들어온 부연 빛이 방 안의 어둠을 묽게 만들었다. 누군가 다시 문을 두드렸다. 불을 켜자 밀려나지 않으려고 애쓰던 어둠이 재빨리 가구들 아래로, 뒤로 숨어들었다.

"누구십니까?"

승재가 가운에 팔을 꿰며 물었다. 이 새벽에 찾아왔다면 응급환자였다.

"죄송한디 환자 이서부난 와수다."

정중하나 지극히 사무적인 말투였다. 출입문을 열자 소총을 든 경찰이 서 있었다. 그 뒤로 민간인 복장의 더벅머리 청년이 머리를 천으로 싸맨 청년을 업고 있었다. 업힌 사람은 의식이 없는지 고개를 늘어뜨리고 있었다. 승재는 들어오도록 옆으로 비켜섰다.

"폭도가 지서에 왕으내 저 친구가 다천마씸."

경찰이 환자용 대기 의자에 털썩 앉으며 묻지도 않은 말을 했다. 얼굴이나 몸짓에서 지친 기색이 짙게 묻어났다. 경찰은 잠을 쫓으려는 듯 연신 마른세수를 했다. 환자는 이마가 터졌다. 눈꺼풀을 열고 손전등을 비춰보았다. 동공이 약하게 반응했다.

"왜 이렇게 됐습니까?"

"몽둥이에 마자수다."

경찰에게 물었는데 청년이 대답했다. 소총을 무릎 사이에 끼운 경찰은 그새 낮게 코를 골았다. 모자가 바닥에 떨어진지도 몰랐다.

"토하거나 하진 않았습니까?"

청년이 고개를 저었다. 외상은 그리 심하지 않지만 두개골에 금이 갔거나 뇌진탕일 수도 있었다. 승재는 응급처치를 하고 나서 큰 병원으로 가라고 일렀다. 청년이 난처한 표정을 지었다.

"무슨 문제 있습니까?"

"지금 가잰하믄 위험행으내 걱정이우다."

승재가 잠자코 있자 청년이 다시 말했다.

"폭도들이 오늘 새벽 일제히 봉기행으내. 선생님도 외출을 자제하는 게 좋을 꺼우다."

환자를 들쳐 업은 청년이 경찰을 깨워서 나갔다.

아침에 환자에게 들으니 그날 새벽에 오름마다 일제히 봉화가 올랐다고 했다. 그와 동시에 열두 개의 지서와 우익단체 간부의 집이 습격을 당했다. 달력을 보니 4월 3일이었다. 그 뒤로 육지에서 경찰과 경비대가 증파돼 오고 미 해군 함정이 해상을 봉쇄했다. 좌익 쪽에서 5·10선거를 거부해 대립이 더 심해졌다. 승재는 신문이나 병원에 온 환자들에게 돌아가는 형편을 대충 들었지만 세상사에 눈 귀를 닫았다. 그때까지만 해도 혼란스럽고 뒤숭숭한 시국은 승재와 상관이 없었다.

이듬해 봄, 어느 새벽이었다. 뺨에 이물감이 느껴졌다. 돌아누우려는데 차가운 것이 뺨을 압박했다. 눈을 떴다. 어둠 속에서 검은 물체들이 승재를 내려다보고 있었다. 승재는 소스라치게 놀라 몸을 일으켰다.

"쉿!"

권총을 든 사람이 입술에 손가락을 댔다.

"누, 누구요?"

"그건 알 거 없고예. 수술 받을 환자가 이성으내 와수다."

승재의 귀에 바짝 대고 말하는 입에선 구린내가 심했다. 몸에서도 시큼한 냄새가 풍겼다. 승재는 산에서 내려온 무장대임을 직감했다. 일어나 옷을 갈아입었다. 등으로 옮겨진 총구에 떠밀려 진찰실로 갔다. 노인의 방은 불이 꺼져 있었다. 노인은 잠귀가 어두워 한번 잠들면 떠메 가도 몰랐다.

"소리 지르지 않을 테니 총은 치우시오."

승재가 차분히 말했다. 총구가 내려졌다.

"총상 환자입니까?"

지레짐작인데 권총 든 사람이 고개를 끄덕였다. 승재는 왕진 가방을 꾸렸다. 어디를 어떻게 맞았는지 묻지 않았다. 약품과 수술 기구라고 해봤자 몇 가지 되지도 않았다.

사내들은 하나같이 머리칼과 수염이 덥수룩한데다 누더기를 걸치고 있어 거지꼴이었다. 얼마 떨어지지 않은 함덕국민학교에 제2연대 제3대대가 주둔하고 있었다. 군인들 사이에서도 실력이 좋다고 소문난 병원에 가끔씩 장교들이 찾아왔다. 승재를 데리러 온 사람들이 그 사실을 모를 리 없었다. 경비대 주둔 지역에 들어온 무모함이 딱했으나 그런 위험들을 감수하고 여러 사람이 움직인 걸 보면 부상자가 꽤 중요한 인물인 듯했다.

새벽 공기는 차가웠다. 고구마 자루를 뒤집어쓴 승재는 이끄는 대로 걸었다. 그들의 걸음은 승재가 따라가기 버거울 만큼 빨랐다. 이리저리 방향을 많이 바꿨다. 길을 잃었을 리도 없는데 갑자기 반대로 돌아서 걷기도 했다. 방향감각을 무디게 하려고 일부러 그러는 것 같았다. 답답했으나 순순히 따랐다.

얼마나 지났을까, 신발을 벗으라는 말이 들렸다. 마루를 지나 방에 들어서자 자루가 벗겨졌다. 어느 민가였다. 방문과 들창을 이불로 가려놓았다. 아랫목에 누운 부상자가 연신 얕은 신음을 흘렸다. 승재를 데려온 사람들의 일행으로 보이는 사내가 그를 돌보고 있었다. 승재는 눈앞에 펼쳐진 광경에 주춤했다. 문식의 부탁으로 총상 환자를 수술했을 때와 비슷한 상황이었다. 취조 실이 떠오르며 그때의 기억들이 공포에 찬 비명을 내질렀다. 눈을 질끈 감았다가 뜬 승재가 부상자에게 다가갔다. 총알은 왼쪽 배꼽과 옆구리 사이에 박혔다. 장기가 손상되었을 위치였다. 지혈을 하려고 그랬는지 상처 주변에 하얀 가루가 묻어 있었다. 오징어 뼛가루 같았다. 불로 지진 자국도 있었다.

"여기선 수술을 할 수가 없습니다. 수술 기구가 제대로 갖춰져 있질 않아서요. 피를 많이 흘려 수술 중에 응급 사태가 발생할 수도 있구요."

승재는 말하면서도 무용한 짓이란 걸 알았다. 선택의 여지가 있었다면 애초부터 승재를 찾지 않았을 것이다. 그들은 절망적인 얼굴로 서로를 보았다. 권총을 든 사람이 승재에게 다가섰다.

"꼭 살려주십서. 수술이라도 해줍서. 선생님 소문 들엉 와신디 거난 먼 길 와수께."

언행이 많이 달라져 있었다. 순한 눈빛이고, 사정하는 말투였다. 다른 사람들도 승재에게 애원하는 눈빛을 보내왔다.

"총알만 빼줍서. 그다음에랑 우리가 알앙 하쿠다."

부상자를 돌보던 사내가 재차 말했다. 임상 경험이 많은 승재가 봤을 때 확률은 반반이었다. 승재는 낮게 한숨을 쉬고 나서

약품과 수술 기구들을 방바닥에 펼쳐놓았다. 한 사람이 미리 준비한 뜨거운 물을 가져와 수술 기구들을 소독했다.

"누가 보조를 해주어야 합니다."

부상자를 돌보던 사내가 나섰다. 그에게 손을 소독하라고 일렀다. 남포등 심지를 최대한 돋우어 방을 밝혔다. 여건상 개복은 불가능했다. 겸자를 조심스레 집어넣었다. 먼 거리에서 맞았는지 뜻밖에도 총알이 깊이 박히지 않았다. 그래도 과다 출혈은 염려스러웠다. 장기 손상 여부는 알 수 없었다. 총알을 꺼내고 처치했다. 여러 겹 접은 광목을 입에 문 부상자는 약한 숨만 쉬었다. 이따금씩 눈을 뜨는 걸 보면 의식은 있었다. 그들은 승재에게 고마움을 표하고 부상자를 가마니와 대나무로 만든 담가로 옮겼다. 권총을 들이댔던 사람이 은혜를 잊지 않겠다며 승재의 손을 잡았다. 권총을 든 사람을 선두로 두 사람이 담가를 들고 방을 나갔다. 남은 사람이 승재에게 다시 자루를 씌웠다. 병원 근처에서 풀려난 승재는 황급히 사라지는 사내의 뒷모습만 보았다. 쉰까지 센 다음 자루를 벗으라고 했지만 새벽에 그런 모습으로 남들 눈에 띄는 게 더 이상했다. 사내의 당부를 어긴 데엔 설마 죽이랴 하는 셈평도 있었다.

뒷정리를 하고 나니 새벽 네 시가 넘었다. 승재는 옷도 벗지 못하고 곯아떨어졌다.

"일어나!"

누군가가 승재의 엉덩이를 걷어찼다. 잠깐 눈을 붙인 거 같은데 방 안이 훤했다. 잠에 취해 눈이 떠지질 않았다. 이불 위로 맞았는데도 엉덩이가 우릿했다.

"이 빨갱이 새끼가 아직도 정신을 못 차려?"

권총을 든 사람이 승재의 어깨를 군홧발로 걷어찼다. 승재는 통증보다 빨갱이란 말에 정신이 번쩍 들었다. 총을 겨눈 군인들이 승재를 노려보고 있었다.

"무, 무슨 일입니까?"

승재는 오뚝이처럼 일어났다.

"무슨 일은 새끼야, 니가 더 잘 알 거 아냐. 끌어내!"

권총을 든 장교가 군홧발로 이불을 걷어내며 명령했다. 군인 둘이 달려들어 승재에게 뒷결박을 지었다. 승재를 끌어내던 군인에 부딪힌 미닫이 방문이 나가떨어졌다. 병원 앞에서 산책을 다녀오던 노인과 맞닥뜨렸다.

"무슨 일인데 이러시오."

노인이 놀라며 물었다.

"몰라도 돼."

장교가 쏘아붙였다.

"이런 법이 어디 있소. 영문을 알아야 할 게 아니오."

노인이 승재 일행을 막아섰다.

"법? 법 같은 소리 하고 있네!"

장교가 노인의 가슴을 밀쳤다. 지팡이 짚은 걸 봤을 텐데도 무지막지했다. 마른 짚단처럼 쓰러진 노인이 신음을 흘렸다.

"어르신!"

승재가 노인에게 가려고 몸을 비틀었지만 그대로 끌려 나갔다. 군인들이 병원을 수색하고 있었다. 바닥에 진료 기구와 서류, 깨진 약병이 흩어져 있었다. 역시 종로경찰서에 끌려가기 전에 봤던 장면이었다. 병원, 낯선 사람들, 수색, 총알, 수술……그런 단어들이 두서없이 머릿속에서 명멸했다. 그다음에 기다리고 있을 것에 생각이 미치자 승재는 몸이 굳어졌다.

지프 뒷좌석에 짐짝처럼 던져진 승재는 함덕국민학교로 갔다. 입구엔 모래 가마니로 쌓은 방벽 뒤에서 군인들이 삼엄한 경계를 펼치고 있었다. 곳곳에 기관총이 거치돼 있었다.

승재가 끌려간 곳은 학교 창고 건물이었다. 들어서자마자 소매를 걷어붙인 군인 두 명이 몽둥이찜질부터 했다. 때리면서 내뱉는 말들을 종합해보니, 수술을 받고 돌아가던 무장대가 경비대의 매복에 걸려 세 명이 죽고 두 명은 생포됐다. 그들의 입에서 승재 이름이 나왔다.

승재는 축 늘어졌다. 누군가 문을 열고 들어와 탁자에 앉았다. 군인들이 승재를 질질 끌어다 의자에 앉혔다.

"이게 누구신가?"

맞은편에 앉은 사람이 이죽거렸다. 승재는 가누기도 힘든 고개를 들었다. 왼쪽 눈두덩이 부어 잘 보이지 않았다. 오른쪽 눈을 치뜬 승재는 소스라치게 놀랐다. 탁자 건너엔 꿈에 볼까 무서운 얼굴이 있었다. 박현철. 승재는 머릿속이 하얘졌다.

"쥐새끼처럼 잘도 피해 가더니 결국 이렇게 만나는군."

팔짱을 낀 박현철이 몸을 젖혀 등받이에 기댔다. 입가에 흡족한 미소가 물려 있었다. 육지에서 일제 경찰 출신의 고문 전문가 수십 명이 입도했다는 소문이 돌았는데 사실인 모양이었다.

"이번엔 뭘 잘못하셨나…… 또 불순분자를 치료했군. 이거, 이거 아주 상습범이로구만."

박현철이 서류철과 승재를 번갈아 보았다. 잡은 쥐를 어떻게 데리고 놀까 궁리하는 고양이의 눈빛이었다.

"머, 머리에 총을 드, 들이대서……"

"내가 왜 여기 온 줄 아나? 너처럼 속속들이 빨간 놈들을 가려내기 위해서야. 이제부터 네 말이 사실인지 알아볼까?"

박현철은 승재의 말을 잘랐다. 절박한 승재와 달리 박현철은 느긋하기만 했다. 취조와 고문이 반복되었다. 고문을 구성하는 종류나 내용이 종로경찰서에서 겪은 것과 비슷했다. 전기고문이 추가된 게 변화라면 변화였다. 사람도 바뀌지 않았다. 일본 경찰이 대한민국 경찰로 신분만 바뀌었다. 거꾸로 매달아 코로 물을 붓거나 때리는 건 '스탈린 비행기 태우기'라고 불렀다. 거기엔 이념이 다른 적성국에 대한 증오심이 투영돼 있었다. 이전에 경험한 고문은 닥쳐올 고문에 대해 맷집이나 담력을 키워주지 못했다. 오히려 끔찍했던 기억이 두려움을 부채질해 심신의 고통이 배가되었다. 분노보다 슬픔이 앞섰다. 해방이 됐는데 바뀐 게 없었다.

박현철은 직위에 걸맞은 품위를 유지하기 위해선지 매질이나 고춧가루 물을 붓는 따위의 험한 일은 군인들에게 맡겼다. 언제 남로당에 가입했지? 제주도에 남으라고 지령을 내린 건 누구야, 오문식인가? 우익 쪽 단체에 가입하지 않은 이유는 뭐지? 네게 연락하는 레포(연락책)는 누구야? 야학에서 애들한테 뭘 가르쳤어? 공산주의 사상 주입했지? 장교들을 치료하면서 캐낸 정보는 뭐야? 박현철은 의외로 많은 정보를 수집해두고 있었다. 경찰 간부의 딸을 마다한 것도 혐의점이 되었다. 붉은 물이 머릿속에 꽉 차서 경찰의 딸을 신부로 맞지 않았다는 게 박현철의 주장이었다. 심지어 무료 치료도 사람들을 포섭하기 위한 행위가 아니냐고 윽박질렀다. 박현철은 승재가 한 모든 행위를 의심했다. 특히 제주도에 잔류한 이유를 집중해서 추궁했다. 견디다 못한 승재는 지푸라기라도 잡는 심정으로 치료를 해주었던 장교들의 이름을 대며 면담을 요구했다. 그들 중 하나가 살짝 말만 해줘도 고문의 강도가 약해질 것 같았다. 하지만 착각이었다. 고문은 더 가혹해졌다.

사흘이 지나자 웬일인지 승재를 대하는 군인들의 태도가 누그러졌다. 고문도 멈췄다. 밀밥에 마늘장아찌만 나오던 식사가 고깃국으로 바뀌었다. 소화 기능이 약해진 위에 기름기가 들어가자 곧장 배탈이 났다. 대변에 피가 섞여 나왔다. 변소를 자주 다녀야 하는 번거로움은 고문에 비하면 아무것도 아니었다.

"남승재, 넌 운이 좋은 놈이야. 하지만 네 운은 여기까지다. 널 꼭 감옥에 처넣고 말 테니까"

오후에 나타난 박현철이 서류철로 승재의 머리를 툭툭 쳤다. 잡아먹을 듯이 표독스럽던 기세는 어디에도 없었다. 승재는 얼떨떨했지만 노인이나 치료를 해준 장교 중 누군가가 힘을 썼거니 했다. 하지만 취조실에 잡혀 있는 한 불안하긴 마찬가지였다. 고문이 갑자기 멈춘 것처럼 불시에 시작될 수도 있었다.

이튿날, 노인이 면회를 왔다. 힘을 쓴 사람이 누구인지 자연스럽게 밝혀졌다. 총을 멘 군인이 승재를 교사로 데려다주었다. 장교 집무실엔 노인만 있었다.

"몸이 많이 상했구만."

노인이 달려와 승재의 손을 잡았다. 온기가 전해져왔다. 박현철과 군인들만 상대했던 터라 사람이 온혈동물이란 사실을 깜빡하고 있었다.

"아닙니다. 넘어지신 건 괜찮습니까?"

불안과 긴장이 풀리자 잊고 있던 통증들이 맹렬히 존재 증명을 해댔다. 하지만 노인이 걱정할까 봐 얼굴을 구기는 것조차 조심스러웠다.

"나야 뭐가 걱정인가. 자네가 문제지."

노인이 집무실 중앙의 회의 탁자로 승재를 이끌었다. 탁자에 놓여 있던 보자기를 풀어 칠기 찬합을 열었다. 갖가지 음식들이

맛깔스럽게 담겨 있었다. 배탈로 고생하는데도 침이 고였다.

"우선 이거부터 먹고 속을 달래게."

노인이 사기그릇에 담긴 전복죽을 내놓았다. 고소한 냄새가 허공으로 퍼졌다. 승재는 정신없이 숟가락을 놀렸다. 속이 따뜻해졌다.

"이럴 땐 속이 든든해야 해."

노인이 뜯어준 닭다리를 먹던 승재가 별안간 눈물을 쏟았다. 다친 아이가 잘 참다가 엄마를 만난 순간 울음을 터뜨리는 것과 같은 심리였다. 억울하고 원통했다. 한 번도 아니고 두 번씩이나. 승재의 입에서 밀려 나온 닭고기가 회의 탁자에 떨어졌다.

"알아, 알아. 자네 마음 아니까 조금만 견디게. 내 힘닿는 데까지 노력해봄세."

노인이 손수건을 꺼내주었다. 겨우 진정한 승재는 딸꾹질을 하며 닭고기를 삼켰다.

"죄송합니다, 폐를 끼쳐서. 돈이 만만찮게 들었을 텐데······"

고문을 멈추게 하거나 특별면회가 그냥 되는 건 아니었다.

"이 사람아, 지금 돈이 문젠가. 사람 목숨이 파리 목숨이야. 재판도 없이 수십 명, 수백 명씩이 한꺼번에 죽어나가는 판국이야. 총으로 쏴 죽이는 건 흔적이 남으니까 배에 싣고 나가 물귀신을 만든다는 거야. 걸을 힘도 없는 노인은 물론이고 젖먹이까지······"

노인이 고개를 절레절레 흔들다 말을 이었다.

"청취(취조) 과정에서 죄질에 따라 에이삐씨디 등급으로 나누는 모양이야. 자넨 에이였지만 겨우 삐로 낮춰놨네. 에이는 사형이고, 삐는 무기라네. 시작이 반이라잖은가. 더 낮춰볼 테니 안심하고 있게. 그리고 시키는 대로 따르게. 이제야 말이네만 자넨 내 아들과 같아. 자네 같은 인재를 잃는 건 국가적으로 큰 손실이네. 대대장으로 안 되면 연대장, 아니 국방장관을 만나서라도 내 꼭 살려낼 테니 두고 보게."

마지막 말은 노인 자신에게 하는 다짐 같았다. 다시 눈시울이 뜨거워졌다. 노인이 속옷과 옷 두 벌이 든 보자기를 주었다. 실낱같은 희망이 보이자 음식물로 배를 채운 것과는 다른 종류의 포만감이 느껴졌다. 노인의 장담을 믿고 싶었다. 승재를 데려온 군인은 승재가 노인을 교문까지 배웅하는 걸 허락해주었다.

그날 오후에 승재는 제주읍에 있는 주정공장으로 이송되었다. 일제 때, 비행기 연료인 에탄올을 생산하던 주정공장은 체포자나 귀순자를 수용하는 곳으로 사용되었다. 주정공장 옆의 창고들엔 수백 명씩, 어림잡아 수천 명이 넘게 갇혀 있었다. 창고는 원래 주정의 원료인 말린 고구마를 저장하는 곳이었다. 여성이 남성보다 훨씬 많았고, 어린이와 젖먹이도 있었다. 승재는 조사를 몇 번 더 받았다. 노인이 손을 쓴 때문인지, 의사라는 신분 때문인지 구타나 폭행은 없었다.

승재는 미결수 신분으로 파견 나온 의무대를 도와 고문과 구타에 다치거나 병이 든 수용자를 치료했다. 수용소 환경은 불결

했고 위생은 형편없었다. 이가 들끓었다. 디디티를 뿌려도 그때뿐이었다. 수질이 나빠 배탈 환자가 끊이질 않았다. 발진티푸스와 장티푸스를 포함한 여러 질병이 발생할 가능성이 상존했다. 아이들은 디프테리아와 성홍열에 그대로 노출돼 있었다. 의무실은 협소하고 의료품은 턱없이 부족했다. 무엇 하나 제대로 갖춰진 게 없지만 승재는 성심껏 환자들을 돌봤다. 환자들은 폭도와는 거리가 먼 양민들이었다. 귀순자라는 표현이 무색하게 집에 있다가 군경을 찾아온 사람들이 많았다. 몇 개월을 산에서 생활하다 잡혀 온 사람들의 몰골은 말이 아니었다. 봉두난발에 옷은 넝마나 다름없었다. 거기다 고문까지 받고 나면 사람의 모습이 아니었다. 식사는 보리밥에 소금국이 두 끼 제공되었다. 영양실조와 모진 고문으로 하루에도 몇 명씩 죽어나갔다.

일주일에 한 번꼴로 면회를 오던 노인이 5월 말부터 오지 않았다. 그동안 친분을 쌓은 의무대 하사에게 알아봐달라고 부탁했다. 하사가 전해준 말에 승재는 풀썩 주저앉고 말았다. 제주읍에 있는 경찰서에서 사람을 만나고 나오다 쓰러진 노인을 근처 병원으로 옮겼으나 이미 숨진 뒤였다. 심장마비였다. 승재를 무죄방면하기로 윗선과는 합의가 이루어졌으나 유독 박현철이 반대했다. 체포자와 귀순자의 판결이나 형량은 취조를 담당했던 경찰의 의견이 결정적으로 작용했다. 박현철은 그 점을 악용해 노인에게서 금품을 야금야금 갈취하다 병원까지 빼앗았다. 후사가 없는 노인의 장례는 마을사람들이 조금씩 추렴해 치렀다. 승재는 자책감에 몇 날 밤을 뜬눈으로 새웠다. 의무대 하사가 특별수사대 책임자에게 부탁해 승재의 외출을 허락받았다.

노인의 무덤은 바다가 보이는 수수밭 옆에 있었다. 둘레에 사각형으로 돌을 쌓은 산담도 만들어져 있었다. 볕은 잘 들지만 무덤에 떼를 입히지 않아 맨 흙이었다. 좀 떨어진 곳에 야생잔디가 자생하고 있었다. 승재는 농가에서 삽과 함지박을 얻어다 잔디를 옮겨 심고 물을 주었다. 돌을 주워다 산담을 더 높였다. 그런 다음 의무대 하사가 마련해준 청주와 명태포를 놓고 절을 했다. 자꾸 눈물이 났다. 승재는 하늘에 무심히 뜬 구름을 안주 삼아 청주를 홀짝였다.

두 달쯤 뒤에 승재는 군법회의에 넘겨졌다. 관덕정 옆의 제주지방법원 입구엔 '고등군법회의장'이라고 붙어 있었다. 방청객은 없었다. 군법무관들이 판사와 검사, 변호사로 구성된 재판은 형식적이었다. 수백 명이 마당에 대기하다 스무 명씩 재판정에 들어갔다. 판사가 죄목을 나열하면 변호사가 폭도의 강압에 못 이겨 살려고 한 행동이니 선처를 바란다는 요지로 변론했다. 심리 같은 건 아예 없었다. 판사는 판결문을 낭독하지 않았다. 그러니 당연히 형량에 대한 언급도 없었다. 기가 센 사람이 반론권을 얻어 재판의 부당함을 지적했지만 판사는 말없이 듣고 있다가 재판을 끝냈다. 말도 안 되는 재판이었으나 승재는 침묵을 지켰다. 항의나 강변이 통할 것 같으면 엉터리 재판을 열지도 않았을 것이다. 반론을 펼쳤던 사람은 재판정을 나와 헌병들에게 집단 구타를 당하다 기절한 채 어디론가 끌려갔다. 야만적인 폭행이 벌어졌던 자리엔 주인을 잃은 치아 두 개가 떨어져 있었다.

승재는 다른 사람들과 포승줄에 굴비 두름처럼 엮여 산지항에서 화물선을 탔다. 파도가 높아 멀미를 심하게 했다. 목포형무소에서 하룻밤을 묵고 화물열차를 탔다. 도착한 곳은 마포형무소였다. 먼 길을 돌고 돌아 원점으로 왔다. 승재가 일하던 아현실비의원이 지근거리에 있었다. 제주도에서부터 호송을 담당한 경찰이 죄수들을 무릎 꿇게 했다. 형무관이 호명하고 나서 죄명과 형량을 통보했다. 모두 무기징역이었다. 승재는 눈앞이 아찔했다. 짐작보다 훨씬 높은 형량이었다. 노인이 사형에서 무기징역으로 낮췄다고 했으니, 거기에서 더 진전이 없었다. 네 운은 여기까지다. 널 꼭 감옥에 처넣고 말 테니까. 박현철의 말이 떠올랐다. 박현철은 노인의 전 재산을 빼앗고도 승재를 형무소에 집어넣는 목적까지 이루었다. 승재는 맹렬한 살의를 느끼며 두 주먹을 쥐었다. 나중에 얘기를 들으니 형량에 따라 형무소가 정해져 있었다. 사형은 서대문, 징역 15년은 대구, 징역 7년은 대전과 목포였다. 승재는 여기가 서대문형무소였다면, 하는 생각에 부르르 진저리를 쳤다.

17

한낮의 열기를 고스란히 머금은 옥사는 밤늦게까지 후끈거렸다. 환기가 안 되는 좁은 감방에 죄수들이 다닥다닥 붙어 있으니 늘 시큼하고 구릿한 냄새가 떠돌았다. 오금이나 사타구니처럼 살이 맞닿은 부위에 생긴 땀띠가 곪아 농이 흘렀다. 취침할 땐 조금이라도 차지하는 면적을 줄이기 위해 모로, 그것도 한 사람씩 엇갈려 잤다. 밤마다 다른 죄수의 발 냄새를 맡아야 했다. 그나마 신입 죄수는 눕지도 못하고 앉아서 잠을 청했다.

노역이라도 나가면 좋으련만 사상범이어서 불취업(징역장에 나가 일하는 것이 금지된 상태)으로 감방에만 갇혀 지냈다. 식사는 콩이 한 알도 섞이지 않은 보리밥이었다. 죄수에게 유일한 영양 공급원인 콩이 없는 건 치명적이었다. 몇 등급으로 나뉜 식사는 노역의 강도에 따라 양이 엄격히 통제되었다. 노역이 없는 사상범은 가장 낮은 등급이었다. 개인마다 정해진 등급에 따라 가다(틀)로 계량해주었기 때문에 늘 배가 고팠다. 마룻바닥에 떨어진 보리 몇 알을 두고도 주먹다짐을 벌였다.

배고픔도 문제지만 하루 종일 감방 문 쪽으로 꿇어앉아 있는 건 더 고통스러웠다. 누군가가 기침 소리라도 내면 단체 기합을 받았다. 대화나 눈짓도 금지돼 있었다. 수시로 불려나가 이유 없이 매를 맞았다. 영양실조로 면역력이 떨어진 죄수들은 감기 같은 사소한 질병에도 죽어나갔다. 전날까지 멀쩡하던 사람이 아침에 보면 숨이 끊어져 있기도 했다. 많은 사람들이 이름 모를 병으로 시름시름 앓다 불귀의 객이 되었다. 열악한 환경과 허약한 체력은 질병들에게 좋은 먹잇감이 되었다.

더위가 물러간 초가을 어느 오후였다. 그날도 꿇어앉아 있는데 감시구에 형무관의 얼굴이 나타났다.

"여기 의사 있지?"

몹시 허둥대고 다급한 목소리였다. 죄수들의 얼굴이 일제히 승재를 향했다. 승재가 상처나 종기를 임기응변식으로 치료해줬기 때문이었다. 이 사람이 의삽니다. 한 죄수가 승재를 가리켰다.

"빨리 나와."

감방문이 열렸다. 일어나던 승재는 주저앉고 말았다. 피를 돌게 하려고 다리를 주물렀다. 언제 방망이가 날아올지 몰라 손을 빨리 움직였다. 마음과 달리 감각은 돌아오지 않았다. 지켜보던 형무관이 옆의 죄수에게 승재를 업으라고 지시했다. 그 죄수도 사정은 같았다. 형무관이 욕지거리를 내뱉으며 승재를 들쳐 업었다. 다른 죄수들의 눈이 휘둥그레졌다. 형무소 안에서 형무관은 신과 같은 존재였다. 승재는 업혀 가며 내내 마음이 불편했다. 나중에 힘들게 했다고 보복이나 당하지 않을까 걱정이 앞섰다.

형무관이 계호과 사무실 문을 열자 모여 있던 형무관 두 명이 달려들어 승재를 옮겼다. 책상 위에 누운 형무관은 독사였다. 잔인하고 혹독해서 죄수들은 그를 그렇게 불렀다. 출감하기만 하면 가만두지 않겠다고 이를 가는 죄수가 한둘이 아니었다. 독사의 윗옷 단추가 다 풀어져 있고 속옷은 올라가 있었다. 가슴에 벌건 자국이 나 있었다. 심폐소생술을 하느라 압박한 흔적이었다. 눈꺼풀을 열어보고 맥을 짚었다. 동공이 풀렸고 호흡은 없었다.

"왜 이렇게 된 겁니까?"

승재는 업고 온 형무관에게 물었다.

"몰라. 갑자기 쓰러져선 숨을 쉬지 않아요."

형무관은 땀을 닦으며 반말과 높임말을 섞어 말했다. 얼마나 경황이 없는지 짐작되었다.

"쓰러지기 전에 뭘 먹진 않았습니까?"

"다른 사람이 가져온 제사떡을 먹었어."

다른 형무관이 말했다. 또 다른 형무관이 하필 이럴 때 출장이람, 하고 부재중인 의무과장을 책망했다. 원인은 금방 찾았다. 한 손을 목에 대고 독사의 목을 뒤로 젖혔다. 손가락을 입안에 넣었다. 떡이 만져지는데 빠지질 않았다. 시간이 없었다.

"핀셋과 메스가 필요합니다."

승재가 말했다. 오랜만에 환자를 대하니 손이 떨렸다. 독사를 살려내지 못했을 때에 돌아올 책임이 두렵기도 했다. 젊은 형무관이 뛰어가 핀셋과 메스를 가져왔다. 핀셋으로도 떡이 빠지지 않았다. 최후의 방법이 남았다. 메스 끝을 독사의 목에 댔다. 형무관들이 불안한 얼굴로 서로를 보았다.

"기도를 확보해야 합니다. 그대로 두면 질식사할 겁니다."

형무관들을 안심시키고 힘껏 메스를 찔러 넣었다. 피식. 바람 빠지는 소리가 났다. 떡 조각도 빼냈다. 생명을 구했다는 자족감보단 얻어맞지 않아도 된다는 안도감이 더 컸다. 때마침 사이렌 소리를 울리며 구급차가 도착했다. 의사와 담가를 든 남자들이 들어왔다.

"응급처치를 잘해서 다행입니다."

독사의 상태를 살핀 의사가 말했다. 독사는 담가에 실려 나갔다.

"수고했다."

계급이 높은 형무관이 승재를 치하했다. 형무관들이 승재를 둘러싸고 박수를 쳤다. 승재는 익숙하지 않은 대접에 몸 둘 바를 몰랐다.

독사는 한 달 뒤에 돌아왔다. 뇌에 산소가 공급되지 않아 손상이 있었는지 말이 약간 어눌하고 행동이 굼떴다. 그래서인지 예전처럼 독하게 굴지는 않았다. 그 사건을 계기로 승재는 의무실에 일손이 부족하면 불려 다녔다. 승재를 대하는 형무관들의 태도가 달라진 건 말할 것도 없었다.

의무실 책임자인 사십대 중반의 의무과장은 알코올중독자였다. 수전증이 있고, 술독이 올라 코끝이 빨갰다. 흰자위에 늘 핏발이 서 있는 눈은 공허하기 이를 데 없었다. 그는 조직사회에 어울리지 않는 사람이었다. 꼭 술 때문만은 아니었다. 왜 그런 사람 있잖은가, 늘 폐허와 절망의 분위기를 짙게 풍기는. 의무과장은 일과 시간에도 술에 취해 자거나 무단 외출을 일삼았다. 급한 용무로 찾을 때는 형무소 근처의 술집을 뒤지면 그중 어딘가에 있었다. 소장이나 형무관들은 눈살만 찌푸릴 뿐이었다. 아마도 여러 차례 지적했지만 바뀌지 않자 포기한 듯했다. 의무과장은 자신을 없는 사람 치는 대접에 개의치 않았다. 오히려 눈 밖에 난 걸 편하게 받아들였다. 알고 보니 승재처럼 정규 의대를 나오지 않은 의사 시험 출신이었다. 술에 취하지 않았을 때도 몸짓이 흐느적거리고 눈동자가 풀려 있는 걸로 봐선 진통제를 맞는 것 같았다. 진통제엔 어떤 종류건 마약 성분이 포함돼 있었다. 의사나 간호부 중엔 그 마약 성분에 중독된 사람이 꽤 있었다.

의무실에 나가기 시작한 지 두 달쯤 되는 날이었다. 아침 식사가 끝나고 얼마 지나지 않아 형무관이 승재를 데리러 왔다. 평소엔 이름을 부르는데 그날따라 수인 번호를 불렀다.

"소매 걷어봐."

형무관이 무뚝뚝하게 말했다. 시키는 대로 했다. 형무관이 승재의 팔뚝과 팔오금을 꼼꼼히 들여다보다 나직이 개새끼, 하더니 승재에게 말했다.

"자체 검열에서 의무실 진통제가 많이 부족한 걸로 드러났다. 의무과장 말로는 네가 손대는 걸 봤다는 거야. 의무과장이 워낙 강하게 주장하는 바람에 우리도 어쩔 수 없어. 잠깐 동안만 독방에 있어라. 걱정하지 마라. 천덕재가 의무과장을 죽여버린다고 길길이 날뛰고 있으니까 곧 해결될 거다."

형무관이 알아들었느냐는 눈길로 보았다. 승재는 차렷 자세로 대답했다. 독방은 징벌방이었다. 이전에 겪었던 일들과 비교하면 그다지 억울하다는 생각은 들지 않았다. 거기엔 독사가 나섰으니 어떻게든 될 거란 믿음도 있었다. 천덕재는 독사의 본명이었다.

"아무 걱정 마라."

오후에 나타난 독사가 말했다. 어눌했지만 확신에 찬 말투였다. 승재는 그 말을 들으니 적이 안심이 되었다. 간결했지만, 그 때문에 더 믿음이 갔다.

"고맙습니다."

부동자세로 서 있던 승재가 말했다.

일주일간 독방에서 지냈다. 독사와 다른 형무관들이 끼니때마다 외부에서 들여온 음식을 넣어주었다. 혼자 먹기에 많은 양이었다. 온종일 햇빛조차 들지 않지만 먹는 재미에 빠져 고립감을 느낄 겨를도 없었다. 다른 죄수들의 눈치를 볼 필요도 없고, 기한도 정해져 있으므로 하루하루가 즐거웠다. 원래 감방으로 돌아간다는 말을 들었을 땐 아쉽고 서운할 지경이었다.

의무과장이 진통제에 손을 댄 건 형무소로서도 곤혹스러운 일이었다. 쉬쉬하며 의무과장에게 사직을 종용했다. 모자라는 진통제는 승재가 실수로 상자를 떨어뜨리는 바람에 깨진 걸로 마무리했다. 새로운 의무과장이 왔고 승재는 다시 의무실에 나갔다.

이듬해 6월 말쯤이었다. 아침마다 승재를 의무실로 데려가던 형무관이 오지 않았다. 이틀째였다. 점호도 없고 복도에 인기척도 없었다. 당연히 배식도 없었다. 방향을 가늠할 수 없는 곳에서 아련하게 포성이 들렸다. 죄수들 사이에선 인민군이 남침했다는 소문이 돌았다. 그 소문을 증명이라도 하듯 형무관들이 자취를 감춘 것이다. 굶다가 지쳐 화가 난 죄수들이 감방 문을 두드리며 항의했지만 누구 하나 와보는 사람이 없었다. 가벼운 사람을 목말 태워 밖을 내다보게 했다. 쇠창살이 박힌 창 너머에도 인기척이 없었다. 오늘 새벽부턴 포성과 총성이 지척에서 들렸다. 좌익 사범들은 성급하게 인민해방군 만세나 미제 앞잡이 이승만 타도를 외치기도 했다. 전면전이든 국지전이든, 아니면 좌익 세력의 일시적인 소요 사태든 무슨 사달이 난 건 분명한데, 바깥소식을 전해주는 사람이 없으니 답답한 노릇이었다.

태양의 위치로 보아 이른 오후였다. 몇 끼를 굶어 모두들 축 늘어져 있었다. 구호를 외치고 노래를 부르던 사람들도 잠잠했다. 벽에 기대어 졸고 있던 승재는 옥사 출입문이 열리는 소리에 눈을 떴다. 눕거나 앉았던 다른 죄수들도 부스스 일어났다. 복도에서 여러 사람의 발소리가 났다. 승재는 옥사 출입문에서 가장 가까운 감방에 있었다. 감시구로 사람 얼굴이 나타났다.

"동무들, 그간 얼마나 수고가 많았습둥? 서울은 오늘부로 우리 인민해방군에 의해 해방되었습메."

억센 함경도 사투리로 뭐라 뭐라 더 말했지만 그의 목소리는 죄수들의 환호성에 묻혀버렸다. 죄수들은 서로 얼싸안았다. 그 말을 들은 다른 감방의 죄수들도 만세를 불렀다. 묵직한 무언가로 내리쳐 감방 문을 부쉈다. 죄수들이 우르르 빠져나갔다. 복도엔 따발총이나 소총을 멘 인민군들이 있었다.

한낮의 태양이 승재의 눈을 찔렀다. 운동장에서 만난 죄수들은 손을 맞잡거나 끌어안으며 풀려난 기쁨을 나누었다. 취사장으로 곧장 달려가는 죄수들도 있었다. 승재도 배가 고팠으나 다리에 힘이 풀려 취사장까지 갈 엄두가 나지 않았다. 뒤늦게 가봤자 남은 게 있을 리도 없었다.

"제주도에서 온 사람들은 여기로 모이시오."

트럭 위에 올라선 인민군이 계속 소리쳤다. 승재는 그곳으로 갔다. 하나둘 모여든 사람들이 이백여 명이나 되었다. 사람들이 모이자 인민군이 말했다.

"지금부터 형무소 옆에 있는 공덕국민학교로 이동할 겁니다.

한 사람도 빠지지 말고 모여주시기 바랍니다."

승재는 잠깐 망설이다 발걸음을 돌렸다. 승재는 제주도 출신이 아니었다.

형무소 정문은 활짝 열려 있었다. 온통 가로막힌 곳에서, 좁은 문으로만 출입하다 넓은 정문을 통과하려니 뭔가 부자연스럽고 어색했다. 수감도 그랬지만 출감 역시 승재의 의지가 아니었다. 입구에 한 무리의 인민군이 모여 담배를 피우고 있었다. 몇몇이 이북 사투리를 썼다. 그중 하나가 웃으며 담배 한 개비를 내밀었다.

"먹을 거 있으면 주시겠습니까?"

승재는 손사래를 치며 말했다. 병사가 호주머니에서 삶은 감자를 꺼내주었다. 승재는 담배 냄새가 밴 감자를 허겁지겁 먹었다. 먼지와 실밥이 같이 씹혔으나 그런 것에 신경 쓸 겨를이 없었다. 반쯤 먹다 목이 막혀 캑캑거렸다. 승재는 앙가슴을 두드렸다.

"이거 좀 마시면서 천천히 드시라요."

병사가 등을 두드리며 승재의 손에 수통을 쥐여주었다. 수통에서 나는 물비린내에 헛구역질이 올라왔다. 물을 마시고 나서 숨을 크게 쉬었다.

"고맙습니다."

수통을 돌려주었다. 허겁지겁 먹는 승재가 안돼 보였는지 다른 병사가 건빵 한 줌을 더 주었다. 허기를 끄고 났더니 좀 살 것 같았다. 눈가에 맺힌 눈물을 닦았다. 눈을 감은 승재는 숨을 깊이 들이쉬었다. 공기가 달고 시원했다. 단순히 문 하나를 통과했을 뿐인데 많은 게 달랐다.

어디로 가야지?

막막했다. 제주도에 있는 노인의 무덤이 떠올랐다. 승재는 고개를 저었다. 이 난리통에 제주도까지 가는 건 무리였다. 게다가 전선이 남쪽으로 이동하게 될지도 몰랐다. 옷도 갈아입고 밥도 먹어야 했다. 승재는 아현실비의원으로 방향을 잡았다.

간간이 사람들이 오갔다. 몽둥이를 든 남자들이 밧줄에 묶은 남자를 끌고 갔다. 승재는 통행증이나 증명서 같은 걸 요구하면 어쩌나 내심 걱정했는데 말을 걸어오는 사람조차 없었다. 그러다가 자신이 수인복을 입었다는 걸 깨닫곤 허탈하게 웃었다. 좀 걸었더니 다리가 후들거리며 땀이 비 오듯 했다. 감자 한 알과 건빵 몇 개로 주린 배를 채우기엔 역부족이었다. 군산에서 먹었던, 진하게 우려낸 설렁탕이 간절했으나 수중엔 한 푼도 없었다. 돈이 있어도 이 와중에 문을 연 식당이 있을까 싶었다.

더운 날씨에 빈속으로 걸으려니 죽을 맛이었다. 승재는 이발소에서 내놓은 평상에 앉아 땀을 들였다. 인민군 소규모 부대가 일렬종대로 도로를 따라 남하해 갔다. 분해한 기관총을 어깨에 멘 인민군이 승재를 보곤 씩 웃었다. 얼굴이 새카매 이가 유난히 하얗게 보였다. 인민군들이 사라지자 승재는 불현듯 외로움에 휩싸였다. 승재는 소속도, 가족도 없었다. 이 넓은 서울엔 자신을 따뜻하게 맞아줄 사람이 하나도 없었다. 명님을 잠깐 떠올리다 말았다. 아마도 김정우와 결혼했을 것이다. 이젠 남의 사람이었다.

하루아침에 고아가 되었을 때의 막막함과 두려움이 떠올랐다. 승재가 두 살 때 전염병으로 죽었다는 아버지는 사진 한 장 남아 있지 않았다. 어머니는 병명도 모르고 오랜 자리 보존 끝에 죽었다. 다섯 살이었지만 어머니의 마지막 표정과 말은 또렷이 기억난다. 눈을 감은 엄마는 어린 승재의 손을 꼭 잡고 하염없이 눈물을 흘렸다. 미안하다. 네게 가난만 남겨주고 가는구나. 어머니는 약 한 번 제대로 써보지 못했다. 승재가 의사가 된 것이나 가난한 사람에게 무료로 의술을 베푼 건 그런 연유에서였다.

승재를 지나친 소련제 지프가 급브레이크를 밟았다. 후진해 온 지프가 승재 앞에서 멈췄다. 불완전 연소된 연료 냄새가 빈속을 자극했다.

"혹시 남승재 동무 되십니까?"

군관이 앞좌석에 앉은 채 물었다. 피곤한 얼굴이고, 이북 사투리가 아니었다.

"예, 그렇습니다만……"

승재는 엉덩이를 털며 일어났다.

"공덕국민학교에 안 계셔서 찾아다니는 중이었습니다."

군관이 지프에서 내려 승재에게 다가왔다. 이름과 행적을 알고 있으니 동명이인을 착각한 건 아니었다. 막 출감한 사람을 찾아다닐 만큼 다급하고 긴요한 용무가 뭘까. 그것도 전시에.

"의사라고 들었습니다. 형무소 의무실에서도 일하셨구요."

"그렇습니다만……"

"어떠십니까, 인민해방군의 군의군관으로 입대하실 용의가 없으십니까?"

군관이 손수건으로 이마와 목덜미를 훔쳤다. 구겨진 손수건에서 나는 쉰내가 승재에게까지 풍겼다.

"……"

느닷없는 제안이어서 승재는 말문이 막혔다.

"실은, 군의군관들이 탄 트럭이 전복돼 여럿이 상했습니다. 그래서 보충할 의사를 찾아다니고 있었습니다. 투쟁 경력이나 의사 이력으로 보아 남승재 동무가 적격일 거 같아서요. 저와 가주시겠습니까?"

모자챙이 만든 그늘 속에서 군관의 부리부리한 두 눈이 승재를 쳐다보고 있었다. 눈빛이 강렬했다. 형무관들이 수형자 명부를 남겨뒀을 리는 없고, 형무소 의무실에서 일한 것까지 알고 있으니 죄수 중 누군가에게서 들었으리라. 거절한다고 순순히 물러날 것 같지 않았다. 거절할 명분도 없었다. 어떤 군복을 입건 사람을 살리는 건 마찬가지였다. 승재는 지프에 오르는 것으로 대답을 대신했다.

지프가 어느 중학교로 들어갔다. 인민군들이 운동장에 도열한 트럭에서 탄약 상자를 내리고 있었다. 군관은 교무실에서 승재를 다른 군관에게 인계하고 돌아갔다. 임시지휘본부 격인 교무실엔 전사들이 분주히 드나들었다. 옆방에선 연신 무전기 교신음이 들려왔다. 승재가 입은 수인복을 힐끗 본 군관이 종이 한 장을 내주었다. 맨 위에 입대청원서라고 쓰여 있었다. 군관이 기타란을 가리키며 투쟁이나 투옥 경력 등을 구체적으로 작성하라고 했다.

"저…… 먹을 것 좀 있을까요? 며칠 굶었더니……"

승재가 입대청원서를 든 채 말했다. 군관이 전사에게 지시하자 주먹밥 세 개와 물이 담긴 사발을 나무 쟁반에 받쳐 왔다. 된장을 바른 주먹밥엔 군데군데 구더기가 고물거렸다. 구더기를 골라낼 새도 없이 볼이 미어지게 베어 물었다. 송곳니에서 급하게 으깨어진 밥알에서 단맛이 났다. 순식간에 먹어치우고 났더니 좀 살 것 같았다.

승재는 빈 책상에 앉아 본적과 현주소, 성명, 생년월일, 소속 정당, 소속 기관 직업 및 직위, 기술 및 기능 등을 가감 없이 적었다. 시험을 거쳐 딴 의사면허, 마포형무소에서의 복역 기간, 일본군 군의로 복무한 사실을 적고 나니 더 쓸 게 없었다. 이렇다 할 투쟁 경력이 없었다. 정당이나 사회단체에 가입해 활동한 적도 없었다. 몇 줄로 요약된 이력 속엔 그간의 굴곡과 부침이 고스란히 담겨 있었다. 그렇지만 승재의 의지로 만든 이력은 몇 개 되지 않았다. 지금도 자신이 원하지 않은 세계에 발을 들이려 하고 있었다. 나는 조국의 통일독립과 자유를 위한 투쟁에서 헌

신분투하기 위하여 인민군대에 입대시켜줄 것을 청원함. 날짜와 이름을 적고 지장을 찍었다.

"무기로 복역 중이셨군요."

서류를 훑어본 군관이 확인하듯 물었다. 서류를 내밀 때의 사무적인 태도와는 사뭇 달라져 있었다. 승재는 웃으며 고개를 끄덕였다. 입속말로 서류를 읽어나가던 군관이 '일본군 군의' 부분에선 목소리가 조금 커졌다. 군관이 다시 힐끗 승재를 올려다보았다.

"여기에다 죄목도 적어주시겠습니까?"

승재는 돌려받은 청원서에 다시 기입했다. 군관이 고개를 끄덕이다 말했다.

"아주 특별한 경우로군요. 저쪽에서 잠깐 기다려주시겠습니까."

군관이 서류를 들고 교무실을 나갔다. 몇 분 후에 돌아온 군관이 어디론가 전화를 걸었다. 통화가 이루어지자 승재의 인적사항을 불러주었다. 감이 먼지 목소리를 높였다.

"건강은 어떻습니까?"

군관이 손바닥으로 송화구를 막고 물었다.

"질병은 없습니다."

승재는 간단히 대꾸했다가 덧붙였다.

"몸에 큰 이상은 없습니다. 갑을병 중에서 을은 될 겁니다."

"원칙적으론 군의군관학교에서 정해진 교육 과정을 거쳐야 하지만 선생님은 임상 경험도 많고 투쟁 경력도 있으니 곧장 군의소에 투입될 겁니다. 기다리시면 모시러 올 겁니다."

통화를 끝낸 군관이 말했다.

삼십 분쯤 후에 상급전사 하나가 교무실에 들어와 경례를 하고 방문 목적을 밝혔다. 군관이 승재를 가리켰다. 포만감에 졸던 승재는 졸음이 가시지 않은 얼굴로 상급전사를 따라나섰다. 지프가 운동장을 벗어나자 속력을 냈다. 곳곳엔 전투의 흔적이 그대로 남아 있었다. 타다만 가옥에서 검은 연기가 솟아올랐다. 부서진 건물들의 잔해가 어지럽게 나뒹굴고, 나무 전봇대는 비스듬히 기울어졌다. 유리창이 성한 게 하나도 없는 이층 건물 벽엔 총탄 자국들이 선명했다. 불탄 자동차와 목책, 드럼통 따위가 길가로 치워져 있었다. 민간인 복장에 붉은 완장을 찬 사내가 자전거를 타고 지나갔다.

승재는 제6사단 제13보병연대에 배속돼 인천을 거쳐 예산 방면으로 진출했다. 제6사단은 방호산이 이끄는 중국인민해방군 제166사단이 북한에 들어와 개편된 부대였다. 인민군의 주력부대 중 하나로, 부대원은 팔로군 출신의 조선의용군으로 구성돼 있었다. 팔로군은 중국 화북지방에서 승재가 소속된 일본군 부대를 유격전술로 괴롭혔던 부대였다. 한때는 적군이었던 부대에 배속된 것이다. 지독한 부조리에 승재는 쓰게 웃었다. 승재가 박현철에게 고문당할 빌미를 제공한 문식이 월북했다면 군의군관

으로 참전했을 것 같았다. 다른 군의군관에게 물었지만 문식을
아는 사람은 없었다.

　군의소 소속 부대원들은 보병부대와 함께 이동했다. 예산 부
근에서 한바탕 접전이 있었지만 국군이나 경찰의 저항은 미미했
다. 다른 전선에선 미군과의 접전이 치열하다고 했지만 충남 서
부지역엔 미군이 없었다. 미군기의 공습을 피하느라 야간에만
이동했다. 미군기가 나타나면 '항공'을 외치며 대피했다. 익숙
한 광경이었다. 일본군들도 '구슈'를 외쳐 미군기의 출현을 알렸
다. 낮엔 잠을 잤다. 정치사상학습이나 문화오락 시간을 가지기
도 했다. 마르크스니 레닌이니 김일성 장군의 항일투쟁이니 하
는 말들은 승재의 귀에 들어오지 않았다. 그들의 주의주장은 빈
부격차가 생기는 건 분배가 공평하지 않아서라는 계봉의 어설픈
'분배론'에서 한 발짝도 나아가지 못한 듯했다. 군산에서 상경한
승재가 아현실비의원에서 봉급의사를 시작했을 때 계봉이 찾아
와 얘기를 나눈 적이 있었다. 그때 계봉은 "사전에서 떨어져 나
온 몇 장의 책장처럼 두서도 없고 빈약한" 분배론을 주장했다.
흥미가 없긴 마찬가지지만 차라리 혁명사상을 고취하는 연극이
나 합창이 나았다.

　7월 19일 오전, 금강 하구를 건너 군산을 점령했다. 군산에서
잠시 의사 생활을 했던 승재는 감회가 남달랐다. 부대가 휴식을
취하며 전열을 재정비하는 동안 승재는 잠깐 정주사네 가게를
찾았다. 가게 미닫이문은 유리창이 깨진 채 부서져 있었다. 진열

대는 텅 비었다. 가게에서 살림집으로 이어지는 방문도 활짝 열려 있었다. 방바닥엔 옷가지며 살림살이가 어지럽게 널려 있었다. 피란 간 집에 도둑이 든 흔적이었다. 사람은 없고 사진만 승재를 맞아주었다. 형주가 이리농림학교 재학 때 찍은 사진과 결혼사진, 병주의 보통학교 때 사진과 육군소년비행병학교 재학 중에 비행복을 입고 찍은 사진, 계봉이 일본 가기 전에 온 가족이 모여 찍은 사진, 초봉의 독사진, 계봉의 가족사진, 정주사 내외의 사진이 벽에 옹기종기 붙어 있었다.

승재는 손을 뻗어 계봉의 가족사진을 내렸다. 미국의 어느 대학을 배경으로 세 가족이 다정하게 웃고 있었다. 계봉보다 키가 훨씬 큰 송희는 통통했지만 예전의 얼굴이 남아 있었다. 귀밑머리가 희어진 이시카와는 사회적으로 안정된 위치에 오른 사람의 여유가 느껴졌다. 학위복을 입은 계봉은 이시카와의 팔짱을 끼고 있었다. 세 사람 모두 얼굴에 그늘이라곤 없었다. 사진만 봐도 단란하고 행복한 가족이란 게 느껴졌다. 계봉과의 추억이 되살아나며 가슴이 아릿해졌다. 승재는 사진틀 유리를 손바닥으로 한 번 쓸곤 제자리에 걸었다.

금호의원도 다녀올까 하다 마음을 바꿨다. 원장이 노화로 세상을 떴을 나이는 아니나 원장의 큰아들과 조카가 일제시대부터 경찰에 몸담았다. 지금은 그들이 경찰 간부가 되었을 테니 피란을 갔을 것이다. 승재는 인공기가 내걸린 경찰서를 왼쪽으로 끼고 동령고개를 넘었다. 시간이 흐른 만큼 거리 풍경도 많이 변했다. 도로 건너에서 구 조선은행을 바라보는 승재는 비애가 느껴졌다. 한땐 경성에서나 볼 수 있는 웅장한 건물이었으나 이젠 오래되고 낡아 쇠락의 기운이 역력했다. 고태수가 당좌계에서 근무하던 곳이자 초봉의 불행이 싹튼 곳이었다. 고태수가 은행 직원이 아니었으면 큰돈을 횡령할 수 없었을 것이고, 그랬다면 한참봉의 아내 김 씨가 고태수를 부잣집 아들이라고 소개하지도 않았을 것이다. 그랬다면 정주사가 고태수를 사위로 맞는 일도 없었을 것이다. 또 그랬다면 자신이 초봉을 아내로 맞았을 것이다. 아무런 의미도 없는 그랬다면, 을 반복하는데 후텁지근한 바람이 불어왔다. 희미하게 갯내가 실려 있었다. 승재는 그 냄새에 이끌리듯 부두 쪽으로 향했다.

강물은 여전히 탁했다. 흔히 금강이 탁한 건 서해 바닷물이 유입돼서라고 말한다. 하지만 승재의 생각은 달랐다. 발원지부터 인간에게서 나온 온갖 더럽고 추악한 것들을 보듬고 흘러왔기 때문이었다. 모두 피란을 간 탓에 소형 어선 몇 척만 묶여 있었다. 승재는 갯내를 폐부 깊숙이 들이마셨다. 같은 바다인데도 제주도와 군산의 냄새는 달랐다. 기분 탓인지, 지리적 환경 때문인지, 바닷물에 포함된 성분의 차이인지는 알 수 없었다. 건너편 장항이 한눈에 들어왔다. 평화로워 보이는 풍경과 달리 두 군데서 검은 연기가 솟아오르고 있었다. 군산 구암동 쪽에서도 연기가 피어올랐다.

목조건물 이층에 사각뿔 모양의 지붕을 얹은 미두장도 그대로였다. 창마다 커튼을 쳐두어 안이 보이지 않았다. 대동아전쟁의 전선이 확대되자 군량이 부족해진 일본은 선물거래를 금지하는 미곡배급통제법을 통과시켰다. 그 뒤로 미두장은 간판을 내렸다. 오전 10회와 오후 7회, 거래가 이루어질 때마다 수많은 투기꾼들의 희비가 엇갈렸던 미두장 건물은 늙고 병든 노름꾼처럼 추레했다.

"실례합니다. 이 건물은 지금 무슨 용도로 쓰고 있습니까?"

함지박을 이고 지나가는 여인에게 물었다. 무명천으로 덮은 함지박에선 생선 비린내가 풍겼다. 죽고 죽이는 와중에도 산 자들의 생활은 계속되고 있었다.

"몰라유…… 죄송해유……"

여인은 황급히 자리를 피했다. 승재가 고맙다고 했으나 돌아보지도 않았다.

이동하기 전까지 개인병원에 임시 군의소를 차렸다. 곧 출발할 예정이었으므로 의료기기나 의약품은 트럭에서 내리지 않았다. 전사 두 명이 한 남자를 담가에 실어왔다.

"이 사람 좀 봐주시라요."

연신 신음을 흘리는 남자는 민간인이었다. 무릎과 허벅지에 총상을 입었다. 왼쪽 안구가 파열돼 얼굴이 피투성이였다. 민간인을 군의소로 데려오는 건 이례적인 경우였다. 물어보니 정지명령을 무시하고 도망가다 총에 맞았는데, 몸에서 권총이 나왔다고 했다. 아무래도 변복한 국군 장교나 경찰 간부 같다는 거였다. 민가에 숨어 있다 붙잡힌 경찰을 심문하는 과정에서 밝혀진 사실도 전해주었다. 군산에서 저항하다 후퇴한 부대가 제주도에서 온 대대 규모의 해병대라고 했다. 제주도? 참 질기고도 고약한 인연이었다.

"진찰대에 올리시오."

간호병이 얼굴의 피를 대충 닦아내고 가위로 바지를 잘랐다. 상태를 살피려고 다가간 승재는 숨을 훅 들이쉬었다. 다시 얼굴을 찬찬히 들여다보았다. 박현철이 맞았다. 이전보다 살이 쪘는데다 왼쪽 광대가 심하게 부어올라 미처 알아보지 못했다. 후들거리는 가슴을 진정하느라 주먹을 꽉 쥐었다. 허벅지 관통상은 별게 아니었지만 무릎은 불구가 될 가능성이 컸다. 관절이 산산조각 났다. 이런 곳에서 이런 식으로 만나다니. 기막힌 우연이었다. 다리 하나가 불구여도, 한쪽 눈이 안 보여도 사는 덴 지장이 없었다. 불편한 것쯤이야 그동안 저지른 잘못에 대한 대가라고 치면 될 것이다. 하지만 앞으로가 문제였다. 사람은 변하지 않는 동물이다. 박현철은 그 정의에서 한 치의 어긋남도 없는 인간이었다. 그렇다면 결론은 하나였다. 하지만 개인적인 복수를 위해서 의술을 쓸 수는 없었다. 그건 승재의 개인적인 신념이자 의사의 책무였다. 낮게 신음하는 박현철을 내려다보았다. 여기서 살아 나가면 계속 다른 사람을 해코지할 것이다. 그렇다, 눈이 문제다. 앞이 보이지 않으면 괴롭힐 대상을 찾던 눈으로 자신의 내면을 응시하며 침잠하게 될 것이다. 그러면 자신의 잘못을 깨닫는 데 도움이 될 것이다. 아니, 반성하는 건 바라지도 않는다. 악행을 멈추게 하는 것만도 어딘가. 박현철은 육체가 아니라 마음이 병든 자다. 그 병은 약물이나 수술로는 치료가 불가능하다. 누군가는 박현철로 하여금 자신을 돌아보는 계기를 만들어주어야 했다. 승재는 기꺼이 오디세우스가 되기로 했다. 오디세우스가 거인 폴리페모스의 외눈에 통나무를 박아 자신과 부하들을 구했듯, 박현철의 눈을 멀게 해 그의 악행을 막으리라. 승재는 주사기를 약병에 꽂아 진통제를 뽑아 올렸다. 박현철에게 주사기를 꽂는 척하다 간호병에게 물었다.

"혹시 사탕 가진 거 있소?"

"없습니다."

"좀 얻어다 주겠소. 몸이 힘든지 갑자기 단 게 당기는군."

간호병이 나갔다. 잠시 뒤에 바깥을 살폈다. 박현철을 데려온 전사들이 복도 끝에서 얘기를 나누고 있었다. 박현철의 두 팔을 가슴에 올려 잡은 다음 오른눈에 주삿바늘을 갖다 댔다. 떨리는 마음을 다잡으며 주삿바늘을 거둬들였다. 몇 번이나 그 동작을 반복했다. 시간이 없었다. 이윽고 승재는 눈을 질끈 감고 주삿바늘을 찔러 넣었다. 박현철이 몸을 심하게 뒤척였다. 승재는 피스톤을 끝까지 눌렀다. 죄책감은 없었다. 어디까지나 박현철을 위한 일이었다. 박현철은 살아야 했다. 그래서 자신의 행위가 얼마나 잘못된 것인지 돌아보아야 했다. 다른 사람의 손에 죽어서도 안 되었다. 박현철의 정체를 밝히지 않을 작정이었다. 박현철은 머지않아 축 늘어졌다. 잠시 뒤에 간호병이 돌아왔다. 승재는 다른 때보다 더 집중하여 수술을 했다. 사탕을 물고 있지만 단맛은 느껴지지 않았다. 한 시간쯤 뒤, 박현철은 담가에 실려 나갔다. 두 눈에 붕대를 감은 채.

18

 군산에서 제6사단 예하부대인 세 개 연대는 두 개 부대로 편
성했다. 승재가 속한 제13연대와 제15연대는 김제, 목포 방면으
로, 제1연대는 전주, 순천 방면으로 이동하기로 결정되었다. 제1
연대에 결원이 생겨 제13연대에선 승재가, 제15연대에서 신의주
의대 2학년 재학 중에 입대한 김대현이 차출되었다.

 제1연대는 7월 25일, 순천과 여수를 해방시켰다. 여수에 진입
할 때 잠깐 교전이 있었지만 곧 격퇴했다. 같은 달 27일 오전에
는 하동에 입성, 다른 연대와 합류하여 29일에 진주를 공격했다.
그때부터 낙동강을 사이에 두고 피아간에 사활을 건 전투가 시
작되었다. 거의 매일 미군기의 공습이 있었다. B-29는 공포의 대
상이었다. B-29가 폭탄을 퍼부으면 수 킬로 떨어진 군의소에서

도 묵직한 진동이 느껴졌다. 승재는 기계적으로 일했다. 비명을 지르거나 몸부림을 치는 부상병은 살 가망성이 높았다. 반면 숨만 헐떡이거나 움직임이 거의 없으면 생존율이 낮았다. 치료의 우선순위를 정하고 나면 그다음은 일사천리였다. 승재는 생존율이 높은 부상병부터 치료했다. 미군기의 잦은 공습으로 보급로가 차단돼 의료기기와 의약품의 조달이 원활치 않았다. 마취제 없이 수술하기가 다반사이고, 항생제가 없어 상처나 수술 부위가 썩는 건 일상이었다. 알코올이 없어 메스를 라이터 불로 소독하는가 하면, 때를 놓쳐 수술만 하면 회복될 팔다리를 절단하기도 했다. 피고름이 묻은 붕대를 빨아 삶아서 재사용했다. 그나마도 떨어지면 군복을 찢은 천으로 대체했다. 총상이나 폭상, 파편상은 그래도 나았다. 네이팜탄에 노출된 화상은 다루기가 까다로웠다. 여름이어서 쉬 감염되었다. 군복이 피부에 들러붙은 전신 화상 같은 건 속수무책이었다. 할 수 있는 일은 고통을 끔찍한 비명으로 호소하는 부상병이 어서 죽기를 기도하는 것뿐이었다. 마음 같아선 총을 줘 자살을 유도하고 싶은 마음이 하루에도 수백 번씩 일었다. 실제로 죽여달라고 소리치는 부상병들도 있었다. 파리와 벌레가 피 냄새를 맡고 새카맣게 몰려들었다. 엄마를 부르며 죽어가는 어린 전사들을 보면 의술을 배운 것에 강한 회의가 들었다. 이송돼 오는 도중에 죽은 어느 전사는 미군기가 살포한 안전보장증명서를 꼭 쥐고 있었다. 가족을 만나는 상상을 하는지 입가에 엷은 미소가 어려 있었다. 승재는 그의 손에서 삐라를 빼내 품에 넣어주었다.

메스 대신 총을 들고 싸우는 게 훨씬 마음 편할 것 같았다. 말이 좋아 군의소지 시체안치소나 다름없었다. 군의소로 쓰는 교회 건물과 부속 건물은 부상병들로 꽉 찼다. 앞마당에 임시로 친 천막 세 개도 수용 한계를 넘어섰다. 나중에 후송돼 온 부상병들은 거적이나 가마니도 깔지 않은 흙바닥에 그냥 뉘어두었다. 인근의 민가 세 채를 징발해 부상병들을 분산 수용하고, 승재와 함께 제1연대로 차출된 김대현을 책임자로, 간호병 두 명과 현지에서 모집한 간호보조원 여섯 명을 배치했다. 애초에 책임자로 선발된 건 승재였으나 군의소 책임자에게 건의해 김대현으로 교체했다. 조금이라도 한가해지면 그의 증세가 완화될 것 같아 배려한 거였다.

김대현은 악몽 같은 나날을 보내고 있었다. 피를 보면 주사기 든 손을 덜덜 떨었다. 음식을 먹으면 토했다. 눈을 감으면 죽어가던 부상병들의 환영에 시달려 자지도 못한다고 했다. 유난히 커서 늘 겁에 질린 것처럼 보이는 그의 눈은 십 리나 들어갔다. 볼은 꺼져 광대뼈가 도드라졌다. 부잣집 도련님으로 태어나 순탄하게만 살아온 그는 의사로서의 자질이 부족했다. 야전군의소의 군의군관으로서는 더 부적합했다. 피부가 희고 선병질적인 그는 말수가 적은데다 몹시 수줍음을 탔다. 간호병이 말만 시켜도 얼굴이 빨개지며 말을 더듬었다. 늘 꿈꾸듯 몽롱한 눈빛은 그가 얼마나 감상적인 인간인지를 짐작케 했다. 고독과 우울의 옷

감으로 지은 두꺼운 외투를 입은 듯해 범접하기가 어려웠다. 승재는 막냇동생 같은 그가 안쓰러워 시간 날 때마다 격려하고 위로해주었다. 그는 침울한 얼굴로 힘없이 고개를 주억거렸다.

승재는 사나흘씩 잠을 자지 못해 졸면서 부상병을 치료했다. 잠깐씩 눈을 붙일 때면 영영 깨지 말았으면 했다. 잠이 부족해 늘 머릿속이 흐리터분했다. 국군의 공세가 있은 다음이면 간호병이 먹여주는 주먹밥을 씹으며 수술을 했다. 세수와 면도는 사치였다. 세균이 득시글거리는 손으로 치료하고 수술했지만 살 사람은 살았다. 병력 손실이 워낙 커서 북에서 내려온 정규군은 얼마 남지 않았다. 보충병은 총도 제대로 쏠 줄 모르는 의용군들이었다. 상부에서 전투력 유지를 위해 정규군을 먼저 치료하라는 명령이 내려왔다. 그 자체로도 부당했고, 모든 사람이 평등하다는 사회주의 이념에도 어긋났지만 항의하는 사람은 없었다. 승재는 반발심을 눌러 참으며 더 열심히 부상병을 돌봤다. 그래야 의용군을 하나라도 더 치료할 수 있었다.

8월 중순, 며칠째 더위가 기승을 부리던 날이었다. 무스탕기가 임시 군의소를 차린 민가들을 공격했다. 현장을 수습하러 간 승재는 처참한 광경에 말을 잃고 말았다. 대피할 기운도 없는 부상병들은 가만히 누워서 당했다. 마당이 붉은 천을 깔아둔 것처럼 온통 시뻘겠다. 폭탄에 파인 구덩이엔 피가 고였다. 화약 냄새에 피비린내가 섞여 속이 울렁거렸다. 승재는 손수건으로 코를 틀어막았다. 폭탄에 갈가리 찢긴 신체 조각들이 흩어져 있었다. 시신 손상이 심해 누가 누군지, 팔다리의 주인이 누군지 찾는 건 불가능했다. 나무 껍데기에 튄 살점들은 신경이 살아서 그때까지도 파들거렸다.

책임자로 파견된 김대현은 임시 군의소 울타리 밖에서 발견되었다. 로켓탄의 살상반경에서 벗어나 있어 비교적 온전한 모습이었다. 행복한 얼굴인 그는 위생복을 한쪽 소매만 걸치고 있었다. 급박한 상황에서 위생복을 챙겨 입었을 리는 없었다. 승재는 그에게서 위생복을 벗겨냈다. 세탁을 하지 않아 때가 탄데다 피고름으로 얼룩졌다. 어째서 죽는 순간에 위생복을 벗으려고 했을까. 죽어서라도 의사라는 굴레에서 벗어나고자 했던 필사의 노력처럼 여겨져 마음이 짠했다. 매미가 그악스레 울어댔다. 좀더 자상하게 돌봐주지 못했다는 자책에 마음이 무거웠다. 다음 생엔 다른 직업을 택해라. 고개를 들었다. 구름 한 점 없는 하늘에 태양이 이글거리고 있었다. 솔개 한 마리가 원을 그리며 맴돌았다. 날개를 활짝 펼친 솔개가 이승을 떠나길 주저하는 그의 혼처럼 느껴졌다. 승재는 입술을 지그시 물어 울음을 삼켰다.

전선의 교착상태가 지속되던 9월 중순, 돌연 후퇴 명령이 내려졌다. 작전상 후퇴라고 했지만 서두르는 인상을 지울 수 없었다. 출발하고 이틀 뒤에야 운전병에게서 유엔군이 인천에 상륙했다는 말을 들었다. 미군기의 공격은 이전보다 더 악착같고 극성스러워졌다. 지상에서 움직이는 물체는 무조건 공격했다. 낮뿐 아니라 밤에도 공습이 이어졌다. 퇴각은 더뎠다.

조치원 근처를 지나던 어느 새벽이었다. 차량과 장비 들은 전조등을 끈 채 길 한가운데로 움직였다. 보병들은 양쪽 길가를 따라 이동했다. 차량은 미군에게서 노획한 것들이 대부분이었다. 주행 중에 고장 난 차량은 연료통에 흙을 넣어 폐기했다. 교체할 부품이 없었다. 군의군관과 간호병 들이 탄 트럭은 차량 행렬 중간쯤에 있었다. 의료기기와 의약품은 바로 뒤에 따라오는 트럭들에 실려 있었다. 위생병들은 도보로 이동했다. 한 치 앞도 분간할 수 없는 어둠 속에서 낮은 엔진 소리만 들렸다. 승재는 어딘가에 머리만 닿으면 곯아떨어졌다. 그동안 밀린 잠을 벌충하려는 듯 자고 또 잤다.

이동을 시작한 지 두 시간쯤 뒤였다. 맹렬한 총성이 어둠을 찢어놓았다. 비몽사몽간에 트럭에서 뛰어내린 승재는 군의군관과 간호병 들이 내리는 걸 도왔다. 선두에 있던 트럭이 바주카포를 맞고 화염에 휩싸였다. 비명과 고함, 총성과 수류탄, 박격포탄 파열음이 뒤섞였다. 척후로 나선 정찰중대를 보내주고 본대를 기다린 매복이었다. 도로 뒤쪽도 봉쇄돼 퇴로가 막혔다. 포위망의 그물코는 촘촘하면서도 질겼다. 지휘체계를 잃은 인민군들은 정치망에 들어간 멸치 떼처럼 우왕좌왕했다.

조명탄이 주위를 밝혔다. 부상당해 신음하거나 숨이 끊어진 인민군들이 드러났다. 군의군관과 간호병 들은 이미 흩어졌다. 몸을 낮춰 트럭 반대편으로 돌아가려는데 총알이 날아와 흙먼지를 일으켰다. 재빨리 엎드렸으나 왼쪽 장딴지에 쇠막대기를 억지로 쑤셔 넣는 듯한 통증이 있었다. 맞았다! 승재는 이를 악물고 트럭 밑으로 기어들어갔다. 손수건으로 상처를 싸맸다. 다리에 맞아 달아날 수도 없었다. 총성은 잦아들기는커녕 갈수록 집요해졌다. 총상당한 부위가 욱신거렸다. 마침 옆에 의약품 상자가 뚜껑이 열린 채 뒹굴고 있었다. 승재는 양쪽 팔꿈치와 멀쩡한 다리로 기어 다니며 거즈와 솜, 붕대 따위를 찾았다. 붕대로 상처를 싸맨 다음 죽은 듯이 엎드렸다. 트럭 밑에서 무스탕기 기관총에 죽은 일본군들이 떠올라 등짝이 서늘했다. 자세를 더 낮췄다. 한낮의 열기를 머금었던 땅바닥은 식은 지 오래였다. 언제부턴가 요란한 총성이 아득히 멀어져갔다.

"손들고 나와!"

승재는 지독한 한기를 느끼며 눈을 떴다. 동이 터오고 있었다. 국군 둘이 트럭 밑을 들여다보며 소총을 겨누고 있었다. 중사와 이등병이었다. 총구에 꽂힌 총검이 새벽빛을 머금어 파랗게 빛났다. 엎드린 채로 손을 치켜든 승재는 어이가 없었다. 사람이 죽어가는 아비규환 속에서, 총상을 입고도 잠들다니. 잠을 왜 수마(睡魔)라고 하는지 알 것 같았다.

"어서 나와!"

중사가 총구를 까딱까딱했다. 승재는 손을 내밀었다. 승재를 거칠게 끌어낸 이등병이 승재의 옆구리에 팔을 둘렀다. 중사가 두어 걸음 뒤에서 총을 겨누고 따라왔다. 한쪽에 포로가 된 인민군들이 꿇어앉아 있고, 다른 쪽엔 인민군들의 시체가 놓여 있었다. 군의군관과 간호병 들도 보였다.

"안 돼—"

승재가 울부짖으며 이등병을 뿌리쳤다. 절룩거리며 시체들 쪽으로 가는 승재는 광포한 기운에 몸을 떨었다.

"이 빨갱이 새끼가!"

중사가 승재를 군홧발로 걷어찼다. 쓰러진 승재는 멀쩡한 다리에 의지해 일어났다. 불시에 얻어맞은 사람답지 않게 침착하고 절제된 동작이었다. 승재는 시체들 쪽으로 걸음을 옮겼다. 왼쪽 다리를 끌면서 집요하게. 입가엔 음산한 미소가 어려 있고 눈엔 핏발이 서 있었다. 입술 사이로 울음인지, 웃음인지 모를 소리가 새어 나왔다. 정상인의 모습이 아니었다. 철모를 고쳐 쓴 이등병이 겁먹은 얼굴로 중사를 돌아보았다.

"이 새끼가 미쳤나……"

중사가 짓씹듯이 내뱉었다. 승재의 뒷머리를 겨냥한 개머리판이 빗나가 왼쪽 어깨를 내리쳤다. 승재는 휘청하면서도 중심을 잃지 않았다. 개머리판이 다시 날아들었다. 퍽, 하는 소리와 함께 승재는 앞으로 고꾸라졌다.

목구멍이 갈라지는 갈증에 눈을 떴다. 하얗게 회칠한 천장이 보였다. 팔뚝에 링거 바늘이 꽂혀 있고, 총을 맞은 다리엔 붕대가 감겨 있었다. 고개를 들려다 신음을 내뱉으며 자기도 모르게 뒷목으로 손이 갔다. 왼쪽 어깨에서도 묵직한 통증이 느껴졌다. 개머리판에 맞았던 게 떠올랐다. 그 충격의 여파인지, 진통제 때문인지 머리가 무겁고 흐리터분했다. 왼쪽 침대엔 가슴에 붕대를 감은 사내, 오른쪽엔 팔에 붕대를 감은 사내가 누워 있었다.

"정신이 드세요?"

소리 나는 쪽을 보았다.

"명님이?"

명님은 가운 안에 국군 군복을 입고 있었다. 해방 전에 제주도에서 보았으니 5년 만이었다. 명님은 예전 그대로였다. 군복만 아니라면 5년이라는 시간을 싹둑 잘라내 제주도에서 만났을 때와 현재를 이어붙인 듯했다. 반가운 마음에 일어나려던 승재는 왼쪽 다리에 강한 통증을 느끼며 인상을 썼다.

"그냥 누워 계세요."

명님의 목소리가 아니었다. 다시 보니 얼굴 윤곽만 명님과 비슷한 국군 간호병이었다. 키도, 이목구비도, 몸집도 달랐다.

"죄송합니다."

"절 다른 사람으로 착각하셨나 봐요."

적대적이지도, 우호적이지도 않은 목소리였다. 차트에 뭔가를 기입한 간호병이 링거액을 조절했다.

"물 좀 주시겠습니까."

승재는 겸연쩍은 웃음으로 실수를 얼버무렸다. 양팔에 힘을 주어 상체를 일으켰다. 중앙에 통로를 두고 양쪽으로 침상들이 놓여 있었다. 환자들이 눕거나 앉아 있었다. 옆 사람과 얘기를 나누기도 하고 책을 읽기도 했다. 그제야 총상을 처치할 때의 통증, 여러 사람의 발소리와 목소리, 트럭에 실려 흔들렸던 게 생각났다. 제대로 갖춰진 시설로 미루어 국군의 후방병원이었다. 승재는 양철 컵에 담긴 물을 맛있게 들이켰다. 한 잔을 더 청해 마시고 입가를 닦았다. 정신이 좀 들었다.

"다행히 탄환이 스쳐갔어요. 잠깐만 기다리세요. 뵙고 싶어 하는 분이 계세요."

간호병이 병실을 나갔다. 치료해준 걸 보면 죽이진 않겠다는 안도감 끝에 팔다리가 이상한 각도로 꺾인 채 놓여 있던 군의군관과 간호병 들의 시체가 떠올랐다. 불현듯 목이 메었다. 잠깐이나마 살아 있음을 다행스럽게 여겼던 것이 불경스럽고 혐오스러웠다. 고개를 돌렸다. 창문으로 비춰드는 오후의 투명한 햇살이 송아지를 핥아주는 어미 소의 혓바닥처럼 부드러웠다. 언제나, 어디에나 있던 햇살인데 그동안 그런 게 있는지도 모르고 지냈다. 눈을 감았다. 생사고락을 함께하다 고혼이 되어 떠돌 그들의 흐느낌이 들리는 듯했다. 찬연한 햇살의 세례 속에서 죽은 자들을 떠올리는 건 너무나 고통스러웠다. 지난 일들이 모두 꿈이었으면 싶었다. 자신에게 호의적이지 않은 시대가, 신드바드의 어깨에 올라탄 못된 노인처럼 한사코 불행을 향해서만 가자고 재촉하는 운명이 원망스러웠다.

"다친 덴 좀 어떻소?"

발소리가 멈추더니 걸걸한 목소리가 들렸다.

"어?"

고개를 돌린 승재의 입에서 놀라움과 반가움이 섞인 탄성이 새어 나왔다.

"그렇소. 나요."

형무소에 근무했던 의무과장이었다. 가운 안의 군복에 대위 계급장을 달고 있었다.

"이런 곳에서 만날 줄은 몰랐소. 잘 지냈소? 아니지, 이런 인사는 적절치 않구려. 마포형무소에서 곧장 징집된 게요?"

"그렇습니다."

"남 형 인생도 어지간히 기구하구려. 하긴, 지금은 포로와 포로를 치료하는 군의관이지만 자의가 아니란 점에선 남 형이나 나나 뭐가 다르겠소."

그는 말끝에 한숨을 쉬었다. 숨결에 옅은 술냄새가 배어 있었다. 뒷주머니에서 납작한 휴대용 술통을 꺼내 한 모금을 마신 그가 말했다.

"곧 심문이 시작될 거요. 내 선에서 손쓸 수 있는 건 다 조치해뒀소. 사실대로만 진술하면 큰 문제가 없을 거요. 내가 남 형한테 묵은 빚이 있잖소. 늦었지만 미안하오. 천덕재가 남 형을 비호한다는 걸 알았기에 뒤집어씌웠던 거요. 나로선 그땐 그게 최선이었소. 나도 살아야 했거든."

승재는 벌써 잊은 일이었다. 더군다나 그가 부채감을 가질 이유는 없었다. 독방 생활이 괴롭기는커녕 즐거웠으니까.

"의무과장님께 피해라도 가면……"

그렇게 부를 수밖에 없었다. 마땅한 호칭이 떠오르지 않았다.

"따지고 보면 이렇게 군복을 입고 있는 게 다 남 형 덕분이잖소. 약쟁이에 알코올중독인 내가 어떻게 더 나빠지겠소. 잘못돼 봤자 군복이나 벗겠지."

냉소적으로 내뱉은 의무과장이 다시 술통을 기울였다. 그는 그의 방식대로 살아가고 있었다. 의외의 사람에게서 도움을 받게 된 승재는 입맛이 썼다. 투덜거리자마자 재빨리 안면을 바꿔 호의적인 웃음을 보내오는 운명이 간사하고 약삭빠르게 여겨졌다.

다음날, 심문관인 대위가 상사를 대동하고 왔다. 취조실이 아니라 군의관 집무실에서 심문을 받는 것도 의무과장의 입김인 듯했다. 인적사항과 입대 경위, 소속 부대, 직위, 포로가 된 장소 등을 물었다. 입대 경위는 의무과장이 일러준 대로 강제징집 때문이라고 말했다. 사실이기도 했다. 두어 차례 심문이 더 있었다. 부대의 이동 경로, 연대 소속 군의소의 조직과 구성원, 구성원의 인적사항, 보유 차량의 종류, 의료기기와 의약품의 보유 현황, 군의소의 분위기, 치료 방법 등을 자세하게 물었다. 심지어는 의료기기의 제조 국가까지 조사했다. 막말도, 고압적인 분위기도 없었다. 시종 차분한 가운데에서 심문이 진행되었다. 누군가에게 해가 되는 일이 아니었으므로 가감이나 숨김없이 털어놓았다. 그리고 순순히 전향서에 지장을 찍었고, 군의관으로 복무하고 싶다는 의사도 밝혔다.

승재는 간만에 갖는 휴식을 즐겼다. 목발에 의지해 병원 뜰을 산책했다. 의무과장에게 부탁해 책을 구해다 읽었다. 제때에 끼니를 먹고, 시간 맞춰 잠자리에 드는 호사 아닌 호사를 누렸다. 의무과장이 다른 군의관과 간호병에게 부탁을 해두어 심신이 두루 편안했다. 의무과장을 따라 나가 외식도 했다. 찬찬히 보니 그는 군복이 잘 어울리는 사람이었다. 그는 몇 달 뒤에 소령으로 진급할 예정이었다. 잘못되면 군복을 벗겠다는 말은 허언이 아니었다. 진급 심사를 앞두고도 승재를 도와준 걸 보면.

퇴원하자 소정의 교육을 이수하고 제15육군병원에 배속된 승재는 38선을 넘었다. 포격으로 파손된 도로는 요동이 심했다. 딱딱한 의자에서 장시간 시달린 탓에 허리가 뻐근했다. 승재의 군복엔 의무병과 소속임을 표시하는 휘장이 붙어 있었다. 헤르메스의 지팡이를 중심으로 독수리 날개 한 쌍과 뱀 두 마리가 똬리를 튼 건 미군 의무부대의 휘장과 유사했다. 하지만 지팡이 꼭지에 횃불이 달린 점이 달랐다. 미군은 동그란 손잡이 모양이었다. 좀 뜬금없다는 생각이 들었다. 헤르메스는 제우스의 전령이면서 목축, 여행, 발명, 도둑 등의 수호신이었다. 망자의 영혼을 저승까지 인도하는 신이기도 했다. 의술과는 아무런 관련이 없었다. 의신인 아스클레피오스와 착각한 게 아닐까 싶었다. 아스클레피오스도 지팡이를 가지고 있지만 독수리 날개가 없고, 뱀은 한 마리였다. 승재는 신념이나 가치관에 상관없이 소속을 바꿔온 자신이 뱀과 같은 운명이라고 생각했다. 지상과 지하를 오간다고 하여 삶과 죽음을 상징하는 헤르메스의 뱀보다는 치료와 치유를 상징하는 아스클레피오스의 뱀이 되고 싶었다.

원산의 한 병원을 징발해 부상병을 치료하다 다시 북진해 함흥도립병원을 접수했다. 11월 중순이지만 북쪽이어서 몹시 추웠다. 제3사단이 함경남도 합수와 백암으로, 수도사단이 함경북도 청진 방면으로 진격하면서 많은 부상병들이 발생했다. 극도의 피로감 속에서 각성제와 커피를 마시며 잠을 쫓았다. 태어나서 처음으로 코피를 쏟았다. 나이 탓인지 체력이 예전 같지 않았다. 낙동강 전선에서의 악몽이 반복되었다. 추운 날씨에 과로를 하니 총상 입은 부위뿐 아니라 왼쪽 다리 전체가 시큰거렸다. 잠을 설칠 정도였다. 진통제를 먹어도 그때뿐이었다.

어느 날부턴가 부상병들이 갑자기 늘어났다. 크리스마스 전에 종전될 거라며 들떠 있던 분위기가 순식간에 가라앉았다. 중국 인민지원군이 압록강을 건너온 거였다. 철수 명령이 떨어졌다. 전투부대원들은 개인화기나 공용화기만 챙기면 그만이지만 야전병원엔 부상병들이 딸려 있었다. 천 명에 이르는 부상병을 이송해야 했다. 그중엔 치료를 한시라도 멈출 수 없는 중상자도 많았다. 바퀴 달린 건 모두 동원해 중상자들을 태웠다. 경상자들은 걷게 했다. 국군, 유엔군, 민간인, 차량 들이 뒤엉켜 동남쪽을 향했다. 생명체들은 혹한이 마구 휘두르는 채찍질에 머리를 조아렸다. 남루를 겹겹이 두른 채 꾸물꾸물 움직이는 긴 행렬은 살기 위해서가 아니라 무덤을 찾아가는 순례자들 같았다.

승재는 심각한 중상자들을 태운 트럭에 동승했다. 살을 에는 바람이 포장 틈새를 비집고 들어왔다. 적재함이 부상병들로 꽉 차 발을 디디면 어김없이 팔다리가 밟혔다. 복부에 관통상을 입은 부상병이 숨을 쉬지 않았다. 간호병의 도움을 받아 시체를 도로 아래로 던졌다. 애도하거나 슬퍼할 기운도, 감정도 남아 있지 않았다. 그로부터 이십 분쯤 뒤였다. 두 다리가 절단된 부상병을 살피려는 순간 몸이 왼쪽으로 기울었다. 중심을 잡으려는데 몸이 더 기울어지며 순식간에 트럭이 뒤집혔다. 승재와 간호병, 부상병들이 뒤섞였다. 포장을 받치던 철제 구조물 다섯 개가 휘고 부러지며 부상병들이 적재함 바깥으로 튕겨져 나갔다. 비탈을 몇 번 구른 트럭이 논바닥에 옆으로 누웠다. 사방에서 비명과 신음이 들려왔다. 승재는 정신을 수습하기도 전에 끔찍한 통증이 엄습했다. 왼팔이 트럭에 깔려 있었다. 비명을 질렀다. 병사들이 달려와 트럭을 들려고 시도했다. 육중한 트럭은 꿈쩍도 하지 않았다. 들기를 포기한 병사들이 야전삽을 펼쳐 들었다. 언 논바닥과 한참을 씨름한 후에 승재의 왼팔이 자유로워졌다. 하지만 뼈가 으스러져 덜렁거렸고, 중지와 약지가 없었다.

"손가락! 내 손가락!"

아픈데다 놀란 승재가 고함쳤다. 병사들이 부축해 옮기려고 했으나 승재는 손가락을 외치며 완강히 버텼다. 현장을 지휘하던 중위가 욕설을 내뱉으며 손가락을 찾으라고 명령했다. 한 병사가 트럭 아래로 손을 넣어 한참 만에 약지에 이어 중지까지 꺼냈다. 중위가 수통물을 부어 손가락에 묻은 흙을 제거했다. 승재는 군복 가슴주머니에 손가락들을 넣었다.

다른 트럭으로 옮겨 탄 승재는 응급처치를 받은 후에 흥남부두에 도착했다. 한참을 대기하다 LST에 올라서야 제대로 된 치료를 받을 수 있었다. 의료기기가 제대로 갖춰지지 않아 봉합 수술은 이뤄지지 않았다.

부산에서 하선해 곧장 제3육군병원으로 이송되었다. 두 번의 수술을 받았지만 왼팔은 불구가 되었다. 장시간 방치한 탓이었다. 손가락 봉합도 실패했다. 링거병 파편에 찔린 오른눈도 거의 시력을 잃었다. 의사로선 사망 선고나 다름없었다. 망가진 몸은 그럭저럭 회복돼갔지만 마음에선 흥남철수 때의 혹한이 계속되었다. 돌이켜보면 한눈팔지 않고 앞만 보고 걸어왔다. 병들고 다친 사람을 살린다면 어떤 길이건 상관 않고 묵묵히 걸어왔다. 그런데 그 결과가 이거란 말인가. 회한이 밀려왔다. 어디서부터 잘못된 걸까. 박현철의 눈을 멀게 한 죗값을 치르는 걸까. 별의별 생각이 다 들었다. 두 다리가 멀쩡한 건 위안이 되지 않았다. 만사가 귀찮아 침대에서만 지냈다. 외출도 운동도 하지 않았다.

두 달이 지나자 치료가 안정기에 접어들었다. 다른 부상병들이 나누는 얘기를 엿듣다 제주도에 육군 제1훈련소 부설 제98육군병원이 생겼다는 걸 알게 되었다. 제주도에서 할 일이 있었다.

그길로 내무과장에게 이송조치를 요청했고 곧바로 승낙 받았다. 제98육군병원은 중상자 우선이지만 장교라는 점이 작용했다. 닷새 뒤, 부산항에서 다른 부상병들과 LST에 승선해 모슬포항에 내렸다.

막사병동에 짐을 풀었다. 병원장이 건물병동에 머물 것을 권했지만 중상자들을 위해 마다했다. 제주도에 보내준 것도 고마운데 병상까지 차지할 마음은 없었다. 한숨 돌릴 겨를도 없이 노인의 무덤을 찾았다. 돌보는 이 없는 무덤은 잡초가 무성했다. 옮겨다 심은 야생잔디는 다 죽었다. 승재는 오른손에 의지해 절을 했다. 술을 무덤에 뿌리고 조금 남은 건 마셨다. 무덤 옆에 앉아 잡초를 쓸며 한참 동안 바다를 바라보았다. 예전처럼 가슴이 탁 트이거나 시원해지는 느낌은 없었다. 바다는 그대로지만 승재는 예전의 승재가 아니었다.

돌아오는 길에 재생의원에 들렀다. 예전의 간판을 그대로 달고 있었다. 승재가 못을 박아 고정시켰던 부분이 다시 들떠 바람에 흔들렸다. 병원에선 크레졸 냄새가 났다. 환자들이 대기하는 긴 의자엔 아무도 없었다.

"어서 옵서."

십대 중반쯤 된 여자아이가 접수대에 앉아 있었다. 목이 가늘고 길었다. 눈 밑에 주근깨가 많았다. 깡말라 간호복이 헐렁했다. 발육이 덜된 몸은 군산에서 데려올 때의 명님을 떠올리게 했다.

"어디 아팠 온 거예?"

경계심과 호기심이 반반인 여자아이의 눈길이 승재의 오른눈에서 왼팔로 옮겨갔다. 긴소매를 입었어도 부자연스럽게 늘어진 팔을 감출 순 없었다.

"다리가 아파서 그러는데 잠시만 쉬었다 가도 될까?"

"경허십서."

여자아이가 승재의 왼팔에서 눈을 떼지 않고 말했다. 불구를 인정하면 마음이 편할 텐데 그렇게 되질 않았다. 승재는 아침에 눈을 떠서 왼팔을 올리는 일로 하루를 시작했다. 정상으로 돌아와 있을 것만 같은 왼팔은 승재의 기대를 번번이 배반했다. 어리석은 짓인 줄 알면서도 그만두지 않았다.

대기용 의자에 앉았다. 내부 구조는 변한 게 없었다. 노인과 자신이 기거하던 살림집을 보자고 하려다 그만두었다. 노인이 없는 살림집은 이젠 승재에게 무의미한 공간이었다. 여자아이가 자리를 비운 사이에 일어나 나왔다.

"혹시 이 마을에 지관이 있습니까? 이장을 하려고 하는데요."

밭일을 하는 농부에게 물었다. 정확히는 파묘였으나 일일이 설명하기가 번거로웠다.

"경허는 건 옆 마을 사는 죽산 어른이 햄수다."

농부는 승재를 짯짯이 쳐다보다 고개를 갸웃했다. 알아보는 듯했으나 외모가 너무나 변한 탓에 확신이 서지 않는 모양이었다. 얼굴에서 망가진 건 한쪽 눈뿐이었다. 그럼에도 전체적인 얼굴 윤곽이 바뀌었다. 어쩌면 자신의 외모를 부정하는 마음이 빚어낸 결과인지도 몰랐다. 부상병들과 섞여 지내다 병원 바깥에 나오면 불구라는 사실이 더 절감되었다.

지관이 사는 마을은 5리 정도 떨어져 있었다. 두꺼운 돋보기 안경을 쓴 지관은 한지로 엮은 책을 보며 손 없는 날이 내일과 다음주 토요일, 일요일이라고 했다. 빠를수록 좋았다. 내일은 너무 촉박했다. 다음주 토요일로 정했다. 돈을 주며 파묘와 운구 일체를 지관에게 맡겼다. 지관이 너무 많다며 내놓은 돈을 다시 돌려주었다.

전쟁통인데도 갖추갖추 장만한 제물에 승재는 만족했다. 알이 굵거나 실하진 않았으나 정성이 느껴졌다. 승재는 상주 노릇을 하느라 삼베 두루마기를 입었다. 제를 올리고 묘를 헐었다. 완전히 육탈이 안 된 노인의 시신을 한지 깐 칠성판 위에 수습한 후 이물질을 제거했다. 삼베로 염습해 관에 모셨다. 미군정청에서 불하받은 일본군 목탄트럭은 자주 멈췄다. 승재는 관이 실린 짐칸에 앉아 제98육군병원에 딸린 노른곳 화장터까지 갔다. 담당자에게 미리 말을 해둔 터라 별다른 절차 없이 관을 화로에 넣었다. 화장터에 근무하는 병사들에겐 돈을 넉넉히 쥐여주었다. 노인의 형해는 곧 가루가 되었다. 골분이 든 나무 상자를 병원 침대 밑에 넣어두고 시간 날 때마다 꺼내 보았다.

늦봄에 종합심사를 거쳐 제대증을 받았다. 초병이 지키는 병원 정문을 나섰다. 개인 소지품 몇 개만 든 가방은 유골상자 때문에 빵빵했다. 군대와 관련된 물건들은 모두 나눠주거나 버렸다. 군복과 군화도 모슬포항에서 일하는 하역노동자의 작업복, 지까다비와 맞바꿨다. 이제 군 복무의 흔적은 일본군 군의용 의낭이 유일했다. 군의에서 군의군관, 다시 군의관으로 바뀐 이력을 증언하는 물건이 하나쯤은 있어도 괜찮을 성싶었다. 집도 절도 없었다. 사람들 앞에 나서고 싶지 않았다. 이제부턴 자신의 의지대로 살리라 다짐했다. 강렬한 햇빛에 눈살을 찌푸린 승재는 정처를 몰라 우두커니 서 있었다. 군산 월명공원에 있는 보국탑이 떠오른 건 그때였다. 보국탑 중간에 사람이 들어갈 만한 공간이 있다는 것도 기억해냈다. 목적지가 정해졌다.

제주도엔 군산행 정기노선이 없었다. 목포항이나 여수항으로 가서 육로를 이용하는 방법도 생각해봤으나 불편한 몸을 이끌고 가기엔 애로가 많았다. 부두 선술집을 다니며 군산으로 가는 배편이 있는지 수소문했다. 사흘 뒤에 쌀을 실으러 간다는 배가 있었다. 부두 여인숙에 묵다가 배에 올랐다.

19

"선생님."

낯선 목소리에 가슴이 서늘해졌다. 승재를 그렇게 호칭할 사람은 이제 없었다. 아니, 없는 줄 알았다. 승재 앞에 서 있기에 다른 사람을 불렀다고 생각할 여지도 없었다. 번데기 장수가 켜둔 라디오에서 흘러나오는 뽕짝을 들으며 까막까막 졸던 승재는 천천히 고개를 들었다. 목소리의 주인은 햇빛을 등지고 있어 실루엣만 보였다. 백내장이 오려는지 요즘 들어 부쩍 시야가 혼탁했다. 눈곱도 자주 꼈다.

"저, 형줍니다"

"형……주?"

승재의 머릿속에 있는 형주는 한 사람뿐이었다.

"예, 초봉 누님 동생 형줍니다."

형주가 승재 앞에 쪼그려 앉았다. 승재는 찬찬히 뜯어보았다. 주름이 자글자글하고 저승꽃이 핀 얼굴엔 어릴 때의 흔적이 전혀 없었다. 반갑기보단 무슨 일인가 싶은 의구심이 앞섰다.

"내가 여기 있는 줄 어떻게 알았나?"

피차 안부를 챙기기엔 헤어져 있던 세월의 간격이 너무 넓었다.

"초봉 누님이 말씀해주셨습니다. 누님이 많이 아프십니다. 모셔 오라고 했습니다. 마지막으로 뵙고 싶다고요. 삼 년 전에 위암 수술을 했는데, 그만 다른 장기로 전이됐습니다."

형주가 대답을 기다리듯 승재를 가만히 응시했다. 너무나 변해버린 자신의 외모를 보고도 놀라지 않는 걸 보니 초봉에게 미리 언질을 받은 모양이었다. 마지막이라는 단어가 머릿속에서 맴돌았다. 오래 생각할 이유가 없었다.

"가세나."

승재는 펼쳐놓았던 것들을 한 손으로 주섬주섬 챙겼다. 형주가 제가 하겠습니다, 하더니 한데 모아 가방에 넣었다. 가방을 번데기 장수에게 맡겼다. 형주가 승재의 어깨를 싸안다시피 부축했다.

"괜찮네."

떨어지려 하는 승재에게 형주가 자기 몸을 밀착시켜왔다. 형주가 말했다.

"제 어릴 때 꿈이 선생님 같은 사람이 되는 거였습니다. 물론 그렇게 살지 못했지만요. 선생님을 늘 존경했습니다. 그래서 고태수의 어머니를 고태수 무덤에 안내하라고 했을 때도 군말 없이 따랐던 거고요."

형주는 오른다리를 절고 있었다. 군산에 와서 우연히 초봉을 만났을 때 들었던 말이 떠올랐다. 이리농림학교에 다니던 형주가 2학년 땐가 통학열차에서 뛰어내리다 다리 하나를 크게 다쳤다는 것. 막내 병주는 군산중학교 2학년 재학 중에 육군소년비행병학교에 입학해 조종사가 됐다는 것. 그리고 종전 직전인 1945년 6월에 오키나와 해역에서 미군 함대를 상대로 자살공격을 감행하다 전사했다는 것 등등.

"다 지난 일이지만 그때 말입니다. 선생님께서 저희 집에 방을 얻어 계실 때, 제 어린 소견에도 선생님과 초봉 누님이 맺어졌어야 한다고 생각했습니다."

형주는 더 말이 없었다. 승재는 부정도 긍정도 하지 않았다. 할 수도 없었다. 이미 지층 깊숙이 묻혀 화석이 된 일들이었다. 형주는 아득히 먼 옛일들을 되작이는지 묵묵히 걷기만 했다.

공원 입구에 대기하고 있는 검은색 승용차에서 이십대 중반의 청년이 나왔다. 승재는 아, 하고 탄성을 흘렸다. 눈코 하며 입매가 병주를 빼다 박았다. 키도 얼추 비슷했다. 가미카제로 죽은 병주가 살아 돌아온 듯했다.

"제 손자입니다. 인사 올려라."

청년은 구십 도로 허리를 숙였다. 형주는 승재를 따로 소개하지 않았다. 청년도 묻지 않았다.

승용차가 월명동에 있는 목욕탕 앞에 멈췄다. 형주는 승재를 가족탕으로 안내했다. 입구를 지키는 주인에게 눈인사만 하는 걸로 봐서 미리 얘기가 된 것 같았다. 승재도 사주를 봐주려면 사람을 상대해야 하는지라 세면과 세탁을 게을리하지 않았다. 목욕도 자주 하는 편이었다. 그런 사정을 설명하는 게 우스워 형주가 하는 대로 따랐다. 깨끗한 몸과 마음으로 초봉을 만나는 것도 나쁘지 않았다. 몸을 대충 씻고 나자 형주가 등을 밀어주었다. 형주가 준비한 옷으로 갈아입은 승재는 식사를 하자는 말엔 고개를 저었다. 배가 고프지 않았고, 입맛도 없었다.

승용차가 도립병원 주차장에 들어섰다. 걸어도 될 만한 거리였다. 그러고 보니 한참봉이 휘두른 다듬잇방망이에 맞은 고태수가 실려와 죽음을 맞은 곳이 도립병원이었다. 지금은 없어졌지만, 초봉이 고태수와 결혼식을 올린 공회당도 도립병원 근처에 있었다. 인생의 새로운 시작인 결혼과 마지막인 죽음을 맞는 장소가 인접해 있는 게 아이러니했다. 도립병원은 승재와도 인연이 있었다. 제주도에서 배를 타고 와 내항에서 하선한 승재는 도립병원 앞길을 걸어 보국탑으로 갔다. 조수석에서 내린 형주가 뒷문을 열어주었다.

"가시죠."

엘리베이터가 작동하자 현기증이 일었다.

"괜찮으십니까?"

형주가 엘리베이터 벽을 잡은 승재에게 물었다. 승재는 고개를 끄덕였다. 군산에 온 이후론 물질문명과 절연하고 살았다. 전기가 없는 곳에서 사니 텔레비전이나 냉장고 따위의 가전제품을 쓸 일이 없었다. 먼 곳에 가지 않으니 자동차를 탈 일도 없었다. 건전지로 작동하는 라디오조차 소유한 적이 없었다.

초봉은 일제시대부터 있던 구관에 덧대어 증축한 신관병동의 일인실에 입원해 있었다. 깔끔하면서도 고급스럽게 꾸며진 병실엔 무거운 분위기가 감돌았다. 침대 둘레에 서거나 앉아 있던 다섯 사람이 승재를 맞았다. 형주가 일일이 소개했으나 귀에 들어오지 않았다. 건성으로 인사를 받은 승재는 침대로 다가섰다. 형주가 눈짓으로 다른 사람들을 나가게 했다.

환자복을 입은 초봉은 눈을 감고 있었다. 오랫동안 투병 생활을 한 얼굴은 해골에 가죽만 씌워놓은 모습이었다. 짧게 자른 머리칼은 거의 백발이었다. 링거걸이에 여러 개의 비닐주머니와 유리병이 걸려 있지만 초봉의 손과 연결돼 있지 않았다. 주삿바늘을 제거한 건 승재를 급히 데려온 것과 관련이 있어 보였다. 초봉의 콧구멍으로 이어진 산소 공급 튜브는 인중에 반창고로 고정시켜두었다.

"누님, 모셔 왔어요."

형주가 초봉의 귀에 대고 말했다. 세 번을 더 불러서야 눈꺼풀이 힘겹게 열렸다. 형주가 초봉의 얼굴이 승재를 향하게 비스듬히 돌렸다. 초점 없는 눈은 버려진 폐가처럼 텅 비어 있었다. 초봉의 바짝 마른 입술이 몇 번 움찔거리다 천천히 벌어졌다.

"오셨군요."

잠긴 목소리로 말한 초봉이 숨을 몰아쉬었다. 초봉의 깡마른 손이 시트 바깥으로 천천히 나왔다. 승재가 손을 잡았다. 삭정이처럼 딱딱했다. 온기도 없었다.

"오랜만에 뵙습니다."

"왜 이제야 오셨어요."

아무것도 담기지 않은 초봉의 눈에 무언가 차올랐다. 갈망인지 원망인지 투정인지 종잡을 수 없지만 좀 전과 달리 눈에 어떤 감정이 실린 것만은 분명했다. 초봉이 눈물을 글썽이며 입을 열었다.

"그렇게 할까요? 하라고 하시면 하겠어요! 징역이라도 살고 오겠어요!"

"……"

승재는 몸이 차갑게 얼어붙는 듯했다. 초봉이 장형보를 죽인 날, 경찰에 자수하기 전에 했던 말이었다. 토씨 하나 다르지 않았다. 초봉은 섬망 증상을 보이고 있었다. 그 말이 승재를 초봉이 장형보를 죽인 밤, 살인 현장으로 데려다 놓았다.

"왜 대답을 피하세요? 제가 여러 남자를 거친 더러운 년이어서 그런가요?"

초봉이 다그쳤다. 생명이 꺼져가는 사람답지 않게 목소리가 컸다.

"누님……"

뒤에서 지켜보던 형주가 다가왔다. 승재가 손을 들어 제지했다.

"아닙니다. 뒷일은 아무 염려 마시고 다녀오십시오. 송희는 제가 보살피겠습니다. 나오시면 우리 세 가족이 살 집도 장만해 두겠습니다."

승재는 속이 후련했다. 초봉을 멀리하면서도 늘 마음에 걸렸다. 해놓고 보니 말짱 거짓말은 아닌 듯싶었다. 깊디깊은 무의식에 정말 그런 생각이 있는지도 모를 일이었다.

"정, 말이세요?"

초봉이 흘린 눈물이 베갯잇에 조그만 자국을 남겼다. 눈물을 펑펑 쏟을 힘도 없는 초봉이, 한평생 남자들에게 버림만 받은 초봉이 가엽고 불쌍했다. 그 남자들 속엔 자신도 포함돼 있었다.

"그럼요, 다녀오시면 지난 일은 다 잊고 알콩달콩 한번 재미나게 살아보지요."

승재는 잡은 손에 힘을 주었다. 초봉의 눈빛이 점점 흐려지더니 스르륵 감겼다. 입가에 물려 있던 미소도 옅어지다 이내 사라졌다. 그래도 승재의 손만은 놓지 않았다. 형주가 놀라서 식구들을 불러들였다. 의사와 간호원이 달려왔다. 하지만 초봉은 숨을 거둔 게 아니었다. 곧바로 혼수상태에 빠졌다. 초봉의 상태를 살핀 의사가 오늘 밤이나 내일 새벽이 고비가 될 거라고 예측했다.

"남 서방."

누군가가 승재를 불렀다. 승재를 그렇게 부르는 건 한 사람밖에 없었다. 승재는 꿈이라고 생각했다. 대답하고 싶지만 입이 벌어지지 않았다. 잠은 달면서도 혼곤했다.

"남 서방."

어깨를 잡은 손이 승재를 살며시 흔들었다. 손이 참 따뜻했다. 승재는 눈을 떴다. 침대 모서리에 엎드려 있었다. 아직도 초봉의 손을 잡고 있는 손이 저렸다. 창밖이 어두웠다. 바로 옆에서 진한 향수 냄새가 풍겼다. 고개를 들었다.

"저예요."

"그래, 잘 지냈어?"

태평양을 건너온 계봉과 수십 년 만에 마주하는데도 잠이 덜 깨서인지, 나이를 먹어서인지 감정의 동요가 없었다. 승재가 초봉의 손을 시트 속에 넣어주고 일어났다.

챙이 넓은 모자, 어깨에 두른 숄과 은은한 화장기, 뽀얀 피부. 허리가 약간 굽었지만 계봉은 여전히 멋쟁이였다. 옅은 갈색이 들어간 색안경이 눈가 주름을 가려 나이보다 젊어 보였다.

"눈은 왜 이래요? 팔은 또 어쩌다……"

계봉의 손이 승재의 오른눈에서 왼팔로 옮겨갔다. 계봉은 십 대 후반으로 돌아간 것처럼 승재를 스스럼없이 대했다. 승재는 다른 사람들 눈이 민망해 옆으로 비켜섰다.

"우선 언니부터 만나지."

"언니……"

계봉은 승재를 대할 때와는 달리 울먹이며 침대로 갔다. 무릎 관절이 안 좋은지 걸음이 불편했다. 계봉 뒤에 오십대 남녀가 서 있었다. 형주가 송희와 송희 남편이라고 소개했다. 중국계로 보이는 송희 남편은 검은 색안경을 끼고 있었다. 맨발에 슬리퍼를 신었고, 배가 나와 셔츠 단추를 다 채우지 못했다. 그 옆의 송희는 색안경을 머리에 얹고 있었다. 역시 살집이 있으나 키가 커서 그리 뚱뚱해 보이진 않았다.

"잘 지냈니?"

승재가 송희에게 살갑게 말을 걸었다. 송희가 웃으며 어깨를 으쓱했다. 한국말을 전혀 모르는 것 같았다. 어릴 때 얼굴이 하나도 남아 있지 않았다. 계봉이 클라라, 하고 송희를 침대로 부르더니 영어로 뭐라 뭐라 말했다. 송희가 머뭇거리며 초봉의 손을 잡았다.

"마……암?"

아무런 감정도 실리지 않은 건조한 목소리였다. 계봉이 시키니까 마지못해 부르긴 했는데 그걸로 끝이었다. 송희는 초봉이 친엄마인 걸 알고 있었다. 오랜만에 만날 텐데도 재회의 기쁨이나 감격 같은 건 없었다. 서양식 습성에 젖어서일까. 초봉이 의식이 없길 다행이었다. 그러지 않았다면 퍽이나 어색하고 삭막한 재회였으리라. 초봉만 딸을 잃은 게 아니었다. 송희는 더 많은 걸 잃었다. 제 이름도, 모국어도, 엄마도.

"어디 가십니까?"

출입문을 향해 가는 승재에게 형주가 물었다.

"바람 좀 쐐야겠네."

"현건아, 선생님 좀 부축해드려라."

"아닐세. 나랑 얘기 좀 함세."

승재는 침대 옆에 있는 계봉을 슬쩍 보곤 목소리를 낮췄다. 형주가 복도로 따라 나왔다. 승재는 이만 가보겠다고 했다. 형주는 아쉬워하면서도 붙잡지 않았다. 수십 년을 숨어 산 승재가 와준 것만으로도 고마웠다. 자신이 있는 곳을 아무에게도 알리지 말라고 당부한 승재가 돌아섰다.

"건강하십시오."

형주는 승재가 사라질 때까지 고개를 숙이고 있었다. 엘리베이터를 타지 않고 계단으로 내려온 승재는 정문 옆 등나무 아래에 앉았다. 안에선 몰랐는데 안개가 심했다. 도립병원에서 왼쪽으로 돌아 직진해 사차선 도로를 건너고, 거기서 조금만 가면 도선장 매표소가 나왔다. 그 앞이 바다와 만나는 금강이다. 안개는 그곳에서 밀려왔다. 기관차 엔진 소리가 들렸다. 방향이 가늠되지 않았다. 하루에 몇 차례씩 운행하는 화물열차였다. 일제시대엔 도선장 매표소 근처에 군산항역이 있어 기차가 내항까지 들어왔다. 고태수가 죽고, 군산에서 도망치듯 상경하던 초봉이 박제호를 이리역에서 만난 이유도 박제호는 시발역인 군산항역, 초봉은 군산역에서 기차를 탔기 때문이었다.

안개는 점점 짙어졌다. 가운을 입은 의사 둘이 옆 벤치에서 대화를 나누고 있었다. 스물 후반? 그보다 아래인지도 모른다. 요즘은 영양 상태가 좋아 제 나이보다 훨씬 아래로 보이니까. 수련의로 보였다. 무슨 말끝에 한 사람이 크게 웃었다. 승재에게도 저들처럼 빛나던 시절이 있었다. 하지만 마음은 이십대 그대로인데 몸은 망가지고 늙어버렸다. 승재는 허허롭게 웃었다. 간을 하지 않은 미음처럼 멀건 웃음이었다. 그들이 피우는 담배 연기가 승재에게로 날아왔다. 문득 담배가 피우고 싶어졌다.

"젊은이, 미안하지만 담배 한 대만 주겠나?"

웃었던 의사가 선뜻 담배를 건네고 불까지 붙여주었다. 제주도에서 일본이 항복하던 날 피운 후로 처음이었다. 한 모금을 빨았다. 쓰기만 했다. 두어 번 더 빨고 들고만 있었다. 바다 쪽에서 무적이 울었다. 초봉에게 한평생 지고 있던 마음의 짐을 허공으로 퍼지는 무적에 실어 보냈다. 계봉도 봤다. 이젠 여한이 없었다.

정문을 나온 승재는 휘적휘적 걸었다. 안개가 몸을 열어 승재를 받아들였다. 승재의 실루엣이 점점 흐릿해지더니 이내 가뭇없이 사라졌다.

에필로그

원고는 채만식의 장편소설 『탁류』의 속편에 해당하는 내용이었다. 윤흥길의 「직선과 곡선」이 「아홉 켤레의 구두로 남은 사내」, 최인훈의 『서유기』가 『회색인』의 속편인 것처럼. 다만 『탁류』가 정초봉이 주인공이라면, 내가 읽은 원고는 남승재가 중심이 된 스토리였다. 노트 군데군데가, 특히 뒷부분이 물에 젖어 우글쭈글해진 채 잉크가 번졌거나 종이가 몇 장씩 들러붙어 판독이 거의 불가능했다. 그러니까 장을 나누는 번호는 이야기 흐름에 따라 편의상 내가 붙인 거였다.

뒷부분에서 빠진 내용을 조각조각 짜깁기해서 재구성하면 전체적인 얘기는 다음과 같았다.

옷공장 사장에게 겁탈당할 뻔한 초봉은 영등포에 있는 유지

공장에 일자리를 얻었다. 하지만 1년 뒤에 가벼운 폐결핵을 얻어 어쩔 수 없이 군산으로 내려왔다. 그 후론 줄곧 부모 곁에서 가게 일을 거들며 살았다. 치매기를 보이던 유 씨는 한국전쟁 이듬해에 죽는 순간까지 가미카제로 전사한 막내아들 병주를 애타게 찾았다. 정주사는 1968년에 심근경색으로 죽었다. 그는 마지막까지 노름에서 손을 떼지 않았다. 미두장이 폐쇄되자 그때부턴 노름방을 전전했다. 정주사 내외는 서천의 선산에 나란히 묻혔다.

초봉은 부모가 죽은 뒤에 가게를 정리한 돈으로 양장점을 열었다. 남자 몇이 호감을 보였지만 마음을 열지 않았다. 특히 시청에서 과장으로 정년퇴직한 홀아비가 적극적으로 구애했으나 몇 번 만나다 말았다. 괜찮은 남자였으나 초봉은 남자에 대한 트라우마를 끝내 극복하지 못했다. 1977년 초봄쯤, 쌀계를 하는 사람들과 월명공원에 놀러갔다 상춘객의 사주를 봐주고 있는 승재를 만났다. 외모가 너무 변한데다 벙거지까지 썼지만 초봉은 한눈에 알아봤다. 승재는 모든 인간관계를 단절한 채 보국탑을 집 삼아 지내고 있었다. 두 사람은 근처 다방으로 옮겨 앉았다. 승재가 안부를 묻자 초봉은 제 설움에 겨워 살아온 내력을 잔잔히 들려주었다. 연신 고개를 끄덕이며 얘기를 듣던 승재가 말했다. 자신을 알은척하지 말아달라고. 아니면 군산을 떠날 수밖에 없다고. 초봉도 이미 노년이었다. 승재를 향해 활활 타오르던 애틋함과 애절함도 사위어 재로만 남았다. 초봉은 조용히 고개를 끄

덕였다. 승재의 성정을 알기에 보국탑 안이 불편하니 집을 구해
주겠다거나, 끼니만이라도 자신의 집에서 해결하라는 말은 꺼내
지 않았다. 초봉은 같은 하늘 아래에 사는 것에 만족하며 가끔씩
찾아가 먼발치에서 승재를 바라보았다. 언젠가 명님이 찾아와
승재의 소식을 물었다. 초봉은 일단 연락처만 받아두고 돌려보
냈다. 그 말을 들은 승재는 담담한 얼굴로 고개를 내저었다.

도쿄에서 약학 전문 학교에 다니던 계봉은 시아버지가 죽자
미국 LA로 이주했다. 이시카와가 더 넓은 곳에서 살고 싶다고
했기 때문이었다. 한곳에 안주하기를 거부한 이시카와는 역동적
이고 에너지가 넘치는 삶을 영위한 사내였다. 계봉은 서던캘리
포니아대학 약학과에 입학했고, 이시카와는 미국 변호사 시험에
합격해 변호사 사무실을 개업했다. 모든 게 잘 풀리는 것 같았는
데 1941년 12월 7일, 일본이 진주만을 공습했다. 그에 대한 조처
로 루즈벨트는 대통령령 9066호와 9102호에 서명했고, 의회는
곧 이를 승인했다. 미국 내에 거주하는 일본인들은 재산을 정리
하여 지정된 수용소로 이동하라는 공고문이 나붙었다. 입소일이
촉박해 집을 미국인 친구에게 맡겼다. 계봉네 가족은 캘리포니
아 만자나수용소에서 3년 넘게 생활하다 태평양전쟁이 끝나고야
풀려났다. 하지만 미국인 친구가 배신해 집은 이미 다른 사람의
소유가 돼 있었다. 모든 걸 원점에서 시작해야 했다. 이시카와는
다시 작게 변호사 사무실을 열었다. 계봉도 학업을 계속해 졸업
뒤엔 LA의 한 종합병원에 일자리를 얻었다. 송희도 별 탈 없이

학교생활을 이어갔다. 평온하던 가정은 7년 뒤에 깨졌다. 이시카와가 열두 살이나 아래인 백인 아가씨와 사랑에 빠졌다고 고백한 것이다. 계봉은 평소 소신대로 매달리지 않았다. 계봉도 곧 히스패닉계 의사와 재혼해 6년간 살다가 헤어지곤 줄곧 독신으로 살았다. 중등학교 화학 교사가 된 송희는 중국계 부동산업자와 결혼하여 2남 1녀를 두었다.

뭐가 뭔지 혼란스러웠다. 의문점이 한두 가지가 아니었다. 어디서부터 풀어가야 할지 난감했다. 우선, 작가 채만식과 남승재의 관계였다.

노트에 적힌 원고에 따르면 남승재와 보국탑 앞에서 음독자살한 노인은 동일인이자 실존인물이었다. 이 전제가 성립하려면 남승재가 채만식이나, 적어도 채만식의 주변인물과 잘 아는 관계라야 가능했다. 게다가 채만식의 『탁류』가 실화를 바탕으로 했다는 건데, 그런 말을 들어본 적이 없었다.

연보에 따르면 임피에서 어린 시절을 보낸 채만식은 일본과 서울, 개성과 안양, 임피 등지에서 살았다. 말년엔 이리(현재의 익산)에서 살다가 1950년 6월 11일에 폐결핵으로 세상을 떴다. 남승재와 겹치는 거주 공간은 군산과 서울 정도였다. 하지만 남승재가 중국 화북이나 만주, 제주도로 옮겨 다녀서 두 사람이 접촉할 기회는 거의 없다고 보아야 타당했다.

혹시나 해서 태평양전쟁이나 한국전쟁에 관련된 서적을 찾아

보았다. 남승재가 군의로 복무할 당시 일본군의 이동이나 한국
전쟁 때 인민군의 남하 경로는 남승재가 원고 속에서 밝히고 있
는 서술과 대부분 일치했다. 당시 군산이나 서울, 제주도의 상황
도 역사적 사실과 크게 다르지 않았다. 정초봉과 남승재의 한자
이름도 같았다. 군산중학교(일제강점기엔 중학교가 5년제) 9회
졸업생인 일본인이 30년대 중후반에 작성한 지도엔 도쿠에이전
기점(德永電氣店)도 표시돼 있었다. 행화에게 증언을 부탁하려
고 군산에 왔던 남승재가 초봉의 신혼집이 생각나 걸음을 멈췄
을 때, 큰샘거리 어귀에 있던 그 전기점 말이다.

하지만 해방 후 제주도 의료시설을 분석한 논문을 보면 남승
재가 제주도에 정착하게 된 장소인 재생의원은 함덕이 아니라
제주읍에 있었을 가능성이 높았다. 그것도 1947년 8월 말 기준
으로 그랬다는 거고, 그전에도 재생의원이 있었는지 여부는 확
인할 길이 없었다.

남승재가 사주나 궁합을 봐주고 연명했고, 일본군 군의였다는
건 남승재의 유품에서 나온 사주풀이 책이나 일본군 군의용 의
낭으로 확인된 바였다. 하지만 그것만으로 원고 속 얘기가 실존
인물을 바탕으로 했다는 스모킹 건이 되는 건 아니었다. 얼마든
지 사후적으로 조작이 가능했다. 그리고 남승재가 왜, 무엇 때문
에 원고를 썼느냐는 질문 앞에서도 대답이 막혔다.

생각에 빠져 볼펜 꼭지를 딸깍딸깍 누르다 박 경사에게 전화
를 걸었다. 짐작대로 자살한 노인은 왼손 중지와 약지가 없었

다. 게다가 지문이 등록되지 않은 사람이었다. 원고 속의 남승재처럼 무적자인 것이다. 부검 결과도 음독사였고, 보국탑 근처를 오가는 산책자들을 상대로 벌인 탐문에서도 타살의 여지가 없는 것으로 나왔다. 주목할 만한 건, 젊었을 때부터 하루도 거르지 않고 월명공원에 올랐다는 팔십대 노인의 증언이었다. 죽은 노인이 수십 년 전부터 보국탑에서 기거하는 걸 봤다는 것이다. 죽은 노인과 원고 속에 등장하는 남승재가 동일인이라는 걸 뒷받침해주는 말이었다. 박 경사에게 사정하여 증언자의 전화번호를 알아냈다. 하지만 증언자는 그 이상의 것을 알지 못했다. 무연고자로 처리된 노인의 시체는 화장하여 납골당에 안치했다고 했다.

심증은 굳어졌고 물증을 확보하는 일만 남았다. 원고에서 구체적으로 제시된 초봉의 판결문이 사실인지 확인하는 건 실패했다. 30년대의 일이었고, 판결문에 쓰인 연도와 날짜가 복자로 처리돼 확인이 불가능했다. 그 당시에 살인죄로 복역한 여자 죄수가 있었다는 걸 확인한 정도가 수확이라면 수확이었다. 그러다가 석사과정을 졸업하고 채만식으로 박사논문을 준비하는 후배에게 채만식과 남승재의 관계를 밝히는 데 도움이 될 만한 자료를 얻었다. 채만식의 후배이자 시인인 장영창이 1975년『신여원』에 발표한「작가 채만식 선생을 회고한다」의 복사본이었다. 하지만 등장인물에 유의해 밑줄까지 그어가며 꼼꼼히 읽었음에도 소득이 없었다. 남승재로 짐작되는 인물은 물론이고, 남승재와 관련이 있을 법한 인물도 찾지 못했다.

그렇다면 막고 품는 수밖에 없었다. 꼬인 매듭을 차근차근 푸는 심정으로 군산대학교 도서관을 찾았다. 인문자료실에서 채만식을 키워드로 검색해 논문과 연구서를 찾았다. 오전이어서 그런지 자료실은 한산했다. 자료는 한 아름이나 되었다. 책상 하나를 차지하고 앉아 게임에서 스테이지를 공략해가듯 한 권씩 읽어나갔다. 먼저, 채만식이 임종할 때 자리를 지켰던 사람들을 찾았다. 채만식과 남승재가 꽤 가까운 사이였을 거란 판단에서였다. 책의 전체적인 맥락이나 단락의 의미를 파악하려는 독서가 아니었으므로 속독을 했다. 안 하던 짓을 하려니 좀이 쑤시고 허리가 아팠다. 졸음도 몰려와 자주 안경을 벗고 미간을 눌렀다. 한자리에 진득이 앉아 독서를 해본 게 언제였는지 기억이 가물거렸다. 열람실에서 자주 나와 바람을 쐬며 스트레칭을 하고, 커피를 마셨다.

세 권째에서 둘째 부인 김시영과 세 자녀 병훈, 영실, 영훈, 그리고 셋째 형 준식, 넷째 형 춘식이 채만식의 임종을 지켰다는 내용을 찾았다. 그게 다였다. 다른 책에도 그 이상의 정보가 없었다. 소득이 없어 허탈했다. 어디까지가 사실이고, 어디까지가 허구인지, 아니면 사실과 허구가 뒤섞인 건지 알 수 없었다. 그 실마리를 풀기 위해 『탁류』를 읽기로 했다. 소설과 원고의 내용이 얼마나 일치하는지를 검토하는 것도 한 방법이겠다 싶었다.

책장에서 창작과비평사에서 발행한 『탁류』를 찾았다. 지질이 나빠 누렇게 바랬고 묵은내가 풍겼다. 종이먼지가 날려 콧속이 간질거리는 걸 참으며 밤을 새웠다. 소설과 내가 입수한 원고의 내용은 상당 부분 일치했다. 예를 들면, 소설과 원고에 등장하는 인물들이 같은 것은 말할 것도 없고, 초봉의 고향이 서천인 것, 고태수의 어머니가 애오개에 산 것, 남승재가 애오개에 개업한 친구의 실비병원에서 봉급의사로 일한 것, 형주가 이리농림학교에 입학한 것, 백화점에서 일하는 계봉을 쫓아다니는 남자 중에 젊은 변호사가 있다는 것, 초봉이 장형보에게 받은 오백 원으로 초봉의 부모가 개복동에 구멍가게를 낸 것, 기생 행화가 등장하는 것 등등이 그랬다.

하지만 초봉 집에서 함께 살던 계봉이 근무한 백화점이 소설에선 '××'로 복자 처리됐지만, 원고에선 화신백화점이라는 실명으로 등장했다. 백화점에 관한 논문을 찾아보니 정황상 화신백화점이 맞았다. 채만식의 다른 장편소실 『태평천하』에는 기녀 춘심이 윤직원에게 미쓰코시백화점에서 런치를 먹자고 조르는 장면이 나온다. 여기서 중요한 건 삼월(三越)이 아니라 '미쓰코시'라고 표기한 점이다. 당시엔 일본어로 읽을 때 두 음절로 발음되는 백화점이 없었다. 이는 "처음 요량에는 종로 네거리까지 바람만 바람만 밟아 가서, 계봉이가 있는 ××백화점에 들러"에서도 확인된다. 일본 자본으로 설립된 백화점들은 청계천 이남인 남촌에 몰려 있었다.

박제호와 서울로 와서 여관에 머물던 초봉이 자동차를 타고

"종로 복판을 북쪽"으로 달리다가 "동관 파주개에서 북편으로 꺾여 올라갈 무렵에, 제호는 길모퉁이의 이층 벽돌집"을 가리켜 '활동사진집'이라고 설명한다. 처음엔 '동관'이 관우를 모신 사당인 동관묘, 즉 동묘인 줄 알았다. 그런데 동관이 동묘라고 하면 집에서 백화점까지 십 분이 걸린다고 한 계봉의 서술과 충돌이 일어난다. 60년대에 서울에서 고등학교를 다닌 친척 어른에게 동묘에서 화신백화점은 십 분 거리가 아니라고 들었던 것이다. 당시 사람들이 빨리 걸었다고 해도 여자 걸음으론 더더욱. 어깨가 처졌다. 며칠 뒤에 퍼뜩 박태원의 『천변풍경』에서 창수가 아버지와 상경하여 차로 도착한 곳이 '동관 네거리 앞 자동차부'라고 했던 게 떠올랐다. 『천변풍경』을 해설한 글에서 동관 네거리가 현재의 종로 3가 교차로인 걸 알아냈다. '동관'이 아니라 '동관 네거리'라고 했으면 알아내는 시간을 훨씬 단축했을 것이다. '동관 파주개'라고 써놓아 '동관 네거리 앞 자동차부'로 저장된 기억과 얼른 매칭이 되지 않았다.

'활동사진집'은 단성사이다. 초봉은 동관 중간에서 내려 오른쪽 골목으로 들어간다. 이곳은 현재의 종로구 묘동으로, 일제강점기엔 수은동이었다. 초봉의 판결문에 적시된 주소지와도 일치한다. 화신백화점까지 십 분 거리라는 서술과도 얼추 맞아떨어지는 곳이다.

『탁류』의 시간적 배경을 짐작할 만한 단서는 여러 군데에서 발견되는데, 일관되지 않아 혼란스러웠다. 우선, 정주사가 이십

사오 년 전인 한일합방 바로 뒤인 스물세 살에 서천군청 고원(雇員: 임시 채용된 하급 사무원)이 되어 서른다섯 살까지 열세 해를 일했다는 대목이 있다. "일한합방 바로 그 뒤"라는 표현이 애매하긴 하지만, 1910년으로 잡아 13년을 더하고, 거기에 다시 군산으로 이사 와서 생활한 12년을 더하면, 『탁류』의 시작은 1935년이 된다. 이 연도는 "길을 등 너머 신흥동으로 뽑으려고 둔뱀이 밑구멍에 굴을 뚫을 계획"이라는 서술에서도 확인된다. 둔배미는 현재의 선양동과 창성동 일부, 그리고 둔율동을 일컫는다. 실제로도 1935년 산본군서점(山本群書店)에서 제작한 군산부 지번입 시가도(君山府 地番入 市街圖)를 보면 둔배미와 신흥동(현재의 명산동) 사이가 고지대로 막혀 있었다.

하지만 한참봉의 아내 김 씨가 정주사에게 고태수를 소개할 땐 '을사생(乙巳生) 스물여섯'이라고 한다. 1905년에 26년을 더하면, 이야기의 시작은 1931년이다. 군산 미두장이 1932년 1월 1일에 설립된 걸 감안하면 이는 역사적 사실과 배치된다.

객관적 자료에 나타난 군산의 연도별 인구수를 비교해도 『탁류』의 시작 연도를 특정할 수 있을 것 같았다. 군산의 인구에 대해선 두 번에 걸쳐 언급된다. "군산의 인구 칠만 명 가운데 육만도 넘는 조선 사람들"과 "인구가 육만 명이 넘는 이 군산바닥". 하지만 당시 신문 기사에 따르면 군산의 인구는 1929년 24,000여 명, 1934년 35,000여 명, 1935년 41,000여 명으로 집계돼 있다. 1931년이든, 1935년이든 『탁류』에 기록된 군산의 인구는 실제와 달랐다.

원고에 나타난 시간적 배경은 박현철이 남승재에게 군의로 입대할 것을 강요하는 장면에서 나타난다. 중일전쟁이 작년에 일어났다고 했으니 두 사람의 대화가 오가는 시점은 1938년이다. 이 연도가 가능하려면 『탁류』에서 이야기가 진행된 2년에 초봉이 수감 생활을 한 3년, 그리고 옷 수선집을 내고 1년 6개월 뒤에 양장점을 개업했으니, 『탁류』의 시작은 1931년쯤이어야 한다. 이는 앞에서 말한 것처럼 군산 미두장 설립보다 이야기가 시작되는 시점이 앞서게 되므로 둘 사이에는 모순이 발생한다.

두 번에 걸쳐 정독하고 나서 내가 주목한 건 전체가 19장으로 나뉜 『탁류』의 마지막 소제목이 '서곡(序曲)'이라는 점이었다. 이미 연구서나 논문에서 다룬 문제이기도 했다. 서곡의 의미를 초봉의 앞날에 대한 암시로 보는 건 연구자들의 공통된 견해였으나 해석에 있어선 희망과 절망으로 극명하게 갈렸다. 내가 읽은 원고로 봐선 절망으로 보아야 옳았다. 하지만 공식적인 『탁류』의 속편이 없으니 연구자들의 의견이 양분되는 건 당연했다. 서곡은 어떤 일의 시작을 이르는 단어였다. 왜 마지막에 시작을 의미하는 소제목을 붙였을까? 채만식은 『탁류』의 속편을 구상했던 게 아닐까. 채만식이 『탁류』의 속편에 대한 의지를 실존인물 남승재에게 피력한 적이 있다. 하지만 채만식이 일찍 세상을 뜨는 바람에 그 작업은 무산되고 말았다. 채만식이 생전에 못다 한 작업을 어떤 이유로든 남승재가 끝냈다. 여기까지 해놓고 나는 실소를 흘리고 말았다. 채만식과 실존인물 남승재의 연결고리가 없는 상황에선 그야말로 억측에 불과했다.

난관에 봉착한 가운데에서도 한 가지 공통점을 발견했다. 살인에 사용된 도구가 모두 조선인과 관련된 도구라는 것이다. 한 참봉은 아내의 상간남인 고태수가 도망가다 뒤주에 부딪친 뒤 쓰러지자 다듬잇방망이로 머리를 짓바순다. 초봉은 수없이 발길질을 해 장형보의 목숨을 끊고도 모자라 맷돌을 들어 내리친다. 왜 이토록 잔인하고 끔찍하게 죽였을까? 아내에 대한 배신감, 또는 동거남에 대한 분노와 원한이 뼈에 사무쳤다는 의미겠지만, 조선인이 사용하는 도구인 데에는 다른 이유가 있지 않을까? 당시는 검열이 심한 일제강점기였다. 조선을 한참봉과 초봉으로, 일제를 고태수와 장형보로 치환한 것이라면? 나는 고개를 저어 그 생각을 털어냈다. 그건 내가 알아내려고 하는 영역이 아니었다.

사고의 전환이 필요했다. 형주와 병주는 제일보통학교를 졸업했다. 그리고 각각 이리농림학교와 군산중학교에 진학했다. 그게 사실이라면 그 흔적이 어떤 식으로든 남아 있을 것이다. 『탁류』첫 부분에 나오는 제일보통학교는 현재의 군산중앙국민학교였다. 서무실에 전화를 걸어 내 신분을 밝히고 곧장 본론으로 들어갔다. 상해임시정부에서 활동한 독립운동가 중에 정형주라는 사람이 있다. 어쩌면 정병주일 수도 있는데, 30년대에 당신네 학교를 졸업했다는 소문이 있다. 그래서 학적부를 열람하고 싶다.

독립운동가 운운했더니 거짓말이 바로 먹혔다. 기자라고 하니까 서무과장은 꽤나 협조적이었다. 다음날 오후로 약속을 잡았다. 학교로서도 졸업생이 독립운동가라는데 확인을 거부할 이유가 없었다. 결론적으로 정형주와 정병주는 없었다. 1931년부터 1935년까지의 졸업생을 꼼꼼히 훑어봤지만 허사였다. 하급학교에 이름이 없는데 상급학교를 찾아가는 건 어리석은 짓이었다. 1945년에 가미카제로 죽은 육군소년비행병학교 출신의 조종사 명단에서 정병주를 찾으려던 시도도 실패했다. 군산 출신은 아예 없었다.

거대한 벽에 가로막힌 느낌이었다. 막막한 심정으로 서천군지를 뒤적였다. 딱히 목적이 있었던 건 아니고, 뭐라도 해야 한다는 조바심 때문이었다. 그런데 뜻밖의 사실을 알아냈다. 화양면 대하리와 기복리가 고무래 정(丁)을 쓰는 나주 정씨 충정공파의 집성촌이었다. 화양면 대하리? 어디선가 본 듯했다. 원고를 꺼내 초봉의 판결문을 펼쳤다. 맞았다. 초봉의 본적이었다. 거센 폭풍우 속에서 등댓불을 발견한 기분이었다. 그길로 서천군 화양면 대하리를 찾아갔다. 마을 앞 나무 그늘에서 장기를 두는 노인들에게 이장 집을 물었다. 이장은 회의가 있어 면사무소에 갔다고 했다. 박카스 박스를 평상에 내려놓으며 방문 목적을 설명했다. 이번에도 기자라는 직업은 유용하게 쓰였다. 자신도 정 씨라고 소개한 노인에게 다가 앉으며 취재수첩을 펼쳤다. 하지만 노인의 얘기가 길어질수록 기대는 점점 실망으로 변해갔다. 다른 도시로 이거해간 정 씨 중에 정주사의 본명인 정영배라는 인물은 없었다. 노인이 집에서 가져온 족보에도 그런 이름은 없을뿐더러 오행을 따르는 항렬도 정주사 일가와는 달랐다. 인접한 기복리에서도 이렇다 할 소득이 없었다. 먼 길을 와서 정주사와 그의 가족이 허구의 인물들이라는 것만 확인한 셈이었다.

또 뭐가 있을까? 내가 놓치고 있는 게 뭔지 따져보았다. 궁리 끝에 채만식전집 중에서 수필과 잡문이 수록된 제10권을 비롯한 나머지 전집을 중고서점에서 구입했다. 도서관에도 있지만 전집을 구비해두고 싶었다. 절판된 책이어서 중고서점에도 전집을 다 구비한 곳이 없었다. 두세 권씩 따로 사서 열 권을 갖췄다.

채만식과 실존인물 남승재가 어떤 식으로든 관계가 있다면 신변을 기록한 글 어딘가에 그 흔적을 남겼을 것이다. 제10권을 펼쳐들고 집에 틀어박혔다. 활자가 작은데다 군데군데 낙장까지 있어 지독하게 수고로운 독서였다. 『탁류』를 읽다 종이먼지 때문에 눈병이 생겼는지 눈알이 화끈거리고 뻑뻑해 자주 인공눈물을 넣어야 했다. 거기에다 몇 페이지가 멀다 하고 깨알보다 작은 벌레가 출현해 독서를 방해했다. 반나마 읽었는데 내가 찾는 내용은 쉽사리 나올 기미가 없었다. 자세를 여러 번 바꿨다. 하마하마 기대하던 마음이 점점 포기 상태로 접어들었다.

엎드려 읽던 나는 572쪽에서 벌떡 일어나 앉았다. 1939년 1월 7일자 동아일보에 실린 「『탁류』의 계봉」이라는 잡문으로, 채만식이 『탁류』를 퇴고하다 잠든 사이에 꿈속에서 계봉을 만나는 내용이었다. 다방으로 옮겨 앉아 나누는 두 사람의 대화가 흥미로웠다. 내 관심을 끈 건 세 가지였다. 초봉이 3년 형을 받았다고 말하는 계봉에게 채만식이 자신이 생각한 것과 같다고 하는 부분과 채만식이 남승재의 안부를 묻자 계봉이 자신과 함께 있다고 하는 부분, 그리고 채만식이 애초부터 계봉을 남승재와 결혼시킬 의사가 없었음을 밝히는 부분. 초봉이 3년형을 선고받은 것과 계봉이 남승재와 동거한 것, 계봉이 남승재가 아닌 이시카와와 결혼하는 것은 원고의 내용과 일치했다. 그리고 이건 덤. 군산 '개복동'에서 '둔배미'로 가기 위해 '콩나물고개'를 넘어가던 채만식의 눈앞에 갑자기 화신백화점이 나타나고, 그 앞에서 계봉을 만난다. 작은따옴표 안의 지명은 모두 『탁류』에 등장하는데 반해 화신백화점은 아니다. 왜 뜬금없이 화신백화점일까. 아마도 계봉의 근무지이기 때문일 것이다. 무슨 이유에선가 『탁류』에선 '복자' 처리했지만 잡문에선 '화신'이라고 밝히고 있는 것이다.

연보를 제외하고 600쪽에 달하는 책에서 얻은 수확치곤 빈약했으나 아쉬운 대로 보람은 있었다. 하지만 해결의 실마리라고 생각해 잡아당기면 땅속에 숨어 있던 의혹이 주렁주렁 딸려 나왔다.

월급쟁이 신세였으므로 남승재의 원고에만 매달릴 수가 없었다. 매주 마감 시간에 맞춰 일정 분량의 기사를 써야 했다. 취재와 인터뷰도 다녔다. 그렇지만 뭘 하든 머릿속에서 한시도 원고가 떠나지 않았다.

오랜만에 채만식으로 박사논문을 준비한다는 후배에게서 연락이 왔다. 이런저런 얘기 중에 며칠간 서울에 머물며 국립중앙도서관에서 논문자료를 찾을 거라고 했다. 나는 원고에 등장하는 사건 몇 개를 적어주며 찾아봐달라고 부탁했다. 투덜대는 후배를 술 한잔 사겠다고 달랬다. 속으론 싸가지 없는 새끼, 하며. 그리고 사나흘 뒤에 신문사 팩스로 자료 하나를 받았다. 오래된 신문 기사였는데, 여백에 후배의 필체로 1934년 6월 28일자 동아일보 5면 4단, 이라고 적혀 있었다.

군산에서는 최근 수일 동안에 四十五차의 강도 사건을 비롯하야 빈발하는 절도의 횡행으로 말미암아 인심이 자못 흉흉하던바 또다시 지난 二十四일 군산 부근 지경(地境)역전에 자살인지 타살인지 의문의 노파 시체 하나를 발견하엿다 한다.

그리하야 이 급보를 접한 군산서에서는 지난 二十五일 오후 九시경에 수명의 형사대가 현장에 급행 임검한 후 二十六일 군산도립의원에 운반하여놓고 실지해부하기로 되엇다는대 그는 六十이 넘은 노파로서 다량의 피를 흘리고 죽은 것으로 보아서는 타살이 분명한 듯하나 신체에 아무란 상처가 없는 것으로 보아서는 자살한 혐의도 잇는 듯하다는 여러 가지 의문의 추측이 분분하다는대 그 죽은 원인은 해부하여 본 후가 아니면 알 수 없다고 한다.

한자로 "자살? 피살? 의문의 노파사"라는 제목이 붙은 지역 단신이었다. 찌르르한 기운이 등골을 타고 올라와 뒷머리에서 폭죽처럼 터졌다. 군산으로 내려간 고태수의 모친이 행방불명된 뒤에 남승재가 신문에서 접한 기사와 똑같았다. 지경은 현재의 대야(大野)였다. 후배에게 노파의 검시 결과에 대한 후속 기사를 알아봐달라고 다시 부탁했다. 저번보다 더 투덜거리면서도 후배는 몇 시간 뒤에 전화를 걸어와 찾지 못했다고 했다. 싸가지가 없긴 해도 일을 대충할 녀석은 아니었다. 잔뜩 부풀었던 기대감에서 바람이 푹 빠졌다.

남승재가 실존인물인지 알아보는 작업은 답보 상태에 빠졌다. 그동안 알아낸 사실들을 적어둔 노트를 펼쳤다. 자료나 정보는 그 출처만큼이나 연속성이나 관련성 없이 모여 있었다. 하지만 직접적인 증거가 아닐 뿐이지 방증 자료로는 충분한 가치가 있었다. 고지가 바로 저긴데 팔부, 아니 구부 능선에서 멈춘 탓에 허탈감과 피로감이 더했다.

답답한 마음에 월명공원을 찾았다. 보국탑이 철거된 자리엔 기념식수된 히말라야시더가 우뚝 솟아 있었다. 히말라야시더 주위를 천천히 돌았다. 남승재는 국가유공자임에도 국가로부터 어떠한 혜택도 받지 않고 세상과 단절된 삶을 택했다. 그 저변엔 권력이나 이념, 전쟁에 대한 혐오와 거부가 짙게 깔려 있었다. 적어도 내가 아는 한에선 그랬다. 남승재의 유품에서 우리 신문이 발견된 것도 자연스럽게 이해되었다. 유일한 거처인 탑이 철거된다는 소식을 접하자 선택의 여지가 없었을 것이다. 그런 의미에서 그의 죽음이 형식은 자살일지 몰라도 내용은 타살이라는 생각이 자꾸 나를 괴롭혔다. 남승재는 사주풀이를 생계 수단으로 삼았다. 그는 의사이면서 자연과학 서적을 탐독한 사람이었다. 의사와 사주풀이라. 빗나가도 한참 빗나갔다는 생각을 쉽사리 떨칠 수 없었다. 하지만 그건 남승재의 자유의지로 선택한 최후의 길이고, 권력과 이념을 부정하는 유일한 방법이었을 것이다. 그건 남승재가 남긴 유서가 말해주고 있었다. 역사소설을 쓰려고 무정부주의자에 대한 자료를 모으다가 의외의 사실도 알게되었다. 남승재의 유서 내용은 일본의 무정부주의자 후루타 다이지로가 남긴 옥중기의 한 부분이었다. 폭력만이 변혁의 지름길이라고 생각한 그는 동조 세력을 규합해 길로틴사(社)라는 조직을 만들어 테러를 벌였다. 수감된 동지를 구하기 위해 오사카 형무소를 폭파하려다 체포돼 사형을 선고받은 그는 일본 황실의 휘장인 국화를 품고 교수대에 오를 계획이었다. 하지만 일본 당국이 허락하지 않아 아끼던 고양이와 강아지의 사진을 가지고 형장의 이슬로 사라졌다. 남승재가 어떻게 그를 접하게 되었는지는 알 길이 없지만, 군산에 온 뒤부터 남승재는 무정부주의적인 삶으로 일관했다.

그네에 앉아 천천히 몸을 움직였다. 바람이 얼굴을 간질였다. 오후의 햇살이 초벌 칠한 니스처럼 풀과 나무를 투명하게 덮고 있었다. 하늘을 향해 꼿꼿하게 선 히말라야시더는 가지를 사방으로 드리웠다. 그 기상이 의사로서 한 점 부끄럼 없이 살다간 남승재를 닮았다. 인간의 필요에 따라 세우거나 철거하는 탑과 달리 나무는 저 자리에서 무한히 푸를 것이다. 채만식의 『탁류』와 남승재의 원고 또한 그럴 것이다. 원고의 진위를 추적하는 일은 지금이 아니어도 괜찮지 않을까. 집착에서 벗어나 전체를 조감하면 내가 뭘 놓치고 있는지 보일지도 몰랐다. 조바심을 내려놓자 마음이 조금 편해졌다. 일어나 엉덩이를 털었다. 그동안 미뤄뒀던 신문사 일이 처형을 기다리는 죄수들처럼 줄지어 있었다.

아쉬운 발길을 돌려 계단을 내려오는데 누군가 나를 불렀다. 몹시 조심스럽고 주저하는 목소리였다. 히뜩 돌아본 나는 급히 몸을 돌렸다. 히말라야시더 밑에 한 노인이 서 있었다. 심장이 멈추는 듯했다. 한 번도 본 적은 없지만 나는 단박에 그가 남승재임을 알아보았다. 그는 내가 머릿속으로 늘 그렸던 얼굴을 하고 있었다. 나와 눈이 마주친 그가 입가에 주름을 잡으며 씨익 웃었다. 포르말린 액에 넣어 보존하고 싶을 만큼 맑고 깨끗한 웃음이었다. 어서 가라는 듯, 괜찮다는 듯 천천히 손을 까부른 그가 돌아섰다. 떠나려 한다는 걸 직감하자 마음이 다급해졌다. 계단에 올라서며 제지하려고 손을 들었다. 나는 이제껏 품은 의혹과 의문에 대해 물을 권리가 있고, 그는 해명할 의무가 있었다. 하지만 입이 떨어지지 않았다. 그의 웃음을 본 사람이라면, 어느 누구도 그에게 과거의 기억을 되살리게 하는 질문은 하지 못했으리라. 역사의 격랑에서 벗어나 이제야 안식을 취하려는 그를 방해할 권리가 나에겐 없다는 생각이 들었다. 영원히 미해결로 남을지언정 해소되지 않은 것들은, 또 그대로 내 몫이라는 생각도 들었다. 하지만 손은 내렸어도 좀처럼 단념이 되지 않아 몇 걸음 따라가다 멈췄다. 소중한 것이 눈앞에서 사라지는 듯 허전하고 안타까운 마음으로 그를 응시했다. 등이 구부정한 그는 불편한 몸을 이끌고 묵연히 멀어져갔다. 그의 어깨에 내려앉은 햇살이 동행하고 있었다.

작가의 말

오래전부터 생각했지만 이제야 완성했다. 『탁류』의 속편을 구상한 건 「헨젤과 그레텔」의 또 다른 이야기인 『황홀한 사기극』을 읽고 나서였다. 이 책에서 여러모로 영감을 많이 받았다.

처음엔 센서스 조사원이 선양동에 사는 한 독거노인이 가진 원고를 입수하면서 시작하는 이야기를 구상했다. 노인의 이름은 송희, 출생년도는 1930년대 초중반. 그렇다. 초봉의 딸이다. 여러 버전으로, 여러 번 수정을 거치면서 지금의 원고가 되었다. 여러 논문과 연구서를 참조했다. 일본 야후에서도 많은 도움을 받았다. 자료가 부족하여, 또는 찾지 못해 어려움을 겪었지만 자료와 자료 사이의 빈 곳을 어설프고 빈곤한 상상력으로 채우는 재미가 쏠쏠했다. 예를 들면 이런 것들. 30년대 화신백화점의 화장실 변기는 어땠을까. 화신백화점에서 여성 걸음으로 십 분이 걸리는 동네. 혜화정의 광경은 어땠을까. 인민군이 군산을 점령했을 때의 분위기는 어땠을까.

'동관 파주개'의 '동관'은 찾았는데 '파주개'는 끝내 알아내지 못했다. 단성사 앞에 있던 개천에 파자교, 또는 파조교라 불리는 다리가 있었다는데, '파자교(파조교)가 있는 개천'이라는 뜻의 파자개, 또는 파조개가 구전되는 과정에서 음이 변하여 '파주개'가 된 듯하다. 이 확실하지도 않은 결론에 도달하기 위해 많은 시간을 투자했다. 후회하진 않는다. 원본과 대조하며 퍼즐 맞추듯 사건을 재구성하는 작업은 즐겁고 행복했다.

『탁류』에 등장하는 공간과 장소들은 30년대 후반 군산 시가지 지도와 일치한다. 현재에도 군산엔 그곳들이 많이 남아 있다. 가끔씩 군산 여기저기를 돌아다니며 완벽하게 복원할 방법을 궁리한다. 오정희 선생의 소설 『새』에 이런 에피소드가 있다. 우미가 잠자는 우일이 얼굴에 크레파스로 낙서를 하자 외할머니가 질겁하여 우미 머리를 때린다. 자는 동안 나갔던 우일이의 혼이 제 몸을 찾아오지 못한다는 것이다. 소설을 쓰는 동안 우미가 되지 않으려고 노력했다. 우일이의 혼은 다른 사람의 몸이 아닌 우일이의 몸을 찾아가야 한다. 그럴 때만이 우일이가 우일이일 수 있기 때문이다.

『탁류』 속의 문장들을 인용한 건 일종의 오마주이다. 늘 가난에 쫓기면서도 작품 활동을 게을리 하지 않은 채만식 선생의 창작열을 생각하면 부끄러울 따름이다. 이렇게 소박한 방법으로 존경을 표한다.

원고를 완성할 때마다 커트라인을 겨우 넘긴 수험생의 마음이 된다. 합격은 했지만 흡족하진 않다. 이번에도 예외가 아니다.

2019년 가을과 겨울 사이
이준호

탁류의 시간 어느 무정부주의자의 기록

© 이준호

| 1판 1쇄 발행 | 2019년 11월 30일 |

지은이	이준호
펴낸이	정홍수
편집	김현숙 이진선
펴낸곳	(주)도서출판 강
출판등록	2000년 8월 9일 (제2000-185호)

주소	서울시 마포구 동교로 17안길 21 (우 04002)
전화	02-325-9566
팩시밀리	02-325-8486
전자우편	gangpub@hanmail.net

값 14,000원
ISBN 978-89-8218-244-0   03810

이 도서의 국립중앙도서관 출판예정도서목록(CIP)은 서지정보유통지원시스템 홈페이지(http://seoji.nl.go.kr)와 국가자료종합목록 구축시스템(http://kolis-net.nl.go.kr)에서 이용하실 수 있습니다. (CIP제어번호 : CIP2019046366)

* 이 도서는 한국출판문화산업진흥원의 '2019년 우수출판콘텐츠 제작 지원' 사업 선정작입니다.
* 한국문화예술위원회의 지원을 받은 토지문화관 창작실에서 집필된 작품입니다.
* 잘못 만들어진 책은 구입처에서 교환해드립니다.